一

NHK大河ドラマ

軍師官兵衛

作　前川洋一
ノベライズ　青木邦子

NHK出版

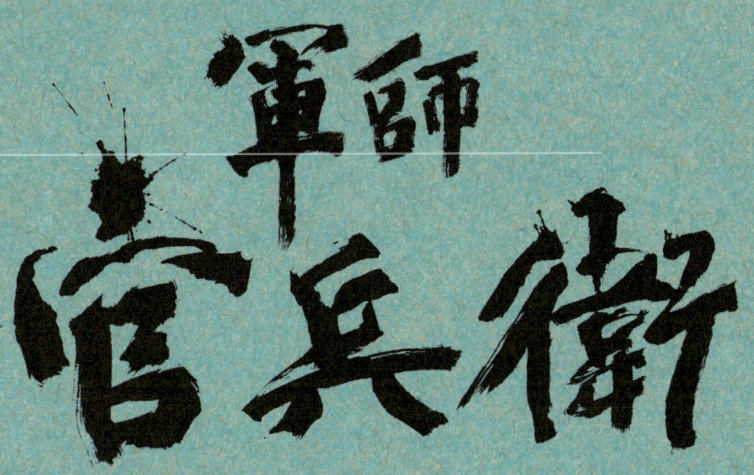

NHK大河ドラマ

軍師官兵衛 一

装幀　bookwall
題字　祥洲
カバー写真　Getty Images

NHK大河ドラマ　軍師官兵衛　一◎目次

第一章　生き残りの掟

――花の命ははかない。人の命もまたはかない。弱い者は虫けらのように踏みつぶされ、強い者だけが生き残る時代。人はそれを乱世と呼ぶ――

緑豊かな農地が広がり、のどかな田園風景にさまざまな花が彩りを添えている。花から花へと蝶が舞い、蜜を吸い、家々では日々の営みが繰り返されている。

突然、馬蹄の音が轟《とどろ》き、騎馬武者が蝶もろとも花々を蹴散らしていった。騎馬は一騎、二騎と数を増やし、あっという間に大軍団に膨れあがった。騎馬軍団が疾走していく先には、敵の軍勢が待ち構えている。両軍が激突したとき、田園は戦場と化し、人々のささやかな幸せが踏みにじられていった。

農民たちは、命からがら山へと逃げだした。

やがて戦闘が終わり、無惨に荒らされた農地に、おびただしい数の戦死者が残された。

家を焼かれ、家族を失った農民は何を祈るのか、小さな祠《ほこら》の前で必死に手を合わせていた。

――戦は果てしなく続き、人々は乱れた世の終わりを、ただ祈るしかなかった――

天正《てんしょう》十八（一五九〇）年。二十万を超える軍勢が、広大な外郭に守られ、難攻不落と謳《うた》われた小田原《おだわら》城を包囲した。大軍を率いるのは豊臣秀吉《とよとみひでよし》。小田原城を守るのは北条氏政《ほうじょううじまさ》、氏直《うじなお》親子だ。

秀吉は、小田原城を眼下にのぞむ山の頂近くに本陣を張った。秀吉のかたわらには、側近の武将たちが控えている。側近たちは勝利を疑わず、一気に北条氏を攻め滅ぼそうと意気込んだ。

「お待ちください」

ひとりの武将から声がかかり、秀吉は振り向いて声の主を見た。

「官兵衛《かんべえ》か」

秀吉の軍師・黒田《くろだ》官兵衛である。官兵衛は片方の足を引きずりながら秀吉に歩み寄り、不自由そうに膝《ひざ》をつこうとした。

「よい、よい。それより、軍師殿の考えを聞こう」

「殿下、人は殺せばそれまで。生かしてこそ、使い道があるのでございます」

官兵衛の進言に、秀吉がにやりと笑った。

このとき、官兵衛は四十代半ば、秀吉はそれより十歳ほど年長の五十代半ばで、ともに武将として円熟の域に達していた。

官兵衛は単騎、小田原城に向かい、大手門の手前で馬からおりた。すぐに数本の矢が城内から放たれて足元の地面に突き刺さったが、官兵衛は動ずることなく太刀をはずし、その場に置くと、丸腰であることを城中に知らしめてから門の前に立った。

「それがし、黒田官兵衛と申す。関白殿下の名代として参上つかまつった。ご城主、北条殿にお目通り願いたい！」

官兵衛が声を張ったが、城内は静まりかえっている。

「国亡《ほろ》びては、またと還《かえ》らず。死人《しびと》はまたと生《い》くべからず。方々《かたがた》、命を粗末になさるな。生きられよ！」

官兵衛の声が木霊《こだま》となって響き、門がゆっくりと開いた。門の内側では、北条の兵たちが立ち並び、ひとたび命令がくだされれば官兵衛に襲いかからんとばかりに槍を構えている。その殺気のなかを、官兵衛は堂々と進んでいった。

＊　＊　＊　＊

永禄《えいろく》元（一五五八）年。播磨《はりま》姫路《ひめじ》城下の草原を、活発そうな武家の少年が走っていく。年のころは十三歳ほどだろうか。この少年が、黒田万吉《まんきち》、のちの官兵衛である。

万吉のあとを、同じ年頃の少年、母里《もり》武兵衛《ぶへえ》が必死に追いかけていく。

「若！　お待ちください。若！　また叱られますよ。若ー！」

万吉が振り返った。

「遅いぞ、武兵衛！」

「若が速すぎるのです」

武兵衛が息を切らしているのを見て、万吉が笑い声をたて、また風のように走って山中のけもの道の奥へと姿を消した。

武兵衛が息も絶え絶えになって追いつくと、万吉は茂みの向こうにある小さな洞窟に入ろうとして四つんばいになっている。

「何をなさるのですか？」

「近道だ」

そう言うなり、万吉が洞窟の中に入っていった。

姫路城下を見おろす広峰山《ひろみねやま》の山頂に、農耕の神が祀《まつ》られている広峰明神がある。農民たちが病や災いを避け、実りや恵みを求めて篤く信仰している。

この広峰明神には、五穀豊穣のお札《ふだ》を諸国に売り歩く御師《おし》と呼ばれる人々がいる。そのため、神社の周辺には、ずらりと御師屋敷が並んでいた。その一画にある茂みが揺れ、万吉が出てくると、すぐあとから武兵衛が続いた。万吉と武兵衛は、一軒の御師屋敷に入っていった。

「おたつ！」

万吉が呼ぶと、奥から二つほど年上の少女、おたつが出てきた。ここは、御師の伊吹善右衛門《いぶきぜんえもん》が娘のおたつと暮らす屋敷である。諸国を巡っていた善右衛門が戻ったと聞き、万吉は見知らぬ土地の珍しい話を聞きたくて訪れたのだ。

屋敷内から善右衛門が顔を出し、万吉たちを居間へといざなった。

万吉と武兵衛は目を輝かせ、夢中になって善右衛門の話を聞いている。

「南蛮人に会ったのですか？」

善右衛門がうなずいた。

「このたびは山口《やまぐち》のほうまで足を伸ばしましてな。そこにキリシタンの寺があって、バテレンを見ました。身の丈は六尺を越す大男で、その顔は酒を飲んだように赤く、体には金色《こんじき》の毛がぼうぼうと生え、鼻は高く、天狗と鬼を合わせたような面構え」

万吉が、ごくりと唾を飲みこんだ。

するとと善右衛門が、巾着からガラス玉を取り出して万吉に手渡した。

「これは、そのバテレンにもらったビードロというものです」

万吉が、ガラス玉に見入った。

「そんな天狗のような恐ろしい南蛮人が、こんな美しいものを作れるのですか？」

「何か格別の技があるようですな。妖術のような」

「妖術？」

「鉄砲という道具もそう。人を一瞬のうちに殺す飛び道具です。長さはおよそ三尺。このような鉄の筒に、鉛の弾を込め、敵に向かって、こう構える。そして、撃つ。ズドン！」

善右衛門が身ぶり手ぶりを交えて語り、鉄砲を撃つまねをすると、それだけで万吉と武兵衛はびくっとした。

「南蛮人は、われわれの考えもおよばないものを作りあげます」

「南蛮に行ってみたい……」

万吉は、夢見心地になってガラス玉を見つめた。

武兵衛は横から万吉の手のガラス玉をのぞきこみ、ふと気になって床に目を落とした。万吉の袴が濡れていて、その下に水たまりができている。小便をもらしたのだ。

「万吉様……」

武兵衛が小声で呼ぶと、おたつが気づいて声をあげた。

「あ、また……」

「おたつ、雑巾と着替えじゃ」

善右衛門は、慣れているらしい。おたつがぱっと立ちあがり、奥へ駆けていった。

万吉は興味あることを目の前にすると、厠《かわや》に行くことも忘れて夢中になってしまう性癖がある。尿意にさえ気づかず、いつの間にかもらしている。

当の万吉は気に病むそぶりもなく、それよりも、善右衛門の話の先を聞きたくてたまらない。

同じころ、姫路城では、傅役《もり》である武兵衛の父・母里小兵衛《こへえ》が、城から黙っていなくなった万吉を捜し回っていた。

万吉がいなくなるのは、この日が初めてではない。そのたびに小兵衛が振り回されるのだが、好奇心を満たそうとする万吉の衝動はなかなか抑えられそうにない。


万吉は善右衛門の家で旅先の土産話を堪能し、武兵衛を伴って機嫌よく山をおりていた。

「南蛮か……」

村道の途中で足を止めると、善右衛門にもらった南蛮渡来のガラス玉を太陽に透かした。ためつすがめつ眺めていたとき、麓《ふもと》のほうから陣鐘や法螺貝が鳴り始めた。

万吉がはっとした。

武兵衛も城のほうを見ている。

「陣ぶれにございます！」

万吉と武兵衛は、一目散に駆けだした。

畑を耕していた農民たちも、畑の横に用意してある甲冑や槍を急いで身に着けると、ひとり、ふたりと数を増やして姫路城に向かっていく。

姫路城の城主は、万吉の父・黒田（小寺《こでら》）職隆《もとたか》である。本来は黒田姓だが、主君である御着《ごちゃく》城主・小寺政職《まさもと》の養女・いわを妻として迎え、小寺の姓を名乗ることが許された。

陣鐘はいっそう強く鳴り響き、城門から現れた職隆が颯爽と馬を駆って出陣していく。職隆に従う家臣たちのなかに、小兵衛の姿がある。さらに、職隆のふたりの弟、僧形《そうぎょう》の休夢《きゅうむ》と井手友氏《いでともうじ》も騎馬で職隆に続いた。

城門の中から、いわや女たちが無事を祈って見送っている。

ちょうどそこへ、万吉と武兵衛が走ってきた。

「万吉……」

いわが困ったように呼びかけた。

馬を進めていた職隆が、万吉に気づいて振り返った。職隆と万吉の目が合い、万吉はばつが悪そうに頭をさげた。

武兵衛は、小兵衛にぽかりと頭をたたかれた。

戦の相手は、明石《あかし》あたりを根城にしている五十騎ほどの野武士たちだ。黒田軍が斬りこむと、敵はその勢いに押されて退散していく。

追いかけようとした友氏を、職隆が止めた。

「友氏、深追いは無用じゃ！」

ほとんど痛手のない勝ち戦だが、休夢は不満そうだ。

「しかし、兄上、戦うのはいつもわれら黒田勢。小寺の殿は指図するだけじゃ」

「休夢！　流浪の身であった黒田家をここまで引き立ててくださったのは、小寺の殿だぞ。罰当たりなことを申すでない！」

職隆が言い諭し、軍勢を引きあげた。


戦があった翌朝、万吉はお仕置きとして土蔵にこもって書物を読むように命じられた。万吉は難しい書物が苦手だ。ページをパラパラとめくるが、集中できずに大きなため息をついた。

土蔵の戸の前では、武兵衛が鍵を握ったまま船をこいでいる。

「こら！」

小兵衛が来て武兵衛を小突いた。土蔵の戸口に耳を近づけ、中の様子をうかがうと、物音ひとつしない。万吉が土蔵に入ってからかなりの時がたったが、武兵衛に聞くと厠にも立っていないという。

「まさか、またもらしておいででは……」

小兵衛は鍵を開け、中に入ってみた。

「若？」

万吉に呼びかけたが、返事がなく、姿も見えない。小兵衛がぐるりと内部を見回すと、土蔵の上のほうに小さな格子窓があり、そこから縄が垂れている。

「あそこから出たのか？」

まさかと思いつつ、武兵衛を見にやらせた。

武兵衛が縄をつたってあがろうとする。小兵衛の注意が格子窓に向いている隙に、万吉が隠れていた筵《むしろ》の下からぬっと顔を出し、開いている戸口から大手を振って出ていった。


そのころ、尾張《おわり》では、大望を抱いたひとりの男が、この乱世に彗星のごとく出現しようとしていた。その身なりは一風変わっている。衣服を片肌脱ぎにし、虎皮の半袴をはき、太刀は腰に縄で巻きつけ、髪は髻《もとどり》を萌黄《もえぎ》色の糸で巻いた茶筅髷《ちゃせんまげ》にしている。

この異様な風体の男こそ、織田信長《おだのぶなが》である。

夕暮れの清洲《きよす》城下の道を、信長は馬に激しく鞭打って疾走した。信長のあとを追い、近習《きんじゅう》たちを乗せた数騎の馬が駆け抜けていく。

信長が不意に馬の手綱を引き、頭上の木を見た。何かがいるらしく、木の枝が揺れている。

「猿か？」

近習が追いつき、目を凝らして木の枝を見あげた。

「人のようでございます」

信長がもう一度見てみると、確かに汚い身なりの若い男が木の枝で居眠りをしている。西日が逆光となり、猿のように見えたのだ。

「無礼者！　おりぬか」

信長の大声に、男が驚いて目を覚まし、枝から足を滑らせて地面に落ちた。仰向けにのびている男のさまがなんとも滑稽で、信長が笑いだした。

「なんたるざま。目を覚まさぬか、猿！」

男はぱっと体を起こし、慌てて平伏した。

「ご無礼、お許しください！　こうでもせねば、御屋形様には近づけませぬ」

「わしが誰か知っておるのか？」

「織田信長様とお見受けいたします。お願いがございます！」

「控えろ、下郎！」

近習が叱り飛ばしたが、信長は興味を持ったらしい。

「よい、面白い見世物よ、聞いてやる」

「それがし、藤吉郎《とうきちろう》と申します。どうか私めをお召し抱えいただきとう存じます！　信長様は尾張一国の主では収まらぬ器の大きい方とお聞きします。何とぞ、ご家来衆のはしくれにお加えくださ い」

「いかにも、この信長、いずれは天下に号令をかけるつもりだ」

信長が草履を脱ぎ、藤吉郎の前に放り投げた。

「草履取りから始めるがよい」

「ありがたき幸せ！　身命を賭して励みます」

藤吉郎が、信長の草履を両手で抱えた。

信長は馬首を巡らし、立ち去ろうとしてふっと笑みを浮かべた。

「猿も木から落ちるか……」

これが、信長と木下《きのした》藤吉郎（のちの豊臣秀吉）との出会いだった。


この時代、二百年以上にわたって政《まつりごと》を掌握してきた室町幕府《むろまちばくふ》の威光が失墜し、各地で起きた下剋上により戦国大名たちが覇を競っていた。

ここ播磨でも、豪族たちによる小競り合いがいつ果てるともなく繰り返されている。

職隆は姫路の東へと馬を進め、主君・小寺政職の居城、御着城の城門をくぐった。

主殿の上座に政職が座し、小河良利《おごうよしとし》、江田善兵衛《えだぜんべえ》、石川源吾《いしかわげんご》ら重臣たちが脇を固めるなか、職隆が政職の前に進み出た。数日前に撃退した、五十騎ほどの野武士についての報告だ。

「して、討ち取ったのは何騎でござる？」

小河が聞いた。

「十三騎」

職隆が答えると、小河が小馬鹿にしたように笑った。

「半分以上討ちもらしたとは……あまさず討ち取れというのが、殿の仰せのはず」

「賊は龍野《たつの》へ逃げこんだゆえ、深追いするのをやめました」

職隆の釈明を、政職はあっさりと認めた。

「ならば、しかたあるまい」

龍野は赤松《あかまつ》領だ。赤松と小寺は力関係が拮抗していて、政職としては、今は事を荒立てたくないのだろう。

ところが、江田は妙に職隆にからんだ。

「黒田家は主従ともに強いと聞くが、口ほどにもないですな」

代々小寺家に仕えてきた江田や小河にすれば、外様で新参者に等しい職隆が政職に重用されるのが面白くない。

空気がとげとげしくなったとみるや、石川が仲裁に入って職隆の肩をもった。

「おふた方、この職隆殿が姫路で睨みをきかせているからこそ、西の赤松は小寺領に攻め入ることができないのでござる。それをお忘れなきよう」

それでも小河は、木で鼻をくくったような態度で言い返す。

「他国から流れ着いて、目薬を売って糊口をしのいでいた黒田家を、家老に取り立て、小寺の姓まで賜っているのですぞ。それぐらい当たり前でござろう」

目薬で糊口をしのいでいたとは、主家が決まらず流浪していた職隆の父・重隆《しげたか》を軽んじての発言だ。職隆がむっとしたのを知ってか知らずか、政職が面倒くさそうにあくびをした。

「その話はもうよい」

評定《ひょうじょう》を終えると、職隆は石川と廊下を歩きながら、助勢してもらった礼を述べた。

「よせ、水くさい。ときに、その後、いわ殿の容体はどうだ?」

石川が気づかった。

いわはここしばらく咳が続いていて、あまり外の風に当たらないようにしている。

「今のところ、落ち着いている」

「そうか、それはよかった。親父殿が調合した薬がきいているのではないか？」

石川に悪気はなさそうだが、職隆は思わず苦笑した。


万吉は、祖父の重隆になついている。土蔵を抜け出した足で重隆の屋敷に行くと、居間には薬草が散乱している。万吉は小兵衛の裏をかいて土蔵を抜け出した策など話しながら、重隆がひとつひとつ薬草を手に取り、選別していくのを手伝った。

「座敷牢もお前にかかっては形無しだな。そんなに学問が嫌いか？」

「屋敷うちにこもっておるのは窮屈です。外に出て、おじじ様や善右衛門殿のお話を聞くほうが、楽しゅうございます」

万吉が正直に答えた。

「お前の父は頭が固いからのう。まあ、よい。今日は所用があって、お前を呼んだということにしておいてやろう」

重隆は祖父らしい甘さで大目にみることにして、手渡した薬草を籠《かご》に入れるよう万吉に指示した。

「万吉様、おいででしたか」

呼びかける声がして、おたつが薬草の入った籠を抱えてきた。重隆に頼まれて摘んできたさまざまな薬草だ。

重隆がさっそく、薬草を床に広げ、選別を始めた。

「なかなかないのう。目薬に次ぐ新しい薬をと、あれこれ考えておるんだが、このあたりはいい薬草が採れないんじゃ。龍野のほうに行くと、あるんだが……」

「龍野でございますか？」

「昔、わしは龍野城の赤松家に仕えていたんだが、城の近くに龍神池《りゅうじんいけ》という池があって、あのあたりには珍しい薬草が生えておった」

重隆が話していると、善右衛門が庭から入ってきて座敷に壺を置いた。

「目薬の代金でございます。お納めください」

「かたじけない」

重隆が壺を受け取ると、やはり庭から、今度は農民が樹木を背負って現れた。

「大殿様、目薬の木、お持ちしました」


重隆の屋敷の一角に、秘伝の目薬を製造する小屋が建っている。いわば目薬工房だ。目薬の木は、工房を手伝う農民や使用人たちの手で細かく砕かれる。それを鍋で煎じるなどの工程を経て黒田家秘伝の目薬ができあがる。

万吉は、重隆、善右衛門、おたつと一緒に、目薬が作られていくのを眺めていた。

重隆と善右衛門が、昔を懐かしむように語り合う。

「諸国を転々とし、姫路の地に流れ着いて、あの折、おぬしに会わなんだら、今日の黒田家はなかった。いや、まことに世話になったのう」

「いやいや、ご隠居様のお知恵のたまものでございます。奇想天外な思いつきで、わしら御師たちも驚きました」

黒田家の暮らし向きが苦しかったころ、重隆は御師が各地を渡り歩き、お札を配っていると知って妙案が浮かんだ。霊験あらたかなお札と一緒に、秘伝の目薬を売ってみたらどうか。狙いはぴたりと当たり、重隆はかなりの財を成した。

ところが、重隆は金儲けを目的としていたわけではなかった。儲けた金をわずかな利息で貸し、しかも質物《しちもつ》を取らなかった。

万吉は興味深く善右衛門の話を聞いている。黒田家は武家だ。儲けも主家もなく、どうやって今日にいたったのか。

「なんの、なんの、ご隠居様はお目のつけどころが違う。質物はいらぬ。黒田家の家来になれと申しつけられたのじゃ」

農民たちが、目薬作りを続けながら合いの手を入れた。

「皆、喜んで借りに行きました」

「わしも、そのひとりでございます」

善右衛門が、目薬作りにいそしむ農民たちを見回した。

「ご隠居様は村の者たちに慕われていなさったから、あっという間に人が集まってきた」

「それが御着の殿のお目にとまり、仕官することにあいなった。これがわが家の由緒だ」

重隆が、万吉に微笑みかけた。

しばらく過ぎたある日、ひとりの僧侶が姫路城を訪れ、職隆に面会を求めた。

「お久しぶりでございます。西方寺《さいほうじ》の円満《えんまん》でございます。覚えておいでですか？」

「これはこれは。父が龍野の赤松家に仕えていたころ、お寺に何度かうかがった覚えがございます」

職隆が如才なく挨拶を返し、来訪の用件をたずねた。

「実は、拙僧は赤松家の使者としてまいりました」

円満が話を切りだすと、職隆はひそかに警戒の色を強めた。龍野城の主・赤松政秀《まさひで》は、播磨平定の野心を持っている。政秀は元播磨の守護だった赤松氏の流れをくんでいるが、独力での播磨平定は難しく、強者ぞろいと評判の黒田家の武力を必要としていた。

「黒田様の姫路城は、小寺家の御着城と赤松家の龍野城のちょうど中間。黒田様が小寺家と手を切り、縁浅からぬ赤松家にお味方くだされば、播磨平定はなったも同然にございます」

円満は政秀の意向として、播磨を平定したあかつきには、姫路と御着一円を黒田家の領地とする好条件を提示した。

職隆は、その申し出をきっぱり断った。一介の牢人《ろうにん》だった父・重隆を家老職に引き立て、職隆には養女・いわを娶らせて小寺の姓を与えたのが、御着城城主で小寺家当主の政職だ。

「これだけの恩と絆のある小寺家に弓を引くなど、滅相もない。早々にお引き取りを」

職隆は、丁重に頭をさげた。

いずれに与《くみ》するかで領地を失うかもしれず、誰に与しないかで足をすくわれるかしれない世の中だ。職隆にすれば、万吉は武芸の鍛錬を怠り、書見をさせればすぐに飽きてしまい、武家の嫡男としての自覚が足りない。

「立て、万吉！　今日は逃がさんぞ」

職隆は万吉をつかまえて木刀を持たせ、剣の稽古をつけた。

職隆の指導は厳しい。万吉は何度も木刀を振りあげて打ちかかるが、そのたびに弾き飛ばされてしまう。

「なんだ、そのへっぴり腰は！　日頃から稽古を怠けておるから、このざまなのだ。立て！　立たんか！」

職隆は叱咤し、万吉の襟首をつかんで引っ張りあげた。

万吉は歯を食いしばって向かっていくが、職隆に軽く押し倒されてしまう。

ようやく職隆が木刀を離し、万吉を解放した。遠巻きに稽古を見守っていたいわが、奥の間に万吉をあげ、あちこちにこしらえた生傷の手当てをした。

「いたた……」

「万吉、父上はお前を憎くて、ここまで厳しくするわけではないのですよ」

「……父上は嫌いです」

「何を言います！　父上はお前のことを思って……」

いわが突然、激しく咳きこんだ。慌てて口を押さえたいわの手が、鮮血に染まった。

いわは、床に臥《ふ》せる日々を送るようになった。

そんなある日、姫路城から万吉の姿が消えた。小兵衛と武兵衛とで城内を方々捜し回るが、どこにもいない。はたと武兵衛がひらめいた。

「もしや、大殿のご隠居所では？」

「またか……」

小兵衛は、とるものもとりあえず重隆の屋敷に急いだ。すると善右衛門も来ていて、黙っていなくなったおたつを捜しているという。

重隆は不安になった。

「万吉と一緒なんじゃろうか……」

「どこへ行かれたか、心当たりございませんか？」

小兵衛は心配でたまらない。

そういえば、と善右衛門には思い当たるふしがあった。

「ゆうべ、おたつに、龍野の龍神池はどこにあるか聞かれましたが、まさか……」

重隆がはっとした。

「それだ、薬草だ！」

龍野の龍神池にいい薬草があるという話をしたのは、いわが病床に臥す前のことだった。

「龍野？　……」

小兵衛が色を失った。


農民の子に扮して赤松の領地に入った万吉とおたつは、通り雨にあい、近くのお堂に駆けこんで雨宿りをすることにした。雨をやり過ごすまでの間に腹ごしらえをしておこうと、おたつが荷物の中から握り飯を出すと、万吉がうまそうに頬張った。

「薬草を手に入れたら、おたつに何か礼をする。着物とか、いろいろ面倒をかけたから……」

「私、万吉様がお母上を助けたいと思うお気持ち、よくわかります。私も母を亡くしているので……」

万吉がふと、表情を曇らせた。

「お方様はきっとよくなりますよ。そのために薬草を採りに行くのではないですか」

おたつが姉のように励ますが、万吉は落ちこんだままだ。おたつは、わざと明るくふるまった。

「ご褒美、やっぱりください」

「何が欲しい？」

「私を万吉様のお嫁にしてください」

「えっ？　……」

「だめですか？」

「いや……わ、わかった。おたつを嫁にする」

万吉は恥ずかしくなり、しどろもどろに答えた。

少しすると雨があがった。万吉とおたつは龍神池をめざし、池のほとりで薬草探しに夢中になった。

「おたつ、これではないか！」

万吉が探していた薬草を手に取り、振り返った途端に腰が抜けそうになった。

おたつが三人の侍につかまっている。

「おたつ！」

万吉は必死に助けようとしたが、大の男たちにかなうはずもなく、あっけなく捕らえられてしまった。

姫路城が、にわかに慌ただしくなった。

「申し訳ございませぬ！」

小兵衛が床に額をこすりつけ、職隆に詫びているところに、家臣が走りこんできた。

「殿、赤松から使者がまいりました。万吉様が龍野城におられるとのことで……」

職隆は腹をくくり、厳しい表情で立ちあがった。

職隆が出ていくのを見送る小兵衛もまた、ある決意を固めていた。

龍野城に職隆が到着したのは、夜の帳《とばり》がおりてからだった。

出迎えたのは、円満だ。

「これは職隆殿。いやいや、龍神池のあたりは物騒でいけませぬ。ご子息、ご無事で何よりでした。ささ、こちらです」

円満に案内されて、職隆は廊下を進み、赤松政秀が待つ主殿に入った。

「初めて御意《ぎょい》を得まする。小寺職隆にござる。こたびは、せがれ、万吉がご面倒をおかけし、誠に申し訳ない次第にございます」

職隆は手をつき、政職から与えられた小寺の姓を名乗って挨拶した。

「お手をおあげくだされ、堅苦しい挨拶は抜きじゃ。母御のために、遠路はるばる薬草を採りにまいるとは、親孝行なご子息でうらやましい」

政秀の合図で、小姓が酒肴の用意をし始めた。この機会に一献傾けようというのだが、政秀の真の意図は見えている。

「あいや、せっかくながら、家の者が案じておりますゆえ、これにて失礼つかまつります」

「敵の供応は受けぬか」

政秀はじっと職隆を見据えた。手を組んで播磨を平定するに十分な人物と見てとったのだろう、職隆の懐柔にかかった。

「御着の小寺に先はないぞ。家老たちが互いにいがみ合っておるのは、わしの耳にも入っておる。どうだ？　この際、赤松につかんか？」

「その件は円満殿を通じて、お断りいたしたはず。いくど申されようと、答えは変わりませぬ」

「播磨半国《はんごく》をおことに譲る。職隆殿にはそれだけの器量がある。姫路のような小さな城の城主で終わるおつもりか？　もったいない。考えてくださらんか？」

「お断り申しあげる」

「せがれ殿を人質に取ると言ったら？」

「ならば、せがれもろとも、ここで斬り死にするまで」

職隆は頑として節を曲げない。

「戯《ざ》れ言《ごと》じゃ」

政秀が大笑いし、今の言葉はなかったことにした。

万吉は無事に姫路城に戻り、薬草の入った袋を手に、いわの部屋に駆けこんだ。

「薬草です。これをおじじ様に煎じていただき、お飲みになれば、母上もきっと……」

意気込んでいた万吉は、いわに頬をたたかれて言葉を失った。

「お前の軽はずみな行いが、どれだけ皆に迷惑をかけたと思っているのです」

万吉は、龍野が敵の領地だと知って侵入した。万吉を迎えに行くために、職隆は命の危険を冒して敵の領内に入るしかなかった。

「親子ともども殺されてもおかしくないのですよ。あるいは、このことが御着に洩れれば、父上はあらぬ疑いをかけられることにもなるのです」

ひとこともない万吉に、いわはたたみかける。

「小兵衛は、すべてはおのれの不徳のいたすところと、父上のお留守の間に切腹しようとしました。もちろん、私は止めました。小兵衛のせいではない。甘やかした私が悪いのだと言って。お前が死ぬなら、私も死ぬと……」

万吉が蒼白の顔をあげた。いわが厳しくも慈愛に満ちた目で、じっと万吉を見つめている。

「万吉、お前はこの家の嫡男なのです。お前のふるまい次第で、人が命を落とすことにもなるのです。お前はひとりで生きているのではないのですよ。わかりますか?」

万吉の双眸《そうぼう》から、涙があふれてくる。

「だったら、母と約束をしておくれ。これからは父上の言うことをよく聞くと。そして、武家の嫡男としての覚悟を持つと。もっと学問武芸に身を入れるのです。約束できますか?」

万吉が涙をぬぐい、いわを見つめ返した。

「はい」

いわは微笑み、万吉の手からうれしそうに薬草の袋を受け取った。

「母のためにわざわざ摘んできてくれたのですね。万吉は本当に優しい子」

万吉が、しゃくりあげながら言う。

「母上も約束してください。薬を飲んで、病を治すと」

「わかりました。約束します。万吉のためにも、病を治しますよ……さあ、遅いから、もう寝なさい」

「はい。お休みなされませ」

退室しようとした万吉を、いわが呼びとめた。

「万吉……まっすぐに生きるのです。母はずっとあなたを見守っていますからね」

この夜が、万吉といわの永久の別れとなった。そして、いわの死を境に、万吉は心を入れ替えて学問に励み、武芸の鍛錬に打ちこむようになった。


いわの急逝は、職隆はじめ、重隆、休夢、友氏ら親族や家臣たちに悲しみをもたらしただけではない。御着城の政職にも、少なからぬ影響を与えた。

「されば、どうじゃ、職隆。この先、ひとりというわけにもいくまい。わしに後添いを世話させてくれぬか？」

「はあ……ありがたきお言葉、痛みいります。されど、まだ妻を亡くし、日もたっておりませぬゆえ……」

職隆に無理を通そうとしているのは、政職もわかっている。それでも、昨日までの味方が一夜にして敵になるこの乱世で、職隆との縁が薄くなるのは危ういことであった。

そんな政職の懸念を現実にするかのように、円満が重隆の屋敷を訪ねた。いわの死により、姫路と御着の縁が薄まったこのときが好機だと判断しての来訪だった。

この件は、翌日、姫路城を訪ねた重隆から職隆へと伝えられた。

「わしの口からおことを説き伏せてくれというんじゃ。もう十分、御着への義理は果たした。赤松に寝返れと。わしは、円満和尚の申すことにも一理あると思うておる」

かつて重隆は、赤松家に仕えた。やがて、黒田家が生き残るために最善の道は何かを見極め、小寺家についた。こののち、黒田家にとって得となるのはどちらか。赤松家かもしれない。

重隆の助言を、職隆は一蹴した。

「武士は義に生きるもの。損得勘定で動くのは商人《あきんど》」

「堅物じゃのう、相変わらず。武士でも商人でもどちらでもよいではないか。それほど目薬屋と言われるのが嫌か？　とにかく、よく考えて決めることだ。すべては生き残るためじゃ」

言いおいて、重隆は腰をあげた。


数日後、御着城下の村が野武士たちに襲われ、物品が略奪されただけでなく、領民の犠牲者が出た。このところ、こうした物騒な襲撃事件が頻発している。

御着城では、頭が痛い政職に、小河が不穏な情報を耳に入れていた。

「職隆殿が所用で姫路を留守にしているときにかぎって、野武士が襲ってくるのです。あらかじめ職隆殿がいないことを知っているかのように」

さらに江田が、政職の不安をあおる。

「しかも赤松と親しい坊主が、姫路城に出入りしているという噂もあります」

「赤松？　……まことか、それは」

政職は猜疑心を抱き始めた。

万吉は手近にあった本を読みつくし、土蔵の長持ちの中を探して中国の兵法書を見つけた。数冊あるなかから『三略《さんりゃく》』を選ぶと、寝食を忘れるほど本に没頭するようになった。

そんなある日、この日も万吉が土蔵にこもって兵法書を読みふけっていると、武兵衛が泡を食って飛びこんできた。

「若！　広峰明神から煙が！」

万吉が土蔵から庭に飛び出すと、はるか広峰山から煙が立ちのぼっている。

折しも堤の修繕工事が行われており、職隆は普請場の監督に出ていて城下を留守にしている。

「武兵衛、お前は父上に知らせよ！」

叫ぶや否や、万吉は外へと走りだした。

広峰明神は野武士たちの狼藉により騒然とし、御師たちが必死で防戦している。万吉が駆けつけたときには、いくつかの屋敷が黒煙をあげて燃えていた。

万吉は慌てて善右衛門の屋敷に向かった。急いで中に入ろうとするのとほとんど同時に、おたつが外に飛び出してきた。

野武士が一騎、馬上からおたつをさらおうとして追いかけてくる。万吉はとっさに石を拾いあげ、野武士めがけて投げつけた。

「おたつ！　こっちだ」

野武士がひるんだ隙に、万吉はおたつの手を取り、森のほうへと走った。

「おのれ、待て！」

野武士が執拗に追ってくるが、万吉とおたつは洞窟に逃げこみ、ようやく野武士を振り切った。

洞窟は、山中のけもの道に通じる抜け道だ。万吉とおたつがはい出てくると、茂みの向こうに騎馬武士がふたりいて、人目を避けるようにひそひそと話している。ひとりは普通の武士のいでたちで、もうひとりは野武士の首領らしい。

「そこまでやれとは言うてはおらん。このあたりで引きあげろ！」

武士が命ずると、首領がうなずき、ふたりは別々の方角に走り去った。


後日、職隆は御着城に呼び出された。主殿に入ると、政職を前にして、小河と江田が待ち構えている。

「どういうわけだ？　なにゆえ、職隆殿が姫路を離れているときにかぎって、賊が襲ってくるのだ？」

「黒田の家来衆が、野武士どもを手引きしたとの噂もござる」

小河と江田が、ここぞとばかりに聞きただした。

職隆には身に覚えがなく、濡れ衣としか思えない。

「なんの証拠があって、そのようなでたらめを！」

「ならば、円満という坊主についてはどうかな？　赤松の息がかかった坊主となにゆえ親しくするのだ？」

小河がからんできた。

「親しくした覚えなどあり申さん！　赤松につけと、調略を受けたまで。むろん、すぐに断りました」

職隆は落ち着いて答え、改めて政職に向き直った。

「殿、誓って嘘偽りは申しませぬ！」

「わからんなあ……もうよい。さがれ。追って沙汰する」

政職の態度は、なんとも煮え切らなかった。

職隆が姫路に帰城すると、石川が心配して会いに来た。

「まずいことになった……。もはや、わしにもかばいきれん。このままでは、切腹を申しつけられるやもしれん」

政職が仲介しようとした後添いの話を断ったことも、職隆への信頼を失わせているようだ。

ちょうどこのとき、万吉が廊下を歩いてきた。

万吉は、誰かが野武士を動かしているのではないかと考え、職隆に話してみようと、部屋の前で足を止めた。

「父上、よろしゅうございますか？」

声をかけて室内を見ると、顔見知りの石川の姿がある。

「大きゅうなったな、万吉殿。息災であったか？」

石川が親しく話しかけた。

「はい」

挨拶した万吉は、ふと、かたわらに控えている石川の家来、吉田平蔵《よしだへいぞう》に目がいき、心臓が跳ねあがった。洞窟の外で、野武士の首領と話していた武士だ。万吉は動揺が表に出ないよう、懸命に平静を装った。

「どうした？　用があるなら、早く言え」

職隆が不審げに見ている。

「いえ、お邪魔のようですので、あとにします。ご無礼つかまつりました」

万吉は頭をさげ、何事もなかったかのように立ち去った。


職隆が石川と吉田を見送って部屋に戻ると、万吉が待っている。

「父上。石川様が連れていらしたご家来の方ですが……。先日、見ました」

「どこで？」

「広峰明神です。野武士に指図しておりました」

「たわけたことを……見間違いであろう」

「いいえ、この目ではっきりと見ました。間違いございません」

「……ならば、なにゆえ、あのときすぐに言わなかった？」

「あの場で言えば、私も父上も斬られていたかもしれません。あるいは、子どもの見間違いだと、ごまかすこともできます。『三略』に曰く、謀《はかりごと》は密《みつ》なるをもってよしとす」

職隆がじっと万吉を見つめ、すっくと立ちあがった。

「……あいわかった！」


数日後、事が露見すると、吉田は上意討ちにされ、石川は馬を駆って逃げた。

職隆は御着城に出向き、政職に今回の仕儀を報告した。

「石川の狙いは、それがしに謀反の疑いをかけ、小寺家と離反させることにありました。そのうえで赤松に寝返らせようとたくらんでおったのです」

この場には、小河と江田が同席している。

「まさか、裏切り者は石川とは……」

「まんまと騙《だま》されるところでした」

小河と江田が、きまりが悪そうに顔を見合わせた。

ところが、政職は臆面もなく言ってのける。

「おぬしらは甘い。わしは職隆を信じておったぞ」


土蔵の中で、万吉が兵法書を耽読していると、御着城から戻った職隆が入ってきた。

「石川は赤松に走ったようだ。それもこの乱世の習い」

「はい」

「それからな、万吉……後添いをもらうことにした。殿のお世話でな……お前にはつらいかもしれんが……すべては生き残るためだ」

「はい」

「万吉……こたびのことでは、お前に助けられた。よくやったな」

職隆がぽんと万吉の肩をたたくと、満面の笑みが返ってきた。


二年後の永禄三（一五六〇）年五月十九日。尾張の熱田《あった》神宮に、信長の軍勢が集結した。大事な戦を目前にし、将兵も足軽も皆、緊張している。なかでも人一倍緊張しているのが藤吉郎で、武者震いなのか、ぶるぶると震えている。

甲冑に身を固めた信長が、軍勢の前に馬を進めた。

「狙うは今川義元《いまがわよしもと》の首ただひとつ！　皆の者、恐れるな！　生きるも死ぬも一度かぎり！　そのほうらの命、この信長に預けよ！　末代までの手柄とするのだ！」

一同が怒濤のような雄叫びをあげた直後、空に雷鳴が轟き、大粒の雨が降ってきた。

信長が天を振り仰いだ。

「天はわれらの味方ぞ！　命を捨てよ！　この先には天下が待っておるぞ、続け！」

信長が先陣を切って飛び出し、将兵が馬を駆って続くと、徒士《かち》の軍勢が一斉にあとを追った。藤吉郎も決死の覚悟で走っていく。

信長の軍勢は雨を味方に引き入れて気配を消し、今川勢に気取られないまま桶狭間《おけはざま》まで進軍すると、油断して休息をとっていた義元の軍勢を急襲した。二万五千の大軍を誇った義元の軍勢は、信長が率いるわずか二千五百の兵の前に敗れ去った。これが世にいう「桶狭間の戦い」である。

熱田神宮から桶狭間にかけて展開された信長の戦は、御師を介して姫路に伝えられた。万吉、武兵衛、重隆、おたつが、善右衛門の話に身を乗り出して聞き入った。

重隆がなかばあきれたように言う。

「尾張のうつけ殿が、海道一の弓取りといわれた今川義元を討つとはな……時代は変わったのう」

義元ほどの大名の首をあげたのは、毛利新助《もうりしんすけ》という馬廻《うままわ》り役だったという。

それにしても、万吉には不可解だ。

「今川義元がその桶狭間というところで休んでいるのを、なぜ織田方が……誰かが知らせたのですか？」

「そのとおり。簗田《やなだ》某《なにがし》が信長殿に知らせたらしい。敵の大将の首を取った者より、敵の居場所を教えた者のほうが、受けた恩賞ははるかに多かったそうです」

「面白い……信長という人は、実に面白い……」

万吉はまだ会ったことのない織田信長という武将に、深い興味を抱いた。

翌永禄四（一五六一）年。万吉は十六歳で元服し、名を官兵衛孝高《よしたか》と改めた。

第二章　忘れえぬ初恋

官兵衛は馬を駆り、姫路城下の草原を走り抜けると、職隆が待つ広峰明神の山頂に向かった。

「父上」

馬を寄せていく官兵衛に、職隆は眼下に一望できる姫路周辺を見てみるようにとうながした。

「向こうが御着。あちらが赤松の龍野。その中間に姫路がある。われらの役目は西の赤松から御着を守ること」

鞭でひとつひとつ指し示すと、職隆は再び御着城のほうに視線を投げた。

「小寺の殿が、お前を近習にしたいとの仰せだ。どういうことかわかるか？　黒田家は小寺の姓を賜ったとはいえ、所詮外様だ。よそ者だ。殿はわれらを心の底から信用されているわけではない。忠義の証しが欲しいのだ」

「私《わたくし》は人質ですね。覚悟はできております」

近習という名目で、主家が重臣の子弟を差し出させるのは珍しいことではない。だが、黒田家には、他家にはない事情がある。

「よいか。御着では、お前を目薬屋などとさげすむ者もいよう。そのような陰口に心を乱されてはならん。御着の家中は、先祖代々の結びつきがことのほか強い。われら外様が生き残るには、人一倍働くことだ。黒田家の嫡男として、名に恥じぬ働きをせよ」

「はい」

「言っておくが、ですぎたまねはするな。出る杭は打たれる」

官兵衛が才気走るのではないかと、職隆には一抹の不安があった。


数日が過ぎ、官兵衛が御着城に初出仕する日がきた。官兵衛は武兵衛を連れて登城し、小河、江田、櫛橋《くしはし》左京亮《さきょうのすけ》など重臣たちが注目するなかを進み、政職の前で手をついた。

「職隆が一子《いっし》、官兵衛孝高にございます」

「うむ。父に似て、賢そうな面構えじゃ。のう、左京亮」

「御意」

左京亮は真顔で答えると、官兵衛には親しげな顔を向けた。

「櫛橋左京亮だ。おぬしがよちよち歩きのころ、会《お》うたことがある。立派になったな」

「未熟者ゆえ、諸事、ご指南くださりませ」

官兵衛が頭をさげた。

廊下には、先に近習となった左京亮の嫡男・左京進《さきょうのしん》と、同輩の田辺庄右衛門《たなべしょうえもん》が控えている。

左京進は、父・左京亮と政職がいとこの間柄ということもあって鼻っ柱が強く、外様の官兵衛を見くだしていた。

ある日、囲碁の相手を命じられた官兵衛は、政職と碁盤をはさんで向き合った。官兵衛はなかなか筋がいい。じっくり考え、見事な手を打って政職はついに降参した。

「わしの負けじゃ。強いのう、官兵衛。だが、職隆だったら、わしに勝ちはせん。飼い主の手を噛んではならん」

政職はジロリと官兵衛を睨み、次の瞬間、別人のように破顔した。

「戯れ言じゃ」

こうして官兵衛は、政職の近習として勘どころを押さえた仕え方を覚えていく。

何日かして、夏の夕べを楽しもうと、御着城の近くの河原で蛍狩りが催された。若い侍女たちが無数に光る蛍を追っているのを、政職は酒を飲みながら眺めている。

政職の横で、正室のお紺《こん》が酌をしていた。

「お呼びでございますか」

官兵衛がすっと近寄り、政職の前に手をついた。

「わしはこれから所用で出なければならん。おぬし、お紺の相手をしてやってくれ。頼んだぞ」

政職は大真面目に命じ、その実、浮かれた足取りで立ち去った。

お紺は政職の後ろ姿を見送り、官兵衛に視線を移した。

「殿がどこに行かれたか知っていますか?」

「いいえ」

「側女《そばめ》のところです。堂々とそうおっしゃればいいのに……」

お紺が自嘲した。お紺はいまだ子に恵まれず、政職はどこかの若い娘にご執心らしい。

光の線を描いて蛍が目の前に飛んでくると、お紺は煩わしそうに扇子で追い払った。

「こんなものを美しいと思うのは若いうちだけ。よく見たら汚い虫」

思わず笑みをこぼした官兵衛を、お紺が改めて見た。

「そなたは姫路の職隆の子でしたね。つまり、人質」

「はい」

「私も人質です。小寺の殿様とわが父の絆の証しとして嫁いできたのです。戦ともなれば、真っ先に殺される身」

官兵衛は、政職の養女として職隆に嫁いだ亡母・いわを思い返した。

「母も同じでした。病で死にましてございます」

お紺は、遠くで光っている蛍に目をやった。

「蛍二十日に蟬三日……命ははかないもの……不思議なこと。あの汚い虫が、遠くから見ると、あんなにきれい」

官兵衛もまた、はかない蛍の光に命の一瞬の輝きを感じていた。


翌永禄五（一五六二）年。龍野を領する赤松政秀が兵を挙げ、小寺領内に攻めこんだ。先頭に立つ政秀のすぐ後ろに、小寺から寝返った石川の姿があった。

迎え撃つ御着城内で、慌ただしく出陣の支度が始まった。官兵衛にとっては初陣《ういじん》だ。黒田家の名に恥じない働きをしようと、武兵衛とともに家臣団の行軍の列につらなった。

御着城から領内を抜ける道の途中で、重隆とおたつが軍勢を見送ろうと待っている。

おたつが、官兵衛を見つけた。

「官兵衛様!」

官兵衛が気づき、おたつと視線を交えると、重隆に黙礼して通り過ぎていった。

沿道では、近隣の人たちが行軍を見物している。そのなかにひとり、官兵衛の背中が小さくなるまで見送っている若者がいる。栗山村《くりやまむら》に住む、善助《ぜんすけ》という男だった。


職隆が率いる黒田軍と、政職の小寺軍は、本陣で合流した。

政職が床几《しょうぎ》に腰をおろすと、先に到着していた職隆が来て、敵情を知らせるために膝をついた。

「敵、先鋒、およそ二百、西へ一里ばかり先の山まで押し出しております。率いるは石川源吾」

職隆の口から石川の名が出ると、政職はじめ家臣たちに怒りがこみあげた。

「殿、恐れながら、それがしを先鋒にお加えくださいい」

左京進が名乗りをあげた。

官兵衛も前に出て、「私も」と言いかけた声に、左京亮の叱声が重なった。

「控えよ、左京進! 近習は殿のおそばに控え、お守りするのが役目であろうが」

「そこを曲げてお願い申しあげます!」

なんとしても敵将の首をあげるという左京進の意気込みが、政職には好もしい。

「左京進、そなたの心意気、あっぱれである。存分に働いてまいれ」

政職の前を退出した左京進は、得意げに官兵衛に近づいた。

「見ておれ、官兵衛。戦がどういうものか教えてやる」

左京進が立ち去るのと入れ替わりに、職隆がやって来た。

「お役目しっかり務めよ」

言葉少なに官兵衛を励ますと、戦支度をととのえるために立ち去った。

それからまもなく、小寺、赤松の両軍は激突し、戦闘が始まった。


「どうなっておる？」

政職が戦況を知りたがるが、本陣にいては最前線の様子がわからない。幸い官兵衛は、幼いころにこのあたりでよく遊んでいて地理に詳しい。

「それがしに物見を仰せつけください」

「よし、行ってまいれ」

官兵衛は勢いよく立ちあがった。

武兵衛を伴い、戦況が一望できそうな小高い丘にのぼると、敵も味方も、人が斬られ、死んでいくむごい戦模様が目に飛びこんできた。官兵衛も武兵衛も、戦の凄惨さを目の当たりにするのは初めてだ。気がつけば、ふたりともぶるぶると震えていた。

戦場では、左京進ら先鋒隊が、石川の軍勢と戦っている。

「石川源吾、覚悟！」

左京進が石川を見つけ、一直線に馬を走らせた。

「退《ひ》け！」

石川が部隊を後退させた。

左京進は勢いづき、敵兵を倒しながら追いかけていく。石川は時々退くのをやめて攻撃に転じ、左京進の隊と少し戦うと、また退いていく。それを左京進が追いかける。その繰り返しである。

丘の上から見ていた官兵衛は、追いかける左京進の部隊と、後退する石川の部隊が、どのような戦の道筋をたどろうとしているのかが読めてきた。

「罠だ！『半ば進み半ば退くは誘也《さそいなり》』」

官兵衛は『孫子《そんし》』の一節を口にし、馬に飛び乗りざま武兵衛に命じた。

「武兵衛、お前は戻って殿にお知らせしろ！」

武兵衛が返事をする前に、官兵衛は猛然と馬を走らせていた。


職隆もまた、石川の作戦に気がついた。

「追うな！　退け！　退け！　深追いするな！」

声を嗄《か》らして叫んでいるところに、官兵衛の馬が走ってくる。

「父上！　これは罠です。左京進殿がそれと気づかず、敵を追っています！」

左京亮が近くにいて、歯を軋《きし》ませた。

「あのたわけが！」

「助けに行かねば」

官兵衛が動きかけたのを、休夢が止めた。

「待て。うかつに動けば、われらも敵の思うつぼ」

「しかし、このままでは見殺しだ！」

友氏がうめくように言い、苦境にたったかと思われたとき、官兵衛が顔をあげた。

「抜け道があります」

官兵衛の案内で、職隆、左京亮、休夢、友氏らが左京進の隊の援護に向かった。

石川の隊を追いかけ、森の中に兵を進めていた左京進の隊は、突然、茂みから飛び出した赤松の兵に攻撃されれた。待ち伏せされたのだ。退却していた石川の隊も攻撃に転じ、左京進たちに襲いかかってきた。左京進の隊は前と横からの攻撃にさらされ、兵たちはいたずらに屍《しかばね》を重ねていった。

左京進は呆然とし、もはやこれまでかとあきらめかけたとき、官兵衛たちが駆けつけた。職隆らは、意表をつかれて右往左往している赤松の兵を次々と倒していく。黒田勢は、評判どおりの強さを見せつけた。

官兵衛も必死に太刀を振り回した。戦巧者の敵に蹴倒され、あわや斬られそうになったとき、休夢に助けられた。

「退け！　退け！」

石川が撤退を決め、残った部隊を引き連れて逃走していった。

「われらの勝ちだ！」

職隆が太刀を掲げ、兵たちが勝どきの声をあげた。

左京進は悪びれず、得々として左京亮に報告する。

「父上、やりました。この左京進、兜首《かぶとくび》をあげましてございます」

「たわけ！　敵の術中にまんまとはまりおって。官兵衛の導きで敵の背後をつかなかったら、今ごろはお前の首がなかったところじゃ」

兵たちの前で叱咤され、左京進は悔しくてたまらない。

「余計なことをするな、目薬屋」

官兵衛に言い捨て、ぷいと立ち去った。

官兵衛はといえば、返り血を浴びたまま呆然と立ちすくみ、左京進の負け惜しみも聞こえていない。地面にはいくつもの死体が打ち捨てられ、戦が終わった今になって、本当の恐ろしさに心が打ち震える思いがしていた。


ともかく官兵衛は無事に初陣を終え、報告かたがた重隆の屋敷に立ち寄った。重隆とともに、善右衛門やおたつも初陣の話を聞きたいと、官兵衛が来るのを待っていた。

官兵衛は武功こそないが、敵の罠を見破り、味方を窮地から救うなどの活躍をした。

「初陣にして、その働き、上出来ではないか」

重隆は満足そうだが、おたつは物足りないようだ。

「姫路城のご嫡男として、これからもっともっと武功をあげねばならないというのに。せっかくの初陣で兜首のひとつもあげられなかったのが、残念でならないのです」

官兵衛はカチンときた。

「おなごに戦の何がわかる」

官兵衛がおたつに言い返すと、重隆が割って入った。

「はて……手柄などたてなくてもいいから、無事に帰ってきてほしい。広峰さんにそう祈っておったのはどこのどいつだったかな?」

善右衛門が噴き出し、おたつは頬を染めて外に出ていってしまった。

このとき、おたつは気づかなかったが、庭から家の中をのぞいている若い男がいた。出陣の軍を見送っていた善助で、人が出てくる気配に慌てて姿を隠した。


重隆の屋敷から続く海岸を、官兵衛とおたつは海を眺めてのんびりと歩いた。近習になってからの官兵衛は、御着の屋敷に居住していてなかなか姫路に戻れない。

おたつが近習の多忙さを思いやると、官兵衛は意外そうな顔をした。

「殿のおそばに仕えるお役目だ。大変なもんか。むしろ誇りに思っている」

「でも、姫路の若君がわざわざ御着に出仕なさるのは、要は官兵衛様は人質ということでしょうか？」

おたつは案じたが、官兵衛は武家に生まれた者のさだめだと達観している。

「だが、人質といってもいろいろある。亡くなった母も人質として嫁いできたが、決して不幸ではなかった。父上に優しくされ、皆から慕われ、短い生涯だったが、きっと幸せだったと思う」

「ええ」

官兵衛とおたつは、いつしか肩を並べて海を見つめていた。

どれほどの時が過ぎたのか。空がにわかにかき曇り、どこかで雷鳴が聞こえたかと思う間もなく激しい雨が降りだした。官兵衛とおたつは雷雨の中を走り、一軒の小屋を見つけてずぶ濡れになりながら中へ飛びこんだ。

「まいったな……」

官兵衛が格子窓から外を見た。

「あのときと同じですね」

おたつが思い出したのは、薬草を探して赤松の領地に入り、通り雨に降られて近くのお堂に駆けこんだときのことだ。

(私を万吉様のお嫁にしてください)

(えっ？　……)

(だめですか？)

(いや……わ、わかった。おたつを嫁にする)

官兵衛も覚えている。まだ元服前のことだが、思い返すと照れくさくてしかたがない。

突然、稲光が走って近くに雷が落ち、おたつが悲鳴をあげて官兵衛の胸に飛びこんだ。

「ご、ご無礼を……」

おたつはすぐに体を離したが、官兵衛は心臓の鼓動が早まっている。

「寒いのか？」

官兵衛が震えているおたつの肩をさすり、おたつはどきどきしながら身を固くしている。

ふたりは交わす言葉もなく、ただ寄り添い、雨にけむる窓の外を見つめていた。


重隆の屋敷に官兵衛が帰ったのは、夜になってからだった。

翌朝、官兵衛は身支度をととのえ、御着に戻るために表に出た。数歩歩きだしたとき、物陰から善助が棒切れを振り回して襲いかかってきた。

「何やつ！」

官兵衛が棒をかわし、太刀に手をかけて身構えると、善助は棒を放り投げて平伏した。

「ご無礼、お許しください！　栗山村の善助と申します。黒田の若様はお知恵のある方とうかがっていましたが、武芸の腕はいかがなものかと、試させていただきました」

「試しただと？」

官兵衛がムッとしていると、重隆が何事かと外に出てきた。

「黒田家は、たとえ身分が低い者でも武芸才覚次第でお取り立てくださると聞きました。この善助、つまらぬ身ではございますが、必ずやお役に立ちますぞ。わしがおれば、若様はもはや百人力です！」

善助が自分を売りこんだ。

官兵衛に家来をもつ気はない。渋っていると、重隆があおって、楽しげに笑った。

「こやつは役に立ちそうだ。いずれ、おことの宝になるやもしれん。『機失うべからず、時再び来たらず』じゃ」

重隆が、明《みん》の故事を引き合いに出した。

官兵衛はしかたなく善助を御着に連れ帰った。武兵衛に槍の稽古をつけさせてみると、善助は基礎もできておらず、口ほどにもなく無駄に槍を振り回すだけだ。

武兵衛が、善助を引き倒した。

「村に帰るなら今のうちだ！」

「まだまだ！」

善助が跳ね起き、槍を手に向かっていくが、武兵衛は難なく倒してしまう。

「何が百人力だ！　笑わせるな」

「始めたばかりで、弱いのは当たり前だ。でも、見ていろ、いずれわしのほうが強くなる！」

善助はへらず口ばかりが百人力だが、何度でも立ち向かっていくしぶとさがあった。


播磨で小寺や赤松が領土争いをしているころ、信長は尾張統一を果たし、美濃《みの》攻略に乗り出していた。ところが、稲葉山《いなばやま》城を守る斎藤龍興《さいとうたつおき》は手ごわい。美濃の山道で起きた戦では、信長はみずから槍を振るって戦ったが、周囲を敵の多勢に囲まれて苦戦し、やむをえず軍を退いた。

わずかな近習に守られて味方の陣にたどり着くと、織田軍の将・柴田勝家《しばたかついえ》が待ち受けていた。

「殿、ご無事でしたか！」

駆け寄る勝家に、信長は冷ややかな目で皮肉った。

「権六《ごんろく》、わしが生きていてそんなに意外か？」

勝家は以前、織田家の後継者をめぐる対立において信長の実弟・信行《のぶゆき》に与し、信長に弓を引いた経緯がある。もっとも、信長はいずれ天下に号令をかける大望を抱いており、今ここで内輪もめをする気はなかった。

信長に従う兵たちのなかに、猿と呼ばれた藤吉郎もいた。

信長は陣営を立て直し、再度、美濃に侵攻した。稲葉山城を奪取すべく進軍していると、藪《やぶ》の中、村落の中など、あらゆるところにひそんでいた伏兵に襲われた。織田勢は背面をつかれて混乱し、絶体絶命の危機におちいった。

このとき、斎藤の軍勢がとったのは、「十面埋伏の陣《じゅうめんまいふくのじん》」と呼ばれる戦法だった。全軍が伏兵と化し、侵入した敵をいったん通過させたのち、背面から奇襲して退路を断ち、一斉に攻撃に転じて壊滅させるのが狙いだ。

信長は罠にはまったのだ。

藤吉郎は戦列を離れ、山に向かって必死に走った。

「殿の一大事じゃ！　お救いせねば」

信長の手勢は懸命に敵の攻撃を防いだが、日が暮れるにしたがい、ひとり、ふたりと倒されていき、とうとう信長は味方とはぐれて単身で戦わざるをえなくなった。

「織田信長じゃ！」

それと気づいた敵兵が襲ってくるのを、信長は息も絶え絶えになりながら槍で突いた。

信長は次第に朦朧《もうろう》とし、苦い過去がよみがえってくる。

信長が床に臥せっていると、弟の信行が心配して体の加減を見に来た。その刹那、信長は布団をはねあげ、信行を斬り殺したのだ。

「信長と見受ける。覚悟せよ」

声が聞こえ、現実に引き戻された信長の目の前に、またひとり敵が現れた。信長は槍先を斬り落とされ、太刀を抜いて無我夢中で斬り捨てた。

息を入れて目を閉じると、背中を震わせて泣く母・土田御前《どたごぜん》の後ろ姿が見えた。

（……お前は鬼か）

土田御前は信行の亡骸《なきがら》を抱き寄せ、信長を振り返った。

信長は足をよろめかせ、命を奪った弟に語りかける。

「信行、わしに死んでほしいか。しかし、わしはこのようなところで死ぬわけにはいかぬ」

どこからか「殿ー！」と呼ぶ大声が聞こえてくる。信長が周囲を見回すと、いつしか敵はいなくなっていて、藤吉郎が何人もの男たちを引き連れて走ってくる。ふだんは木曽川《きそがわ》で水運業を行っている蜂須賀小六《はちすかころく》ら川並衆《かわなみしゅう》を、味方に引き入れてきたのだ。

「猿か！」

「敵は退きましたぞ」

「何をやった？」

「あれをご覧あれ」

信長が稲葉山城を見ると、城に続く道にいくつもの松明《たいまつ》の火が並び、旗指物《はたさしもの》がたなびいている。

藤吉郎が、小六たちを指した。

「木曽川筋の川並の衆にございます。この者たちに頼んで松明と旗をありったけ用意させ、城攻めしているかのように見せかけました」

「敵は城を守りに戻ったのか」

「間に合わぬかと肝を冷やしました……よくぞ……ご無事で」

藤吉郎は、泥にまみれた顔を涙でくしゃくしゃにした。

「お前、わしが生きていてそんなにうれしいか？」

信長が、不思議そうに藤吉郎を見た。

「殿の命はわしの命にございます」

涙で鼻を詰まらせた藤吉郎に、信長が笑った。

「こたびは負けたが、必ずや美濃を手に入れてみせる」

信長は全軍に指示し、撤退していく。

藤吉郎はしばしその場にとどまり、真剣な顔で稲葉山城を見あげた。

「斎藤方には、とんでもない軍師がいるようじゃな」


稲葉山城の一室では、斎藤龍興の軍師・竹中半兵衛《たけなかはんべえ》が、戦闘から戻った武将より、織田のとった奇策について報告を受けていた。

「松明と旗でたばかられましたか……敵もなかなかやりますな」

「おのれ、あと少しで信長の息の根を止めることができたのに。無念じゃ」

武将が苦々しい顔をした。

「十面埋伏の陣」を献策したのがこの半兵衛で、のちに官兵衛と出会い、軍師へと導いていくことになる。


官兵衛の初陣から一年たった永禄六（一五六三）年。小寺は、宿敵・赤松と和議を結んだ。疲弊した国力の回復を優先させようと、職隆が尽力した結果だった。しかし、戦国の世の常で、赤松は再び進出する機会をうかがい、小寺は決して安泰ではなかった。

姫路城は、東に小寺の御着城、西には赤松の龍野城と、両者にはさまれている。また、龍野城の南方、海寄りに位置しているのが浦上《うらがみ》の室津《むろつ》城だ。

赤松は進出の足掛かりとして、隣接する室津城の浦上氏に目をつけた。

室津城主・浦上政宗《まさむね》は、赤松の不穏な動きを察し、御着城の政職に使者を送った。

「赤松が室津城を狙っているのは間違いありませぬ。室津城を落としたのちには、小寺家に刃《やいば》を向けるは必定《ひつじょう》。そうなる前に、われら浦上と手を組んでいただきたい」

このとき、隅に控えていた官兵衛が、何かに気づいてピクリと反応した。

使者が帰ったあと、重臣たちが集まって評定が開かれた。

「殿、これは当家の勢いを伸ばすまたとない機会にございます」

小河が議論の口火を切り、江田も浦上と組むのが最善の道だと賛成した。

「うむ……そうじゃのう……」

政職は迷っている。

「今、浦上と組めば、いたずらに赤松をいらだたせることに……」

職隆は慎重に検討を重ねることを勧め、言外に反対の意を表した。

小河と江田は、前年の戦で赤松を破ったことで強気になっている。弱腰では好機を逃すと力説した。実際、離合集散が当たり前のように行われていて、今は赤松と和議を結んでも、いつ覆されるかわからない時勢ではあった。

進まない評議に、官兵衛はとうとう我慢できなくなった。

「恐れながら申しあげます。今、浦上と手を結べば、必ずや赤松と戦になりましょう」

「控えろ、官兵衛！」

職隆が止めたが、政職は興味を示した。

「よいよい、続けろ」

「はっ。浦上家の室津は海に面し、海路を制する要地にございます。当家と浦上が手を組めば、赤松は追い詰められ、窮鼠《きゅうそ》猫《ねこ》を噛む。必ず攻めに出ます。それでは、結んだばかりの和議を反故《ほご》にするも同然。当家の信用にも関わります」

官兵衛は理にかなった意見を述べたつもりだったが、職隆が案じていたとおり、小河から反発を食らった。

「若輩がわかったような口をきくでない！　臆病風に吹かれて、もたもたしておると、播磨は赤松の手に渡ってしまうぞ！」

反論しようとした官兵衛は、職隆の目配せに気づき、喉まで出かかった言葉を飲みこんだ。

「うむ、それぞれの言い分、もっともだ……ここは思案のしどころじゃのう……」

優柔不断な政職は、それからひと月迷った末に浦上との同盟を選び、政宗の一子・清宗《きよむね》と小寺家とで婚姻関係を結ぶことになった。

色づいた木々が秋の到来を知らせている。お紺は御着城の庭を散策し、官兵衛を見かけて声をかけた。

「官兵衛。浦上家との縁組みはどうなっています？」

「はっ。小寺家ご親戚筋のしかるべき姫様がお輿入《こしい》れなさるようで」

「私のときと同じ。それが武家の娘に生まれた者のさだめ」

お紺が紅葉を見つめ、つられたように官兵衛も顔をあげた。かすかな風に、はらはらと葉が落ちる。どこか切ない落葉に、お紺は何かを思い出したかのように唐突に聞く。

「官兵衛は好きなおなごがいますか？　妻にしたいと思う人です」

「はあ……」

「いるなら、手を離さないことです。一生、悔いて生きることになりますよ」

そう言いおくと、お紺は去っていった。

官兵衛は思うところがあり、広峰明神にある善右衛門の屋敷へと足を向けた。庭先に回ると、折よく、おたつが掃除をしている。さてどう話を切りだそうかと迷っているうちに、善右衛門が屋敷内から出てきて、おたつに場をはずすようにと目で合図した。

そののち、善右衛門は、怪訝そうな官兵衛を一室へといざない、いずまいを正した。

「実は、夕べ、お父上とお話ししまして……おたつを浦上家に輿入れさせることに決めました」

「えっ、おたつを……」

「職隆様の養女にしていただき、嫁がせます。御着にはよい年頃の姫様がおられぬと聞きおよびまして、こちらからお願い申しあげました。お役に立ちたいと。それがおたつにとってもいちばんよい道……」

思いもよらない話に、官兵衛は頭の中が真っ白になった。

善右衛門は、おたつのほのかな思いも、官兵衛から感じる好意も、すべて承知のうえで話を進めたのだ。男手ひとつながら、善右衛門はおたつをどこへ嫁がせても恥ずかしくないように育てあげた。しかし、もし、おたつが黒田家の嫡男・官兵衛に嫁いだなら、身分が釣り合わず、肩身の狭い思いをするだろう。

「されど、黒田家の養女にしていただいたうえで浦上家に嫁ぐとなれば、話は別。御師の娘が若君の妻になれるのです。このうえなき幸せ」

「おたつはなんと……」

「おたつは父の頼みを快く聞き入れてくれました。お察しくだされ」

善右衛門が深々と頭をさげた。

それでも官兵衛は、どうしても本心を確かめずにはいられず、広峰明神におたつを誘った。

「本当にいいのか?」

「はい。ご恩のある黒田家のお役に立てるのですから」

おたつがうなずき、もの言いたげに見つめる官兵衛に微笑みかけた。

「官兵衛様は、人質でも幸せになれるとおっしゃいましたよね。たつはきっと幸せになります」

おたつの気持ちに揺るぎはなく、官兵衛はもはや何も言うことができなかった。


小寺と浦上が同盟を結ぶ話は、すぐに龍野の赤松政秀の耳に入った。

「ものは考えようだ。これでいかようにも動ける。赤松の力を見せつけてくれようぞ」

血気にはやる政秀を、石川源吾がなだめようとする。

「しかし、この前の戦でしくじったばかりです。心してかからねば……」

「誰が小寺を攻めると言った」

政秀はにやりと笑った。

明けて永禄七（一五六四）年正月。職隆の養女となったおたつは、花嫁姿の装いも美しく姫路城から出てくると、ほんの一瞬、官兵衛と目を合わせ、花嫁の輿に乗りこんだ。花嫁行列が粛々と室津へと向かっていく。官兵衛はおたつのあでやかさに魅了され、万感胸に迫る思いで見送った。

時を同じくして、龍野城の城門前に、大将の政秀をはじめ武装した赤松軍が集結した。軍勢を指揮する石川が、皆の前に進み出た。

「めざすは室津城。敵は祝言《しゅうげん》の最中で、油断しておる。よいか、一気に浦上をたたきつぶす！」

石川は檄を飛ばし、兵たちの戦意を盛りあげた。

官兵衛は御着に戻り、黒田屋敷の一室に寝転んで虚空を見つめている。

「若！　たった今、急な知らせがあり、赤松が兵を挙げて、室津城に向かったそうです」

息を切らして駆けこんできた武兵衛の報告に、官兵衛は弾かれたように外に飛び出していった。

室津城の主殿で、浦上清宗とおたつの祝言が執り行われている。初々しい花嫁のおたつと、温厚そうな清宗が祝いの盃を交わし合い、政宗がうれしそうに笑みをたたえて見守っている。

赤松の軍勢が刻一刻と室津城に迫りつつあることなど、政宗も清宗も予想だにしていなかった。

第三章　命の使い道

婚礼の宴がたけなわになったころ、廊下に乱れた足音が交錯し、家臣が飛びこんできた。

「殿、赤松が攻め寄せてまいりました！」

政宗が色をなし、席を蹴立てて叫んだ。

「敵だ！　急ぎ、備えをせよ！」

城内は騒然となっている。

清宗は動揺するおたつを家臣に託した。おたつは不安げに清宗を見つつ連れていかれた。

赤松軍は猛然と室津城に押し寄せ、城門を打ち破った勢いで城の中になだれこんできた。

突然の襲撃に、浦上勢は戦の支度が間に合わずにバタバタと倒れていく。ついに指揮を執っていた政宗が討たれ、清宗も敵の槍に突かれて命を落とした。

おたつや女たちは、家臣の先導で土蔵に身をひそめた。だが、敵はすぐそこまで迫っていた。家臣が倒され、土蔵の戸がこじ開けられたとき、おたつは覚悟を決めていた。

官兵衛が遮二無二馬を走らせ室津城の近くまで来ると、城内から火の手があがっている。後先も考えず馬から飛びおりた官兵衛の行く手を、追いかけてきた武兵衛が無理やりふさいだ。

「若、なりませぬ！　われらふたりでは犬死にとなるだけ！　善助が姫路へ知らせに走りました。まずは援軍を待ちましょう！」

武兵衛が、官兵衛の腕をむんずとつかんだ。

「邪魔をするな！」

強引に武兵衛の手を振り払うと、官兵衛は城門の中へと走っていく。武兵衛があとを追った。

城内に一歩足を踏み入れると、浦上勢の屍が累々と横たわっている。ほぼ全滅状態で、赤松軍は城に火をかけて撤退したあとだった。

官兵衛はおたつを捜し、武兵衛とともに城の奥へと進み、土蔵の前で棒立ちになった。戸は開け放たれ、中に女の死体が折り重なっている。恐ろしいほどの不安に襲われながら、官兵衛は土蔵の中に入り、花嫁衣裳を血に染めたおたつが倒れているのを見つけた。

「おたつ！」

駆け寄って抱き起こすと、おたつは虫の息でうっすらと目を開けた。

「……かんべえ、さま……」

「おたつ、一緒に姫路に帰ろう」

おたつは何か言おうとするが、言葉にならず、涙をひと筋流すと静かに息を引き取った。

数日後、御着城で緊急に評定が開かれ、重臣たちが集結した。官兵衛は隅のほうに左京進と並んで控え、険しい表情で唇を嚙んでいる。

職隆が、沈痛な面持ちをあげた。

「われらも姫路より急ぎ駆けつけましたが、間に合いませなんだ」

赤松の襲撃が早かったとはいえ、浦上との盟約が裏目に出たのは明白だ。

小河が他人事のようにうそぶく。

「これは、前もって戦の支度をしておったに相違ありませぬぞ。われらが浦上と手を組まずとも、赤松は攻めてくるつもりだったのでしょうなあ」

左京亮が、かぶりを振った。

「さにあらず。浦上と手を組んだがゆえに、赤松が襲いきたったのです。海路を絶たれ、先手を打ってきたのでござろう」

政職が、官兵衛のほうを見た。

「官兵衛、おことの申したとおりになってしまったのう」

「恐れながら申しあげます。今こそ赤松を攻めるべきでございます！」

官兵衛が声を張ると、職隆が厳しい目で制した。

「かまわぬ」

政職は進言を続けるようにと官兵衛をうながした。

「お味方の浦上が、当主、嫡男ともに討たれたのでございます。このまま赤松を放っておくは、武門の恥。当家は播磨じゅうから侮られます。今すぐ兵を挙げ、赤松を討つべきと存じます！」

小河が不快感をあらわにした。

「軽々しく申すな。備えができておらぬわ」

「そもそも戦を嫌がっておったのは、おぬしではないか」

江田の指摘は言いがかりも同然で、官兵衛は浦上と手を組むことで戦になるのを危惧したのだ。

「されど……」

釈明しかけた官兵衛に、職隆の叱責が飛んだ。


赤松を攻めるか否かの決定は、政職がいったん預かり、事のなりゆきを見てから判断をくだすことにした。それから何日かが過ぎたが、まだこれといった沙汰がない。

姫路城の職隆のもとに、重隆、休夢、友氏が心配そうな顔を揃えた。

「このままでは、おたつが浮かばれまい。兄上、われわれ黒田勢だけでも弔《とむら》い合戦を！」

友氏はすぐにも腰をあげそうだ。

「ならぬ。今、われわれが下手に動けば、小寺家はばらばらになる」

職隆は、戦を拒んだ。

「兄上、悔しくはないのですか？　義理とはいえ、おたつは兄上の娘ではありませぬか！」

休夢も赤松への制裁を求めたが、職隆は首を縦に振ろうとせず、厳しい顔で部屋を出た。

「察してやれ。職隆とて、つらいのだ。それ以上に苦しんでいるのは、官兵衛かもしれぬが……」

重隆はそう言って、庭のほうに目をやった。

庭では、職隆が腕を組んで考えこんでいる。小寺と黒田が一枚岩でなければ、小競り合いが絶えない播磨のなかで生き残るのは難しい。それは政職が決断しなければ、黒田勢も動けないことを意味している。一族の思いがひしひしと伝わるだけに、職隆の表情は苦渋に満ちていた。

この日、官兵衛が役目を終えて下城しようとすると、城門のところで、左京進と田辺に鉢合わせした。頭をさげて通り過ぎようとする官兵衛を、左京進が呼びとめた。

「今、話していたんだが、職隆殿の養女ということは、死んだ花嫁はおぬしにとって、姉にあたるわけか」

「……はい」

「それで、おぬし、むきになって仇討ちなどと騒いでおったのか」

官兵衛が黙っていると、田辺が知ったふりをする。

「もともとは広峰の御師の娘だったらしい」

「ほう、御師の娘か……。ま、なんにせよ、実の姉でなくて、よかったではないか」

左京進に悪意はなかったのかもしれないが、この言葉は、まだ生々しい官兵衛の傷口に触れた。

官兵衛の中で何かが切れ、左京進につかみかかった。武兵衛が慌てて官兵衛を羽交い締めにしたが、あやうく悶着を起こすところだった。


官兵衛は荒れた感情のもっていき場がなく、藪の中で荒れ狂ったように太刀を振り回し、周囲の木や草をなぎ倒した。息が切れ、体は疲れ果てても、神経は尖っていた。

鬱屈した気分を抱えたまま、官兵衛は海辺にやって来た。夕暮れの海を見つめていると、重隆が籠と酒の入った瓢箪《ひょうたん》をさげてぶらぶらと歩いてくる。

重隆が「ほれ」と、官兵衛に籠の中の魚を見せた。

重隆と官兵衛は、その場で火をおこして魚を焼き始めた。焼きあがるのを待ちながら、重隆はちびちびと酒を飲み、さりげなく話を切りだした。

「実はな、官兵衛……嫁に行く前の晩、おたつが来た」

ぼんやり火を見ていた官兵衛が、目に炎を映して重隆を見た。

その夜、おたつは、これが最後だと言って薬草を入れた籠を届けに来たという。重隆は、その折、浦上家との婚姻が決まったときから気になっていたことを聞いた。おたつの偽らざる気持ちだ。

（……おたつ、本当にこれでよかったんだな？）

（悔いはありません……ただ、お聞きいただきたいことが……）

（なんだ？）

（私は……官兵衛様をお慕い申しておりました。でも、このお話をお受けしたときに、その思いはきっぱり捨てました。私は黒田の娘となり、官兵衛様は弟です）

（そうか……）

（ご隠居様、今後とも、弟、官兵衛のことをよろしくお願い申しあげます）

おたつは、曇りのない目で重隆を見たという。

「官兵衛、おぬし、評定で赤松を討つべきだと言ったそうだな。やめておけ」

「なにゆえですか？」

いくら官兵衛が武士の面目云々と並べたてても、重隆はとっくに腹の内を読んでいる。

「要は、おたつの仇討ちではないか。今のお前は怒りにまかせているだけだ。そんなざまで、赤松に勝てると思うか？　負ける」

「負けたら、死ぬまで。戦って命を落とすなら本望です」

「たわけ！　命を無駄に使うものではない。お前は命の使い方がわかっておらん」

重隆が雷を落とすと、官兵衛はかえって激高した。

「おたつは私の腕の中で死んだのです！　婚礼の夜に、泣きながら死んでいったのです。仇を討ってやらねば、おたつが、あまりにも哀れです……」

官兵衛は、不覚にも涙を流している。

「官兵衛、お前はまだ若い。世の中を知らん。こんな小さな播磨が世のすべてではない。世界は広いぞ。もっと見聞を広めるんじゃ。おのれが何をすべきか、世の中を見て、考えろ」

重隆は厳しくも温かく官兵衛に言い聞かせると、ふと表情をゆるめて魚に手を伸ばした。

「お、焼けたぞ。ほら、食え」

一尾取って官兵衛に手渡し、自分もうまそうに焼けた魚にかじりついた。

それからまもない永禄七（一五六四）年二月六日。重隆は、五十七歳の生涯を閉じた。


尾張清洲城の信長は、美濃稲葉山城の斎藤龍興を攻めあぐねていた。

ところが、この二月、藤吉郎に、その稲葉山城に異変が起きたとの急報が入った。

「稲葉山城が落ちただと!?」

目を剝く藤吉郎に、蜂須賀小六が声をひそめて耳打ちする。

「川並衆が急ぎ知らせてきた。斎藤龍興が家臣、竹中半兵衛なる者の謀反じゃ」

「竹中半兵衛？　仔細を申せ」

「うむ。謀反に加わったのは、竹中半兵衛以下十七名……」

小六の得た情報によると、半兵衛は龍興の小姓として出仕していた弟・久作《きゅうさく》に仮病をつかわせ、弟の見舞いという名目で稲葉山城に入ったという。登城の際、半兵衛は家臣たちに武具を用意させていたらしい。

半兵衛たちは手筈どおりに事を進め、廊下で遭遇した龍興の側近を一刀のもとに斬り倒すと、城内にいる者たちに申し渡した。

(ゆえあって、この城、竹中半兵衛がもらい受ける！　一同、早々に城から立ちのかれよ！　手向かう者は容赦なく斬り捨てる！)

城内が混乱におちいると、龍興は女の着物を羽織り、騒動に紛れて裏口から逃走した。龍興に従ったのは、数人の家臣と女たちだったという。

藤吉郎は、ただちに稲葉山城陥落を信長に注進した。

「その竹中半兵衛に使いを出せ。美濃半国を与えるゆえ、城を明け渡せとな」

信長は即座に命をくだし、藤吉郎は素早く踵《きびす》を返して走り去った。


信長の正室は、かつて美濃を治めていた亡き斎藤道三《どうさん》の娘・お濃《のう》である。道三は下剋上により美濃の大名にのしあがったが、嫡子・義龍《よしたつ》(お濃の兄)との対立は抜き差しならないほど深刻化していった。その義龍の一子が、稲葉山城を追われた龍興で、お濃には甥にあたる。

信長は、お濃の膝枕で横になった。

「濃よ。そなたの父、斎藤道三はわしに美濃の国を託して死んだ」

「はい。父はわが兄に裏切られ、殺されました。殿にはその無念を晴らしていただかねばなりませぬ」

「仇討ちなどくだらぬ。大事なのは、今、その美濃に主がおらぬということだ。それゆえ、わしがもらう」

「されど、竹中半兵衛が謀反におよんだのは、城を乗っ取るためではなく、酒色におぼれたわが甥、斎藤龍興をいさめるためだったと聞きました。素直に明け渡しましょうか」

「竹中半兵衛が利に釣られ、城を明け渡すならそれでよし。しかし、義にこだわり、わしの誘いを断るならもっと面白い」

　信長は、むっくりと体を起こした。

「義に生きる男など、この乱世、滅多におらぬ。古びて用をなさず、腐りきったものをすべてたたき壊し、新たな世をつくる。それがわしの義だ」


　播磨の河原で、官兵衛がぼんやりと釣り糸を垂れている。その横で、武兵衛と善助が、難攻不落といわれた稲葉山城がたった十七人で落とされたと夢中になってしゃべっている。

「しかもです。その竹中半兵衛、美濃半国を与えるという信長の誘いを蹴って、追い出したはずの主君、斎藤龍興にあっさりと城を返してしまったとか」

　武兵衛が聞こえよがしに抑揚をつければ、善助もわざとらしく驚いてみせる。

「竹中半兵衛という男、ますます面白いですな」

「ああ、面白い！　実に面白い！」

武兵衛と善助が大げさに盛りあげ、官兵衛の反応をうかがった。

官兵衛は物思いにふけっていて、話を聞いていないばかりか、釣り針に魚がかかったことにも気づかない。結局一匹も釣れないまま、官兵衛は肩を落としてとぼとぼと帰路についた。


官兵衛の時間は止まったままだが、時代の流れはいよいよ速度を増していく。

永禄八（一五六五）年を迎えたある日、御着城の一室で、政職と職隆は碁を打ちながら、赤松家の最近の情勢について意見を交わした。

「鉄砲を数十挺、新たに買いつけたということでございます」

職隆が言い、石を置いた。

「攻めてくる気か？」

「それはわかりませぬが、備えを万全にしておくにこしたことはありませぬ。わがほうも鉄砲を揃えたほうがよろしいかと」

「そうだな。よし、そちにまかせる」

政職はしばし考え、自信ありげに次の一手を打った。勝負ありで、政職の勝ちだ。

「まいりました」

「惜しかったな」

上機嫌な政職に、職隆がうかがいをたてる。

「鉄砲を買いつけるとなると、堺《さかい》まで行かねばなりませぬ。官兵衛をお貸しいただけますか？」

政職の了承を得ると、職隆は一室に官兵衛を呼んで、鉄砲買いつけの役目を伝えた。

官兵衛は、あまり気が乗らない。

「しかし、近習のお役目は……」

「その近習のお役目を、お前はしかと果たしているか？」

官兵衛が仕事に身が入っていないことは、当然、職隆の知るところとなっていた。

「おたつのことを、まだ引きずっておるのか？」

「父上はもうお忘れですか？」

「怒りはまた喜ぶべく、憤りはまた悦《よろこ》ぶべきも、亡国はまた存《そん》すべからず、死者はまた生くべからず……。『孫子』だ。いっときの怒りや憤りで戦を起こしてはならぬ。怒りや憤りは時とともに消え、また喜びに変わるが、滅んだ国を再び立て直すことはできぬ。死んだ者が再び生き返ることもない」

職隆は官兵衛の目を覚まそうとした。だが、さっぱり手ごたえがない。

「今のお前にはわかるまい。今のお前は、黒田家の恥だ」

職隆は言いおくと、官兵衛に背を向けて立ち去った。


翌朝、官兵衛は、堺へと出立した。武兵衛と善助が随行している。

武兵衛の腰の胴巻きには、砂金を隠し入れてある。砂金の重さに、責任の重さが加わった。

親切心から、善助が手を貸そうとするあまり、渡し場で船をおりたところで口論になった。

「それ、わしが半分お持ちしましょうか？」

「さわるな！　これには命より大事な金《きん》が入っておるのだ」

武兵衛が、善助の手を振り払った。

「さればこそ、ふたりで分けて持ったほうが安心かと」

「余計なことはしなくてよろしい。お前に持たせて、落とされたらどうする？」

武兵衛と善助の言い争いが過熱し、官兵衛があきれた。

近くにいた饅頭《まんじゅう》屋が、三人の様子を見ていて近寄ってきた。

「まあ、そう、かっかなさらず、饅頭などいかがで？」

「いらん！」

武兵衛と善助が声を揃え、官兵衛が思わず笑いだした。

「もらおう。ふたりとも饅頭でも食って頭を冷やせ」

官兵衛が饅頭を買っている間に、武兵衛が善助に耳打ちする。

「見たか？　姫路を出てから初めて笑われた」

「はい」

ふたりは旅に出て明るさを取り戻した官兵衛に少し安心し、一緒にまた歩きだした。饅頭屋がじっと見送っていることに、誰も気づかなかった。


官兵衛たち一行が山道にさしかかったとき、屈強そうな山賊がぞろぞろと現れた。首領格の男は、先ほどの饅頭屋だ。

「おとなしく有り金を置いていけ。命だけは助けてやる。命より大事な金を持ってるんだろう？」

饅頭屋がにやりとし、山賊たちが太刀を抜いて迫ってくる。

官兵衛たちはじりじりと後ずさり、善助が何かにつまずいて転んだ。

「痛っ……。なんだ？　昼寝の邪魔をしおって……」

草むらの中から、牢人風の男が身を起こした。不機嫌そうにあたりを見回すと、数人の山賊が三人連れの若者たちを取り囲んでいて何やら剣呑《けんのん》な雰囲気だ。

「物盗りか……飯食わせてくれるなら、助太刀するぞ」

牢人が官兵衛たちに声をかけると、饅頭屋がすごんだ。

「引っこんでろ！　邪魔だてすると、容赦しねえぞ！」

「やってみろ。俺を敵に回すと怖いぞ」

牢人は腕に覚えがあるのか、官兵衛たちの前に出た。

「やれ！」

饅頭屋のひとことで山賊たちが一斉に斬りつけると、牢人は素早く身をかわし、太刀も抜かずに当て身だけでふたりの山賊を倒してしまった。

ほかの山賊が官兵衛たちに襲いかかったが、皆でなんとか身を守った。

「まだやるか？」

牢人は本気になったのか、太刀に手をかけた。

官兵衛たちも、呼吸を整えて身構えた。

山賊たちは分が悪いと見てとると、倒れた仲間を助け起こして逃げていった。

官兵衛はほっと胸をなでおろし、改めて牢人に向き直った。

「ありがとうございました。助かりました。お名前をお聞かせ願えますか。それがし、播州《ばんしゅう》御着の小寺官兵衛と申します」

「拙者、摂州《せっしゅう》牢人、荒木村重《あらきむらしげ》」

村重が名乗った。


官兵衛たちは、村重に案内されて破《や》れ寺に入った。ここが一夜の宿だが、雨風をしのげ、宿賃がただとくれば文句は言えない。村重が何げなく聞いた。

「おぬしたちはどこまで行くんだ？」

「堺です」

「堺か……こんな大変なときに……」

「何かあったのですか？」

「知らんのか。将軍、義輝《よしてる》公が殺されたんだ」

「えっ？」

官兵衛が絶句した。

室町幕府第十三代将軍足利《あしかが》義輝は、脆弱になった幕府の権力と将軍の権威を回復させようとした。ところが、幕府を支配したい三好《みよし》三人衆（義輝を傀儡《かいらい》とした三好長慶《ながよし》亡きあとの三好一族）と、松永久秀《まつながひさひで》（三好家を牛耳るようになった元家臣）にとって、義輝は厄介な存在となった。

そこで、この永禄八年五月十九日、松永と三好三人衆は謀反を起こし、二条御所《にじょうごしょ》に手勢を送って義輝暗殺におよんだ。

村重が重苦しい息をついた。

「義輝公は武芸に秀でたお方であったが、ただひとりの剣の力などなんの役にも立たん。乱世もここに極まれりだ」

官兵衛が眉間にしわを寄せた。

「その後、京はどうなりましたか？」

「将軍を倒したあと、今度は松永久秀と三好三人衆が仲間割れをして、今や畿内一円が戦場《いくさば》になっておる。一日ごとに形勢が目まぐるしく変わる。世はまさに動いておる」

善助が探るような目をした。

「荒木様はどうしてそのことを？」

「あちこち歩き回っておるからな」

「歩き回って、何をされているのですか？」

「様子をうかがっておるのじゃよ」

「なんの様子ですか？」

「天下のよ。この荒木村重、今は牢人だが、いずれ一国一城の主になる」

村重は胸を張った。いずれ力のある大名になり、天下取りに名乗りをあげる。その大望を果たすためにも、自分がすべきことを知り、実行する機をうかがっているのだという。

「ま、夢は大きくな」

村重はどこまで本気なのか笑いだし、官兵衛もつい噴き出した。

「善助、飯だ」

官兵衛は、いよいよ警戒を強めている善助に命じた。

善助が握り飯と物盗りから買った饅頭を取り出し、それを官兵衛が差し出すと、村重は腹がへっているからと遠慮なく口に入れた。

「で、堺には何をしに行くんだ？」

「実は、主君の命で、鉄砲を買いつけにまいります」

官兵衛が今回、初めて堺に行くことや、その目的まで隠しだてせずに話すと、武兵衛は金の入った胴巻きをぎゅっと握りしめて村重を盗み見た。

「よし、饅頭の恩義。それがしが案内してしんぜよう」

村重が快く引き受けた。


次の日、官兵衛たちは、村重の案内で堺へと向かった。畿内に入ると、疲労困憊した領民たちがぞろぞろと歩いてくるのとすれ違った。集落を焼かれ、家族、親族、隣人たちを殺された人たちだ。

村重が痛ましげに見送った。

「また戦だ。愚かしい。なんのための争いだ。民百姓だけが苦しむ」

義輝の暗殺により政情はますます不安になり、畿内いたるところに戦火が広がり、絶え間なく争いが起きていた。

官兵衛たちは旅を続け、翌日、堀に囲まれた町が見えてきた。

「あれが堺だ」

村重が指さした。

町の中は、これまでの畿内とは別世界だ。さまざまな商店が立ち並び、大勢の商人や南蛮人が行き交って活気にあふれている。何もかもが珍しく、官兵衛たちは目を輝かせた。

一行は食事をとるため、旅籠《はたご》に入った。官兵衛は食事中も、外の賑わいを眺めている。

「近くで戦があったなんて、嘘のような賑わいですね」

「堺はよそとは別だ。この町では、仇同士であっても刃を収めねばならんという掟がある。どんなに腕に覚えがあろうと、堺の金の力には勝てん。この町でいちばん偉いのは将軍でも大名でもなく、会合衆《えごうしゅう》と呼ばれる豪商たちだ」

「会合衆……」

官兵衛には、まったく聞き慣れない言葉だ。

食事を終えた村重が、腹をさすって立ちあがった。

「あー、食った、食った。どれ、行くか。ごちそうさん」

支払いもせずに先に立って出ていく村重に、武兵衛が不平たらたらの顔をした。

「いいではないか。危ういところを助けてくれたんだぞ」

官兵衛がなだめ、武兵衛はブツブツ文句を言いながら勘定を出した。

次に村重が案内したのは、鉄砲を扱う豪商、今井宗久《いまいそうきゅう》の大きな邸だった。

「堺で鉄砲といえば、今井宗久だ。会合衆のひとりでもある。だが、堺の豪商が播磨の田舎侍を相手にしてくれるかのう。ま、敷居は高いかもしれんが、なんとかなるだろう。わしはここで失敬する」

「荒木殿。ご助力ありがとうございました」

官兵衛が礼を述べた。

村重はまだ用件があるらしく、さりとて言いにくそうにしている。

「いや……ところでな……実は、わしはこれから知人を頼って、摂津《せっつ》へ行こうと思っておるのだが、先立つものが……これでは摂津に着く前に飢え死にしてしまう。どうだろう？　案内料ということで……」

村重が手を出した。

「何をおっしゃいますか。こちらこそお礼をせねばと思っていました」

官兵衛がにこやかに言い、渋る武兵衛に銭袋を出させると、少なからぬ銭を村重に渡した。

「こんなにいいのか？」

村重が目を見張った。

「荒木殿は命の恩人ですから」

「かたじけない。今度会うときは、俺は城持ちになっているからな。十倍にして返すぞ。また会おう、官兵衛殿！」

機嫌よく歩いていく村重を、官兵衛と善助はにこにこしながら見送った。

武兵衛だけが、渋い顔で銭袋の中をのぞいていた。

村重はあながち大言を吐いたわけではなく、数年後、官兵衛と再会するときには、城持ちになっている。

今井邸を訪《おとな》うと、官兵衛たちは豪華な一室に通された。室内には南蛮渡来の珍しい品々が飾られている。皆で興味津々に見回していると、襖《ふすま》が開き、宗久が入ってきた。

「お待たせして申し訳ありませぬ。今井宗久にございます」

互いに挨拶を終えると、官兵衛はさっそく本題に入った。

「堺は初めてですが、一見《いちげん》の客に、売っていただけるのでしょうか？」

「もちろんでございます。お代さえいただければ、どなた様でもお客様でございます」

宗久は会合衆の余裕なのか、播磨の田舎侍などと官兵衛たちを侮ってはいない。

「見せていただけますか？　実物を見ませんと」

「ごもっとも。しばしお待ちを」

宗久はいったん席をはずし、しばらくすると実物の鉄砲を持って戻り、官兵衛の手に渡した。

「重い……」

官兵衛は、ずしりとした感触を確かめた。武兵衛と善助も、横からのぞきこんでくる。

宗久が、ひとつひとつ説明していく。

「弾はここから入れます。火縄に火をつけ、こうやって構えて、よく狙い、放つ……一撃で人は死にます。これからは戦い方も変わってくるやもしれませぬ。先日も、尾張の織田信長様がぎょうさんお買い求めになられました」

「織田様が？」

「堺にお見えになったのは、ご家来の木下藤吉郎様というお方でしたが。ご自分でも仰せでしたが、どことなく猿に似ておられ、それは愉快なお方でございました」

宗久は思い出してふっと笑った。

「その木下様が面白いことをおっしゃっていました」

（今この堺の栄華が、戦の道具を売ることで成り立っているというのは、なんとも因果なものですな）

官兵衛は手にした鉄砲を見つめた。藤吉郎の言わんとする意味を考えていると、宗久が穏やかな笑みを浮かべた。

「お武家様にはおわかりいただけないでしょうが、それが堺の商人の戦なのでございます」


今井邸を辞した官兵衛は、考えごとにとらわれながら雑踏の中を歩き、いつしか武兵衛たちとははぐれていた。力なく歩く官兵衛の脳裏を、さまざまな声がよぎっていく。

（今のお前は、黒田家の恥だ）

堺に出立する前、職隆から食らった譴責《けんせき》だ。

（世界は広いぞ。もっと見聞を広めるんじゃ。おのれが何をすべきか、世の中を見て、考えろ）

亡き祖父・重隆が遺した戒めだ。

そして、宗久のあのひとこと。

（お武家様にはおわかりいただけないでしょうが、それが堺の商人の戦なのでございます）

さまよい歩いていた官兵衛は、どこからか聞こえてくる不思議な旋律に引き寄せられた。歌は一軒の民家から流れてくる。官兵衛は屋内をのぞいてみた。

キリスト像の前で、武士、農民、商人などさまざまな人たちが祈りを捧げている。民家を借り、南蛮寺として使っているらしい。

南蛮人の宣教師が、信者たちにポルトガル語で語りかけた。官兵衛にはわからない言語だが、日本人の修道士がいて通訳していく。

「おん神、デウスのもとでは、身分の差はありません。ここでは、皆、同じキリシタンです」

また宣教師がポルトガル語で話し、修道士が日本語にした。

「キリシタンには三つの掟があります。デウスを信じること。デウスの救いを望むこと。そして、お互いの大切。わが身を思うがごとく隣人を大切に思うのです。隣人を許し、自分のように慈しむのです。そうすれば、この世から争いはなくなるでしょう」

ミサ曲が流れ、讃美歌が始まった。

きれいな歌声を聴いているうち、官兵衛の目から涙がこぼれ落ちた。


官兵衛は再び雑踏の中に出てたたずんだ。人の流れや街並みをぼんやり見ていると、武兵衛と善助が足早に近づいてくる。

「どこにいらしたのですか？」

武兵衛が心配そうに聞いた。

「世界は広い……。とてつもなく広い……俺にはわからないことばかりだ……」

官兵衛はまた歩きだした。あてなどない。ただ歩いていく。その表情は何かを深く追求しているかのように厳《いか》めしく、その目は彼方まで照らすほどに輝いていた。

第四章　新しき門出

官兵衛たちが堺を訪れてから、二年ほどが過ぎた永禄十（一五六七）年。

姫路では、川の堤防工事が行われている。官兵衛は普請場に足を運び、領民たちに混ざってみずから土囊《どのう》を運び始めた。

「この川は昔から暴れ川で、領民を苦しめてきたからな。この堤ができれば、米の採れ高は倍になる。皆の暮らしも豊かになり、年貢も増える」

普請奉行の小兵衛が、頼もしそうに官兵衛を見た。

「ご立派になられて……これで黒田家の行く末も安泰……」

小兵衛が感極まって鼻をすすった。

官兵衛はおたつを失った悲しみからようやく立ち直り、領民に親しまれる若殿へと成長しつつある。官兵衛は二十二歳になっていた。


足利義輝が暗殺されて二年が過ぎたが、征夷《せいい》大将軍《たいしょうぐん》の座は依然として空席のままだ。義輝の実弟・義秋《よしあき》が将軍の座を狙っているが、君主としての器量に乏しく、後ろ盾になろうとする大名は少ない。このころの義秋は越前一乗谷城《えちぜんいちじょうだに》の朝倉義景《あさくらよしかげ》の庇護下にあったが、冬は雪に閉ざされる越前は京から遠く、室町幕府の衰亡を象徴しているかのようだった。

義秋に従うのは、義輝の代に側近として仕えていた細川藤孝《ほそかわふじたか》、和田惟政《わだこれまさ》などかぎられていた。

そんななか、一乗谷城の廊下を歩いてきたひとりの武将がいる。明智光秀《あけちみつひで》だ。

「光秀、待ちくたびれたぞ。で、朝倉はなんと申しておる。いつになったら上洛の兵を挙げるのじゃ？」

義秋は聞き急いだ。

「いずれ機運が高まればとのみ」

光秀の口ぶりからして、朝倉には義秋を擁して天下を取ろうという野望はなさそうだ。

義秋はいずれ将軍の座に就くつもりでいる。朝倉にその気がないなら、甲斐《かい》の武田信玄《たけだしんげん》や、越後《えちご》の上杉謙信《うえすぎけんしん》に期待をかけたい。

そんな義秋に、光秀は冷静に告げる。

「武田と上杉は互いに睨み合い、さらに関東の北条もそこにからんで動きが取れぬのでございましょう」

「……尾張の織田信長はどうじゃ？」

「織田は美濃攻めに手を焼き、上洛どころではありますまい」

「どいつもこいつも……どこかにおらんのか？　余とともに京にのぼり、松永、三好を討つ気骨のある者は！　書状だ。日の本すべての大名に書状を出すのじゃ！」

義秋は不平を鳴らし、兵力を拡大しつつある大名から地方の小勢力にまで書状を送った。

「これが足利義秋公からのご書状じゃ。上洛の供をせよとの仰せじゃ」

政職は得意げに義秋の書状を掲げた。

政職の前に、職隆、小河、江田ら重臣たちが並び、義秋の書状を仰ぎ見た。かたわらには、官兵衛と左京進が控えている。

「小寺のお名前が、遠く越前におわす義秋公のお耳にまで届いているとは、さすがでございまする」

小河がおだてあげ、政職もまんざらではない。

「上洛か、それもよいな。この播磨の地から天下取りに名乗りをあげるか……」

調子にのって豪語した。

「実は、それがしのところにも同じような書状が……」

職隆が遠慮がちに申し出て、懐から書状を差し出した。

「上洛の供をせよと、同じことが書かれているではないか！　どういうことだ、これは？」

政職が青筋をたてた。

評定を終えた政職は、ようやく授かった嫡男・斎《いつき》がいる部屋に向かった。まだ乳飲み子の斎を、政職は溺愛している。

「のう、お紺……。この斎が元服し、家督を継ぐころ、わしは生きておるかのう……」

少しでも支障をきたすことがあれば、今のうちに取り除いておかなくてはならない。職隆にも義秋からの書状が届いた一件は、下剋上の風潮とあわせて考えれば、いつか御着が職隆に乗っ取られるのではないかという疑心暗鬼を生じさせる。

「黒田家には力がある。先代の重隆のころより領民に慕われておるゆえ、いざ戦というときはすぐに兵が集まる。姫路の殿のためならと命を惜しまぬ兵どもがな」

政職は猜疑心が強い。お紺は放っておけず、城の庭に官兵衛を呼び出すと、話がこじれる前に何か手を打てないかと相談した。

「まさか……父に逆心など微塵もありませぬ」

「わかっておる。家中に争いごとがあれば、それに乗じて近隣の敵が攻めてくるやもしれぬ。それが心配なのじゃ。ようやく生まれた斎のためにも、この家を守っていかねば……」

「心得ております」

官兵衛は姫路城に帰った職隆に文を書き、武兵衛に早馬で届けさせた。


官兵衛からの文は、職隆が読み終えると休夢に手渡され、休夢から友氏へと回された。

「ご書状の件をわざわざ言うことはなかったのです。黙っておればこんな厄介なことには……」

最後に読んだ友氏が、職隆に文を返した。

「黙っていても、いずれ殿のお耳に入る。あとで知られたら、そのときこそ、逆心ありと見なされよう」

職隆も迷った末の上申だった。

「なんと申し開きすれば信じていただけるか……もとより、わしに逆心はないが、ないということを証しだてるほど難しいものはない……」

職隆が弱音を吐いた。休夢は政職の疑り深さをぼやき、皆で思案に暮れた。

何事もなく数日が過ぎた。この日、政職は的場にいて、弓矢の稽古を楽しんでいる。キリキリと弓を引き、的に向かって矢を放った。官兵衛が次の矢を差し出す。

「官兵衛、近々、狩りにでもまいるか。久しぶりじゃ、職隆を連れていこう。櫛橋の領内によい狩場がある。そうじゃ、見てまいれ」

政職はひとり決めすると、はかりごとでもあるのか薄笑いを浮かべた。

櫛橋領は、政職の重臣のひとりで、志方《しかた》城主・櫛橋左京亮が統治している。

志方城下に入った官兵衛が馬を進めていくと、行く手にある大きな木の上で、五歳くらいの男の子が泣いている。木の下には、どこかの姫君とおぼしき若い娘とその侍女がいて、どうしたものかと困っている。

とうとう若い娘が着物の裾をからげて木に登ろうとし、侍女が慌てて止めた。

「おやめください。お怪我なさいますよ」

「大事ない」

侍女は登らせまいとし、若い娘は登ろうとする。

官兵衛が馬を止めて聞くと、侍女がほっとしたように木を指した。

「いかがなされた?」

「わらべが……登ったのはいいのですが、おりられなくなってしまいまして。どうぞ助けてやってください」

官兵衛は馬をおり、木の下から男の子に声をかけた。

「おい、泣いているばかりではおりられんぞ。よいか、まず落ち着け。今から教えるとおりに足を動かしておりてくるんだ」

「無理です。あんなに怖がっているのですよ。登って助けたほうが早いでしょう」

若い娘が木の幹に手をかけた。

「危ない。やめなさい」

「ご心配なく、木登りは得意でしたので」

「とんだはねっ返りだ」

若い娘が、キッと官兵衛を睨んだ。

「それなら、あなたが登って助けてください。ひょっとして、怖いのですか？」

官兵衛と若い娘が丁々発止とやっていると、いつの間にか男の子が泣きやんで、あきれたようにふたりを見ている。

官兵衛が、男の子の視線に気づいた。

「すまぬ、すまぬ！　言い争いをしているときではなかったな。泣きやんだのなら、もう大丈夫だ。まず右足を下の枝に乗せるんだ。ゆっくりでいいぞ」

男の子はこわごわと、官兵衛の言うとおりに右足を下の枝にかけた。

「そうだ。次は左足。そう、ゆっくり……」

男の子は少しずつおり始め、もう少しというところで足をかけた枝が折れた。落ちてくる男の子を、官兵衛と若い娘はぴったり息を合わせて見事に抱きとめた。

男の子は怪我もなく、きょとんとしている。

「でかしたぞ。よくひとりでおりてきた。立派だったぞ」

官兵衛がたくさん褒めた。男の子は、名を仙吉《せんきち》という。

「仙吉、なぜ木登りなどしたのだ？」

「山桃を……」

仙吉が、枝に実っている山桃の実を見あげた。若い娘の説明によると、仙吉は病で寝込んでいる母親のために、精のつくものを食べさせたくて山桃をもごうと思ったらしい。

「よし、待ってろ、仙吉」

官兵衛は器用に木に登り、山桃がたわわに実っている枝を手折った。そして、おりてくる途中、山桃がたくさんなっている枝をもう一本見つけて折った。

「さあ、母御に」

「ありがとう！」

官兵衛が枝を一本持たせると、仙吉は大喜びで走っていった。

もう一本残った枝を、官兵衛は若い娘に差し出した。

「これで仲直りです」

「えっ……？」

「では」

ひらりと馬に飛び乗り、走り去っていく官兵衛を、若い娘と侍女はあっけにとられて見送った。

それからしばらくして、櫛橋領の狩場に、政職、職隆、左京亮、官兵衛、左京進ら一行が集合した。一行は獲物を探して馬を進め、政職が茂みの中にキジを見つけて矢を放った。ところが、キジは羽音をたてて飛び去ってしまい、射止めそこなった政職は面白くない。

一行は弓を手に、周囲に目を配りながら森の中を進んでいく。

すると、目の前の茂みに大きなキジが現れ、政職が慌てて矢をつがえた。キジは、右に左に動いていて狙いが定まらない。

「殿、上に、飛び立たせます」

官兵衛が機転をきかせ、キジの足元を狙って矢を射た。驚いたキジが飛び立ったところに、弓を絞って待ち構えていた政職が矢を射かけた。見事命中し、キジがどっと落ちてくる。

「でかしたぞ、官兵衛。おことのおかげじゃ」

政職は大喜びだ。

左京亮が、職隆に馬を寄せた。

「職隆殿、官兵衛は立派になったのう。殿の覚えもめでたいようだし、先が楽しみじゃな」

「まだまだでござる」

職隆は謙遜するが、うれしさがにじみ出ている。

ふたりの会話に、政職も加わった。

「いや、左京亮の申すとおりじゃ。官兵衛は、いつ家督を継いでも恥ずかしくない立派な跡取りじゃ。うらやましいのう。それにくらべ、わが子、斎はまだ小さい。斎が成人するまでわしは生きておるかどうか……。後継ぎが幼いのをいいことに、小寺家を狙う者が現れるやもしれん。それが心配でならんのじゃ……」

なぜか斎の話になり、政職が気弱そうにため息をついた。

志方城の庭で、この日仕留めたキジなどを鍋にして酒宴が催された。皆にほどよく酒が回ったのを見はからい、政職が意味ありげに左京亮に目配せした。左京亮はもとより心得ていて、手をたたいて合図すると、ふたりの若い娘が酒を運んできた。

「左京亮、この美しい娘たちじゃが、どこの者か?」

政職が聞いた。

「恥ずかしながら、わが娘にございます。姉の力《りき》と妹の光《てる》にございます」

左京亮が娘たちを引き合わせた。

「お初にお目もじいたしまする」

力が手をつき、その横で光も一礼した。

「うむ。父親に似ず、美しゅう育ったのう」

政職が目を細めると、力と光がはにかんだ。

官兵衛は、妹の光に見覚えがあった。山桃の木によじ登ろうとした娘だ。

酒宴が続き、官兵衛が所用で渡り廊下に出ると、ひょいと光が現れて頭をさげた。

「先日は大変失礼いたしました」

「いえ、こちらこそ……まさか櫛橋様のご息女とは知らず、無礼を申しました」

「はねっ返りでございます」

光が茶化した。

「山桃、ありがとう存じます」

「あ、ああ、はい……では……」

官兵衛はどぎまぎし、恥ずかしげに一礼した。

官兵衛が庭に戻ると、政職が力の酌を受けている。

「ときに官兵衛……。おこともそろそろ身を固めてもよいのではないか？」

「えっ……？」

「ここに年頃の娘がおる。左京亮の娘ということは、わしの縁者でもある。その娘が官兵衛の嫁になれば、小寺家と黒田家はよりいっそう強い結びつきになるのだがのう」

「それはよきお考え」

左京亮は最初から承知のうえの話だ。左京亮と政職は、いとこの関係にある。

「どうじゃ、職隆？」

「は、はあ……ありがたきお話……」

職隆は、降って湧いた縁談に戸惑った。

政職はすっかりその気で、官兵衛と力を見くらべた。

「似合いの夫婦となろう。のう、左京亮？」

「はい」

左京亮はうれしそうだが、力は目を伏せてしまった。

酒宴が散会になると、一室に、左京亮、左京進、力、光の親子が集まった。

「合点がいきませぬ。黒田家は商人あがりの外様ですぞ」

力と官兵衛の縁談を進めようとする左京亮に、左京進が食ってかかった。それでなくとも、狩りで官兵衛が手柄をたてたのが悔しくてたまらず、腹の虫のいどころが悪い。

「父上はご存じないのです。官兵衛がどのような男か」

「そんなことはない。官兵衛が賢い男だということは、わしもよくわかっておる」

左京亮が高く評価しているとなれば、左京進はなおさら官兵衛の風下に立つわけにはいかない。浅知恵をひけらかす、心の卑しい男だと官兵衛をおとしめると、力をいたわりの目で見た。

「そのような男のもとに嫁ぐ力が不憫でなりませぬ！」

「私も噂は兄上から常々聞いております。そのようなずる賢い人のもとに行くのは、嫌でございます」

「いい加減にせい！　わがままを言うでない」

左京亮が腹をたて、部屋を出ていった。

わっと泣きだした力に、光が小首をかしげた。

「そんなにお嫌ですか？　私には兄上が言うような方には思えませぬが……」

「さっき会うたばかりで、何がわかる？」

左京進は頭にきていて、今にも爆発しそうだ。

光は口をつぐみ、自室へと退散した。床の間には、山桃の枝がいけてある。この枝を手折ってくれた官兵衛は、光には裏表のない、気さくな人物に思えた。

左京亮の娘と官兵衛の縁談を、休夢と友氏は良縁だと賛成した。

「これで御着の殿との縁も深まる。義秋公のご書状の一件も落着するでしょう」

休夢はひと安心したが、職隆はあまり楽観視していない。

「足利将軍家の名はまだ重い……。それに、殿のお疑いはまだ晴れてはおらぬ。やはり、こうするほかないか……」

職隆が一瞬、目を閉じた。

「わしは隠居する。官兵衛、お前に家督を譲る」

官兵衛が、鳩が豆鉄砲を食らったような顔をした。

「殿はわしより官兵衛のほうが扱いやすいと思うておいでだ。それゆえ、櫛橋殿との縁組みを思いつかれたのであろう。されば、わしが隠居し、官兵衛に家督を譲れば、殿も安堵なさるに相違ない。これが黒田家の生き残る道だ」

身を退くことで黒田家の安泰がはかれるなら、職隆にためらう理由などなかった。


いったんは落ちたはずの美濃の稲葉山城は、半兵衛があっさりと主君・斎藤龍興に返してしまったがために、信長の美濃攻略はいまだ果たせずにいる。

ところが、この年、美濃に動きがあり、藤吉郎が攻略の糸口をつかもうとしていた。

美濃を睨んで立つ墨俣《すのまた》城で、藤吉郎が弟の小一郎《こいちろう》と話していると、小六が書状を手にして駆けこんできた。

「来たぞ！　西美濃三人衆からの書状が届いた！」

藤吉郎が跳ね起き、書状に素早く目を通した。

「これだ。これを待っておったのだ！」

勇んで部屋を飛び出した藤吉郎は、信長の居城である尾張小牧《こまき》城に向かった。

「西美濃三人衆を調略したと申すか？」

信長は書状を読むのももどかしそうに、藤吉郎に問いただした。

西美濃三人衆とは、稲葉《いなば》、安藤《あんどう》、氏家《うじいえ》の各氏を指す総称で、三氏とも龍興の重臣たちだ。

「いずれもわがほうに寝返りましてございます。これで、稲葉山城は裸城《はだかじろ》も同然」

「でかしたぞ、猿！」

信長はただちに馬を引かせ、一目散に美濃をめざすと、稲葉山城の城門を駆け抜けた。

「この古き門をぶち壊せ！　わが城に、新しき息吹を吹き入れよ!!」

永禄十年八月。難攻不落の稲葉山城が落城し、信長は数年にわたって攻めあぐねてきた美濃の攻略を果たした。だが、美濃は、天下取りへの第一歩にすぎない。

それからまもなく、稲葉山城に、柴田勝家、丹羽長秀《にわながひで》、滝川一益《たきがわかずます》、佐久間信盛《さくまのぶもり》ら重臣たちが集まった。主殿にずらりと並んだ家臣団は、信長が現れると一斉に平伏して迎えた。

信長は上座に着き、一同を見わたした。末席に、藤吉郎もいる。

「本日より、この地を岐阜《ぎふ》と改める。そして、わが印《いん》を新たに用いる」

かたわらの小姓が紙を開き、「天下布武《てんかふぶ》」としたためられた文字を一同に見せた。

「天下布武。天下に武を布《し》く。新しき秩序により新しき世を開く。乱世は終わりじゃ。この信長が天下を統一する」

家臣団からどよめきが起き、主殿は大きな興奮に包まれた。

信長はこの折、地名と同時に城の名も稲葉山城から岐阜城に改め、以後、居城とする。

「すげえ……天下布武！　天下布武じゃ！」

藤吉郎の目が輝いていた。

半兵衛はすでに稲葉山城を去っていて、近江《おうみ》に結んだ草庵で信長の「天下布武」を知った。

「天下布武……それが信長の義か……大きく出たな。しかし、面白い……」

半兵衛が、ふっと笑みをこぼした。


信長の大望は、播磨の御着城にも聞こえてきた。

「天下布武！　武によって天下を治めるということでございます。信長殿は、ご自分が天下を取ると、世に名乗りをあげたのでございます」

官兵衛は興奮冷めやらぬ口調で報告した。

政職は、楽しそうに斎をあやしている。

「ふん、大ぼらを吹いたものよのう」

信長の政策では、官兵衛が注目しているものがもうひとつある。

「信長殿は、その岐阜で楽市《らくいち》を始めたそうでございます」

楽市は、岐阜を本拠とした信長が、城下町を繁栄させるためにとった商業政策だ。岐阜城下での商売には税をかけず、誰でも好きなように商いをしてよいと門戸を開いた。

「今や岐阜は各地から商人が集い、活気に満ちあふれている由にございます」

「物好きじゃのう。それでは、商人ばかりが儲かるではないか」

政職が、いちいち難癖をつける。

「城下が豊かになります。人が集まり、国が大きくなります。それにならって、ここ御着でも、楽市を始めたら……」

興味のない政職は、さっと官兵衛の話の腰を折った。

「ところで、職隆のことじゃ。隠居して、家督を官兵衛に譲ると申しておるが、その後、どうじゃ？　気は変わらんか？」

「はい」

「そうか……。おことは、十七のときからわしに仕えてくれた。わしはな、腹を割って言えば、おことをこの子と同じ、わが子のように思うておるのじゃ。おことはわしの身内だ。いずれ職隆に代わり、わしを支えてくれると信じておるぞ。ほれ、抱いてやってくれ」

政職が、斎を官兵衛の腕に預けた。

「官兵衛。この子を守ってやってくれ。頼むぞ」

「はっ、命に代えても必ずやお守りいたします」

官兵衛の律儀さに、政職は満足げにうなずいた。

光が庭の木を眺め、山桃の枝を手折ってくれた官兵衛のことなど思い出していると、突然、左京亮と左京進の緊迫した大きな声がして、力の泣き声が聞こえてきた。

光は、声のするほうへ急いだ。力が突っ伏して泣いていて、その横に左京亮と左京進が立っている。光が来たのを見て、左京進が手にした懐刀を見せた。

「自害しようとした。官兵衛との縁組みがどうしても嫌で……危ういところであった……」

力がいっそう声をあげて泣く。光は力のもとへ行き、嗚咽に震える背中をさすった。

「父上、これほどまでに嫌がっておるのですぞ。それでも官兵衛に嫁がせるおつもりですか？」

左京進が力を不憫がったが、左京亮は閉口している。

「しかし……それでは殿にそむくことになる。わしに腹を切れというのか？」

「そうは申しておりませぬ。考え直していただきたいのです。殿もわかってくださるはず」

左京進が説得に努めるのを聞きながら、光は力の背をさすり、なんとなく様子がおかしいとその顔をのぞきこんだ。泣き濡れているはずの力は、涙など一滴もこぼしていない。

「姉上、もう少し、上手に泣きませんと」

光が笑いだし、訝《いぶか》しげな左京亮を見た。

「嘘泣きのようです」

「……光、余計なことを……」

左京進は光に腹をたて、左京亮は左京進と力にカンカンになった。

「左京進！　どういうことじゃ！」

「すべては櫛橋家のためにと思い詰めてのこと。黒田との縁組みは、この家にとって不幸そのものでございます。父上、今一度、お考え直しください！」

「無理を申すな……」

「これ以上、無理強いするのであれば、私、尼になります」

今度は力も嘘を言っているのではなさそうで、左京亮は苦虫を嚙みつぶしたような顔になった。

「わかりました。私がまいります」

光の言葉で、左京亮、左京進、力の視線が光に集中し、左京進がようやく言葉を発した。

「い、今、なんと言った？」

「ですから、姉上の代わりに私が嫁に行きます」

「お前、何を言っておるのだ？　気は確かか！」

「誰かが行かねば、父上は切腹されることになるのでしょう？　ならば、私が嫁ぎます」

光は凜としていた。


この夜、姫路城を左京亮が訪れ、職隆、官兵衛と両家の新たな縁組みについて話し合った。

「すでに殿のご承諾は得ており申す。どちらでもかまわんと」

左京亮は恐縮している。

「ならば、それがしはこのうえ、申すことはござらん」

職隆に異存はなく、あとは官兵衛に何か言い分があるかどうかだ。

「は、はい。ございませぬ。よろしくお願いいたします」

「いやあ、よかったあ……これで、万事落着！」

左京亮は安堵し、来たときとはうって変わって軽い足取りで帰っていった。

職隆にとっては力でも光でも喜んで迎えるが、思わぬなりゆきであることは確かだ。

「妙なことになったのう」

「はあ……」

官兵衛はまだ困惑しているが、職隆は気持ちを切り替えた。

「ところで家督の件だが、殿のお許しが出た」

「しかし、私にはまだ早いかと……」

「皆が口を揃えて言うのじゃ。黒田は立派な跡継ぎを持っているとな。わしもそう思う」

職隆が、信頼に満ちた目で微笑んだ。

「頼んだぞ」

「ははっ！」

官兵衛は両手をつき、謹んで家督相続の重責を引き受けた。


この年、官兵衛は黒田家の家督だけでなく、小寺家の家老職を継いだ。さらに、櫛橋家から光を正室に迎えた。付き添ってきた侍女は、山桃の木に登ろうとした光を必死で止めていたお福《ふく》だ。

官兵衛と光は皆から祝福され、なごやかに祝言を挙げた。

夜、寝所で、官兵衛は照れくさそうに、光は恥ずかしげにうつむきながら向かい合った。

「いや……光殿でよかった。実を申せば、あの山桃の木の下で会うたときから、わしはそなたのことが気になっていた」

「私も同じでございます。それゆえ、みずから嫁に行きたいと……」

笑顔だった官兵衛が、つと、いずまいを正した。

「ひとつ、話しておかねばならないことがある。……おたつのことだ」

「おたつ様……？」

官兵衛は、御師の娘・おたつのことを語り始めた。幼いころ、夫婦の約束を交わし、いつしか本当に心を通い合わせていた。ところが、戦国の世の習いで、おたつは同盟の証しとして、黒田家の養女となって浦上家に嫁いだ。そして婚礼当夜、対立していた赤松家の襲撃を受け、官兵衛の腕の中で悲劇的な最期を遂げた。

光はじっと耳を傾け、官兵衛の話を聞き終えた。

「その方を、官兵衛様は好いておられたのですか？」

官兵衛は、心苦しくうなずいた。

「すまぬ……。しかし、おたつのことだけは、話しておきたかったのだ」

光が微笑んだ。

「正直なお方……」

「光、これから先、われらの間で隠しごとはしない。約束だ」

「はい。幾久《いくひさ》しゅうよろしくお願いいたします」

後日、官兵衛は光を連れ、おたつが眠る墓地を詣でた。墓の前で、ふたりで手を合わせる姿を、善右衛門が優しい眼差しで見守っていた。


一年が過ぎ、永禄十一（一五六八）年七月。足利義昭《よしあき》（義秋を改名）は信長の招きを受け、越前朝倉家を出て岐阜の立政寺《りゅうしょうじ》に移った。

義昭のそばに控えるのが、和田、細川、光秀なのはこれまでどおりだ。

一室に通され、義昭たちがくつろいでいると、小姓が信長からの献上品を運んできた。次々と運ばれてくる豪華な献上品に、義昭たちは息をのみ、目を奪われた。

献上品から一拍遅れて、信長が堂々と入ってきた。自信に満ちた立ち居ふるまいで、義昭の前で平伏した。

「お初に御意を得ます。織田尾張守信長にございます！」

信長の圧倒的な存在感に、義昭は気圧《けお》されている。光秀が目顔で声をかけろと示唆し、義昭はやっと自分が次期将軍に最も近い立場にいることを思い出した。

「あ、ああ……信長殿……おもてをあげられよ」

信長が顔をあげ、義昭を見据えた。

「本来なら、当地に御所を造るところ、このような仮住まいの寺にお迎えしたること、心苦しゅうございます。しかしながら、御所は不要にございます。今から御所を造りましても、普請が終わるころには、義昭様は都におられることでしょう」

義昭は自尊心をくすぐられた。

「信長殿、頼りになるのは、そこもとだけじゃ。ともに上洛してくれるか？」

「ははっ！　すべてそれがしにおまかせあれ」

信長は恭《うやうや》しく答えた。

義昭を得ることで、上洛の大義名分を得る。それこそが、信長の狙いであった。

ふた月後の九月。信長は天下布武を掲げ、ついに上洛の兵を挙げた。

第五章　死闘の果て

永禄十一（一五六八）年九月。岐阜を出陣した信長は、騎馬隊、徒士の家臣団など多くの軍勢を従え、次期将軍・足利義昭を守護するという大義名分を掲げて上洛を果たした。

ところが、いざ京に入ると、戦続きだった町は荒れ果て、活気はなく、人通りも少ない。

信長は馬上から街並みを眺め、藤吉郎を呼んだ。

「猿。都を立て直す。まず民を安心させるのじゃ」

「かしこまりました！」

藤吉郎が膝をついた。


姫路領内を流れる暴れ川の堤防工事が完成した。堤防により、長年領民を苦しめてきた洪水がなくなり、この年は作物が豊かに実った。

また、光の腹には、待望の赤子が育っていた。

姫路城内の一室では、善右衛門が京を中心とした情勢を官兵衛に報告している。

「信長公は上洛からわずかひと月で町の乱れを正されました。今や都で公を悪く言う者はおりませぬ」

「敵はどうなりました？」

「織田の軍勢に恐れをなして、ほとんどが逃げていきました。風に草木がなびくがごとく、皆、信長公に従っております」

「さすがは織田信長……天下布武か……」

信長という武将を想像するだけで、官兵衛は胸が躍った。

同じ時分、城の庭では、小兵衛とお福がもめていた。部屋を暖める炭が欲しいとお福が求めたところ、重ね着で十分にしのげると、小兵衛がお福の求めを聞き入れなかったのがきっかけだ。

何事かと様子を見に来た光に、お福はさてもさてもと言いつける。

「小兵衛殿が櫛橋家を愚弄なさるのです。先だっても、夜分、お方様が書物を読みたいと申されたゆえ、油を所望したところ、夜は早く寝るにかぎるとあしらわれました。志方では考えられぬ無礼千万！」

小兵衛がカッとなった。

「これが黒田家の習いでござる。当家に嫁がれたのなら、当家のしきたりに従っていただきたい！」

「おやめなさい、ふたりとも！」

光がなだめたが、小兵衛とお福はまだ睨み合っていた。

「それは倹約だ」

夜、光から昼間のもめごとを聞いた官兵衛は、祖父・重隆が目薬を売って糊口をしのぎ、倹約によって財を築いた話をもち出した。

「おじじ様は武士ながら銭勘定がお得意であった。金の大切さをわかっていた。それが家風となって、黒田家に残っておるのだ。金はいざというときに使う。それまで大切に蓄えておく」

「なるほど……質実剛健……なれど、吝嗇《けち》とも申せましょう」

光が言葉の表現を変えると、官兵衛がしょげた。

「吝嗇か……いや、吝嗇ではない。倹約だ」

官兵衛の生真面目さに、光が笑いだした。官兵衛も顔をほころばせ、光の腹に手を当てた。

「元気に育っておるか？」


職隆は家督を譲ったのち、次男で官兵衛の実弟・兵庫助《ひょうごのすけ》、後添いのぬい、ぬいとの間に生まれた幼い子どもたち、側近の井上九郎右衛門《いのうえくろうえもん》らとともに、姫路城近くの屋敷に移り住んでいた。

隠居した日々の楽しみのひとつに、小兵衛と打つ囲碁がある。政職の相手では、いい勝負をしたのちに負けなくてはならなかった。これが、なかなか難しい。

「官兵衛はうまくやっておるかのう？」

「近頃、負け方が上達したとの仰せにございました」

職隆が笑った。さぞかし気苦労が多い囲碁だろう。

「ご安心くだされ。官兵衛様は立派に当主を務めておいででござる」

小兵衛も笑い、石を持つ手をふと止めた。

「官兵衛様はもうすぐお子もお生まれになられますが、わがせがれ、武兵衛は浮いた噂もございませぬ。今はまだ嫁をもらう気はないなどと申しまして……」

官兵衛と武兵衛は同い年だ。

「武兵衛も無骨だからのう……」

職隆が言いながら、碁盤に石を置いた。

武兵衛は噂されているとも知らず、姫路城の台所で、女中のお国《くに》に着物を繕ってもらっていた。

「殿のお召し物を拝領したのだ。それをうっかり破ってしまって……」

「お殿様が……それにしては……」

お国が手元の着物を見た。一国一城の主の着物にしては、質素な生地だ。

「殿は倹約家であらせられる。贅《ぜい》を好まぬ。これとて、安く売っていただいたのだ」

「売っていただいたのですか？」

「それが殿のなさり方なのだ。人にただで物を与えれば、もらった者は喜ぶが、もらえぬ者はひがむであろう」

「それで、与えずに安く売ると……」

「吝嗇ではないぞ。倹約だ」

武兵衛がむきになり、お国が笑いだした。照れて、武兵衛も笑顔になる。

通りかかった光が、柱の陰で足を止め、ふたりの様子をにこにこしながら見守っていた。

永禄十一年十月。京の本圀寺《ほんこくじ》において、足利義昭は朝廷より将軍宣下《せんげ》を受け、第十五代将軍に就任した。

義昭を上座に仰ぎ、信長が平伏する。

「祝着至極《しゅうちゃくしごく》に存じまする」

「これもそちのおかげじゃ。褒美をつかわそう。そちを副将軍に任ずる」

「ありがたきお言葉。なれど、辞退申しあげまする」

「不服か？　ならば、欲しい官職を申してみよ」

「官職も官位もいり申さぬ。されば、公方様にお願いの儀がございます。堺、大津《おおつ》、草津《くさつ》に代官を置くことをお許しいただきたい」

「欲のない男じゃのう。あいわかった。好きにするがよい」

「ありがたき幸せ」

信長は慇懃《いんぎん》に頭をさげたのち、早くも浮かれ気分の義昭に、能の宴など華美な催しは極力控えるようにと釘を刺した。

「戦は終わったわけではございませぬ」

信長が鋭い視線を投げると、義昭はたじたじとなった。

信長が官位・官職の代わりに望んだのは、貿易の一大拠点として繁栄する堺、物流や水上運送の要となる大津、草津の三都市を直轄地とすることだった。いずれも莫大な収益をもたらす商業都市だ。

信長が義昭の前を辞すと、かたわらに控えていた光秀があとに続いた。廊下に出た信長は光秀を呼び寄せ、冷ややかに申しわたした。

「あまり図に乗らせるな。将軍職につけてやったはなんのためか、そろそろわからせてやらんとな」

義昭の将軍就任により、播磨の城主たちも京の動きから目を離せなくなった。龍野城の赤松政秀は、娘を義昭の側室に差し出すという。

「小癪《こしゃく》なまねをしおって……」

おくれをとるまいと焦る政職に、官兵衛が進言する。

「恐れながら、義昭公におかれましては、将軍とは名ばかり。もはや、政を司る力もないと聞きおよびます。されば、織田信長殿へよしみを通じたほうが得策かと」

「信長？　あの尾張の田舎者にか？　あんな成り上がり者に、なぜわしが膝を屈せねばならんのじゃ」

「義昭公が上洛できたのは、信長殿のお力あればこそでございます」

「腐っても鯛。尾張の田舎大名より、将軍じゃ」

政職が力むと、江田がさっと口をはさむ。

「馬を献上するのがよろしいかと」

「うむ。よい考えじゃ。将を射んと欲すればまず馬を射よという。さっそく手配せよ」

政職は江田の提言を受け入れ、官兵衛の献言はあっさりと取りさげられた。

官兵衛は時代の波に乗り遅れてはならないと思い、広峰にある善右衛門の屋敷へ足を運んだ。

「都はもとより、各地の様子を知りたい」

官兵衛は挨拶ももどかしく腰をおろし、善右衛門の後ろに若い男が座しているのに気がついた。

「おたつのいとこにございます」

善右衛門が間をとりもち、若い男が名乗る。

「伊吹文四郎《ぶんしろう》にございます。お見知りおきを」

「文四郎も私と同じく御師として広峰明神にお仕えしております。これからは、この文四郎を手足のごとく使《つこ》うてやってくだされ」

「近くお札を配りに諸国を回ります。その折、京に立ち寄って、いろいろ見聞してまいりましょう」

文四郎は、なかなか役に立ってくれそうな男だ。

「よろしく頼む」

官兵衛が会釈を返した。


竹中半兵衛は相変わらず、近江の庵でひっそりと隠居生活を送っている。静かに書物を読んでいると、薪を割る音が響いてくる。庭を見ると、薪を割っているのは藤吉郎だ。

「木下様……またいらしたのですか……。おやめくだされ。あなたがやるような仕事ではござらぬ」

「なに、子どものころから、薪割りは得意でしてな。ほれ、よそを向いておっても割れます」

藤吉郎はそっぽを向きながら、無造作に鉈《なた》を振りおろした。薪は見事、真っぷたつに割れている。何より、藤吉郎の滑稽な姿が、半兵衛の笑いを誘った。

藤吉郎は、一生懸命に薪を割り続けている。

「半兵衛殿。考え直していただけませぬか？　織田家はなんとしてもお手前の力が欲しいのでござる」

「考えましたが……それがし、織田の家風とは、どうにも肌が合わぬようで……」

野心のためなら実の弟ですら騙し討ちにする信長の苛酷な仕打ちに、半兵衛は身を切られるような胸の痛みを感じる。

「わが主君、美濃の斎藤家もそうでござった。親兄弟で争い、そのあげく、滅んでいった……。もううんざりじゃ……」

「すべては天下を取るためでござる！　この乱世を終わらせるのです。このとおりでござる！」

藤吉郎は鉈を置き、地面に頭をこすりつけるように土下座した。

「うんと言うてくださるまで、わしは一生このまま動きませぬ！」

半兵衛が庭におり、藤吉郎のかたわらに膝をついた。

「わかりました……お望みどおりにいたしましょう」

藤吉郎が、はっとして顔をあげた。

「まことでござるか？」

「信長様ではなく、あなた様にお仕えするのであれば……」

「何を申される。それがしは、半兵衛殿のような稀代の軍師を召し抱えるほどの身分ではござらぬ」

「信長様に仕えるという建前はとりましょう。されど、私は木下藤吉郎様のもとで働きとう存じます。この乱世を終わらせるために」

藤吉郎は感激し、半兵衛の手を取って目を潤ませた。

「夢のようじゃ……」

光は陣痛が始まった。産所《さんじょ》に入り、いよいよ出産のときを迎えようとしている。居間で待っている官兵衛は、落ち着きなくうろうろと歩き回った。小兵衛にたしなめられ、いったんは腰をおろしたものの、やはり気が気ではなく、今度は貧乏ゆすりが止まらない。

産所から赤ん坊の泣き声が聞こえ、お国が居間に走りこんでくる。

「ご誕生でございます。丈夫な男の子にございます！」

その言葉を聞くや否や、官兵衛が廊下に飛び出した。

無事に出産を終えた光は、生まれたばかりの赤子を抱いて身を横たえている。そこに、官兵衛が破顔一笑して飛びこんできた。

「光、でかしたぞ！」

官兵衛を見あげた光は、幸せそうな笑みを浮かべ、その目は感激の涙で光っていた。

赤子はすやすやと眠っている。松寿丸《しょうじゅまる》と名づけられたこの赤子が、のちの黒田長政《ながまさ》である。

光が床上げすると、早く赤子に会いたいと、姫路城に職隆、武兵衛、小兵衛、善助が集まった。

「松寿丸、わかるか？　じじ様だぞ。おっ、笑うた、笑うた！」

家老として小寺家を執り仕切っていた職隆が、ただの好々爺となって松寿丸をあやしている。

「松寿丸様の傅役は、何とぞ、それがしにお申しつけくだされませ」

武兵衛が傅役を買って出た。負けじと善助も進み出て、ふたりで傅役の取り合いになった。

光が微笑んだ。

「武兵衛はその前に嫁をもらわねば」

「そうだ。おぬし、縁談を断ってばかりおるそうだが、誰ぞ好いたおなごでもおるのか？」

官兵衛がとぼけて聞いた。実は、武兵衛はお国に櫛を贈っている。そのことをお国から聞き出した光が官兵衛に伝え、武兵衛とお国ならいい夫婦になるだろうと話し合っていたのだ。

「はあ……まあ……いや……その……」

武兵衛の態度がはっきりせず、光がしびれを切らした。

「男なら、はっきりなさい！　目の前におるではないか」

光のそばには、お福とお国が控えている。光がお国のほうに顔を向けると、皆の視線がお国に集まった。

「えっ？　……私……あの……」

お国が頬を朱に染め、武兵衛も真っ赤になっている。

「これはめでたい話じゃ！」

官兵衛が祝福し、皆、温かく武兵衛とお国を見ていた。


御着と姫路は、西に宿敵・龍野城の赤松政秀、東には播磨最大の兵力を誇る三木《みき》城の別所安治《べっしょやすはる》がいて、両勢力にはさまれている。

戦の火種がくすぶる播磨で、永禄十二（一五六九）年五月、赤松が別所と手を組んで兵を挙げた。赤松は三千の兵を率いて小寺領に侵入し、姫路城にほど近い青山《あおやま》に陣を布いた。

迎え撃つ官兵衛には、わずか数百の手勢しかいない。一方、赤松軍は兵の数こそ多いが、別所軍との合流に失敗した。官兵衛は、その足並みの乱れを突いた。

早朝、黒田軍は、赤松軍に奇襲をかけて混乱させ、わずかな手勢で三千の兵を撃退した。

政職が喜んだのは言うまでもない。

「官兵衛、あっぱれじゃ！　褒めてつかわす。これで、官兵衛の名は播磨じゅうに響きわたるであろう。わしも鼻が高い」

政職は気がゆるんでいる。

「……いえ。必ずもう一度攻めてまいります。赤松は将軍義昭公にお供をするために上洛すると公言しております。大義名分を得て、多くの兵が集まっております」

「案ずるな。また攻めてきたら、今度はわしが出ていく。赤松など、蹴散らしてくれるわ」

政職が大口をたたき、江田や小河がおだてると、ますます得意げにしている。

官兵衛は嫌な予感がした。


「赤松は必ず攻めてくる」

職隆は、官兵衛と同じ見通しをたてた。職隆だけでなく、このとき、姫路城で官兵衛を囲んだ休夢、友氏も同じ危惧を抱いていた。おそらく赤松は、先の戦での恥辱をすすがんと、姫路城に狙いを絞って全軍で攻め寄せてくる。

「姫路は断じて守らねばなりませぬ」

官兵衛は、次の戦こそが勝負だと踏んでいた。

職隆らが引きあげてしばらくすると、官兵衛が待つ部屋に、小兵衛、武兵衛、善助が重そうな壺を持って入ってきた。壺の中には、かなりの金が入っている。

松寿丸を抱いた光も入ってきて、何事かと訝しんでいる。

官兵衛が、家臣一同を集めた。

「先の戦ではよう働いた。これより、褒美をつかわす。次の戦はより厳しい戦いになるであろうが、頼むぞ」

官兵衛は皆をねぎらい、金を差し出した。金はいざというときに使う。ここが使いどころだ。

「ありがたき幸せ！」

家臣たちはひとりずつ進み出て、官兵衛から金をおしいただいた。

官兵衛は家臣たちの士気を高め、気持ちをひとつにまとめあげていった。


ひと月後の永禄十二年六月、赤松が兵を挙げた。官兵衛たちが予想したとおり、赤松軍は姫路城を狙ってきた。姫路城を手中に収めることで、防波堤を失ったも同然の御着城は難なく落とせるという戦略だろう。

姫路城では、家臣たちが着々と戦支度をととのえている。

善助がかなり緊張しているのを見てとり、小兵衛が声をかけた。

「善助、初陣じゃな？」

「は、はい」

「殿の仰せじゃ。わしのあとについてまいれ」

「はっ」

善助は槍を握る手に力を込め、小兵衛のあとに続いた。

城の台所では、女たちが総出で飯炊きをしている。お国もきびきびと働いていたが、武兵衛が目で呼ぶのに気づいてそっと場を離れた。

「武兵衛様……。ご武運、お祈りしています」

お国がじっと見つめると、武兵衛はもじもじしていたが、とうとう意を決した。

「お国……戻ったら……祝言を挙げよう」

「……はい」

武兵衛とお国は、目と目で夫婦の契りを交わした。

城内の別の一室では、官兵衛が光の腕に抱かれた松寿丸と、出陣前の別れを惜しんでいた。緊迫した雰囲気のなか、生後まだ半年の松寿丸はすやすやと眠っている。

「よう寝ておる。こんな慌ただしい日に、ぐっすり眠れるとは、肝がすわっておるのだな。先が楽しみだ」

官兵衛は松寿丸の寝顔をのぞくと、光に戦勝を約束して出陣していった。

官兵衛が出陣したあとの姫路城は、職隆が預かった。

小寺軍の本陣は土器山《かわらけやま》に置かれた。先に官兵衛が到着し、陣を整えて待っていると、御着城から政職が来て合流した。

「赤松はこれで終わりじゃのう。おことが先鋒を務めよ。明朝、日の出とともに攻めこむのじゃ。一気にひねりつぶしてやれ」

赤松の再度の挙兵にもかかわらず、政職はいまだ楽観的だった。

夜、自分の陣営に戻った官兵衛は、土器山近辺の地図を開き、休夢、友氏、小兵衛、武兵衛、善助ら側近たちと戦略を練った。赤松軍は、三千の兵を率いて青山の小丸山《こまるやま》に陣を張っている。今回は政職の参戦があるとはいえ、三千の多勢を相手に正面から攻めては勝ち目がない。

「叔父上は、まずこの川を渡って、赤松勢の裏手へ」

官兵衛は重要な先手《さきて》の指揮を友氏にまかせ、扇子で地図の一点を指した。まさにそのとき、慌ただしく使い番が駆けこんできた。

「赤松の奇襲にございます！　四方より取り囲み、土器山に攻めてまいります！」

官兵衛たちに緊張が走った。

夜陰に沈んでいた黒田軍の陣営が、飛び交う火矢で赤く照らし出された。赤松の奇襲を食い止めようと、最前線で必死で応戦する黒田軍の激戦の様子が、政職がいる本陣にも伝わってきた。

「おい、どうなっておる？」

うろたえる政職のもとに、左京進、小河、江田が駆けつけた。

「殿、赤松はわれらを囲いこもうとしております」

左京進が表情を強張らせ、小河と江田は口々に政職に陣を退くようにと勧めた。

「わ、わかった」

政職はためらいもなく進言を受け入れ、左京進たちに護衛されて御着城へと逃げていった。

政職らが一戦も交えずに本陣を撤退したことは、使い番によってすぐに官兵衛に伝えられた。

「残った兵はおらぬか？」

「おりませぬ。あとは頼むとの仰せにございます」

官兵衛は愕然とした。

「官兵衛、われらも姫路に戻り籠城するか？」

休夢が聞くと、官兵衛は迷いなく首を横に振った。

「いえ、ここで退けば、敵はかさにかかって攻め寄せてきます。姫路を守るためにも、ここは、黒田勢だけで踏ん張るしかございませぬ」

官兵衛は、武具に身を固めた家臣たちを激励する。

「皆、よいか！　ここから先、赤松の兵は一人《いちにん》たりとも通してはならぬ！　姫路を守るのだ」

小兵衛が槍を持ち、皆を鼓舞するように声を張った。

「腕がなりまする！」

「行くぞ、善助！」

武兵衛が先に立って駆けだした。


赤松軍の先陣を務めるのは、小寺から寝返った石川源吾だ。石川が指揮する赤松軍の凄まじい攻撃を、黒田軍は一丸となって迎え撃ち、負けじと攻めかかった。

しかし、多勢に無勢の不利は覆せず、黒田勢は次第に追い詰められていった。

「おのれ、黒田の強さを思い知らせてくれる！」

友氏は落馬したあとも気丈に戦ったが、背後から敵の槍に突かれて絶命した。

小兵衛も果敢に敵兵を倒していくが、駆け抜けてきた騎馬武者の凶刃に倒れた。

「父上！」

武兵衛が抱き起こした。

「武兵衛……殿をお守りしろ……」

小兵衛は苦しい息の下で言うと、息絶えた。

「……うおーッ」

武兵衛は、奇声をあげて敵に向かっていった。

夜が明けるころ、官兵衛のもとに、友氏と小兵衛の討ち死にが報告された。

折しもそこに、職隆が姫路の兵を連れて加勢に来た。職隆は陣営に到着したと同時に、弟と、わが子の傅役の悲報を知ることになった。

だが、官兵衛たちに、身内の死を悲しんでいる余裕はない。

「残りの兵で攻めます」

官兵衛は馬に乗り、職隆とともに残った兵を引き連れ、戦場に押し出していった。

激戦が続く戦場では、武兵衛や善助が傷を負いながらも奮戦している。そこに駆けつけた官兵衛と職隆の援軍が怒濤のごとく進撃すると、疲労困憊していた黒田勢は息を吹き返し、疲れが見え始めた赤松軍はじりじりと押されていく。

姫路城には、女子どもしか残っていない。光は薙刀《なぎなた》を手にし、お国、お福ら女たちを取りまとめて、もしものときに備えていた。使い番がもたらすのは、黒田勢の苦戦と、友氏、小兵衛の討ち死にというつらい知らせばかりだ。

「案ずるでない。今はこの姫路を守ることに専念するのです」

光はみずからを奮いたたせ、女たちを励ました。

「お方様、近隣の百姓たちが逃げてまいりました。城内に入れてくれと申すのですが……」

侍女が外から来て、戸惑いながらうかがいをたてた。

「すぐに入れてやりなさい。皆、よいか、籠城に備えよ。なんとしても姫路を守るのじゃ！」

いつしか光には、主の留守中、城を統《す》べる者としての自覚が芽生えていた。


夜、ようやく戦闘がやむと、官兵衛の陣営に傷を負った兵たちが戻ってきた。皆、惨憺《さんたん》たるありさまだ。しかも、かなりの兵たちが戦場に倒れ、少ない手勢がますます数を減らしている。

満身創痍《そうい》の武兵衛に、やはり傷だらけの善助が手当てを始めた。

「……父が死んだ」

「はい……無念でございます……」

善助は、泣きながら手当てしている。

「泣くな！　戦はまだこれからだ」

武兵衛の顔が、かがり火に赤く照らされていた。

陣営の奥では、官兵衛、職隆、休夢が軍議を開いている。

「官兵衛、やはりここはいったん、姫路に退こう。籠城じゃ」

休夢が籠城を推した。

「いや、ここまで手勢が減ったのです。戦が長引けばわれらは必ず負けます……。今から攻めます」

官兵衛の策に、休夢があんぐりと口を開けた。

「今からだと？　気は確かか？　兵は傷つき、疲れ果てているぞ」

「それは敵も同じ。もはや今宵は攻めてくるまいと、体を休め眠っていることでしょう。『進みて禦《ふせ》ぐべからざるは、その虚《きょ》をつけばなり』。油断しているこのときに攻めれば、敵は防ぐことができません」

官兵衛は『孫子』の教えに則《のっと》り、起死回生をはかろうとしている。

「それがし、先陣となります。父上、あとを頼みます」

「存分にやるがよい」

職隆が後陣の守りを請け負った。

官兵衛が浅手の兵たちを集めて出撃の準備をしていると、武兵衛が槍を杖にして歩いてきた。体中に巻かれたさらしが血に染まっている。

「殿、わしも連れていってくだされ。父の仇を……」

「怪我人は連れていけぬ」

「殿をお守りしろと、父はいまわの際に……。来るなと仰せでも、ついてまいります！」

武兵衛が仁王立ちした。

小丸山にある赤松の本陣では、政秀と石川ら重臣たちが戦勝気分で酒をくみ交わしていた。石川は采配を褒められ、気分がいい。

「姫路さえ落とせば、御着など赤子の手をひねるようなものでございます」

「姫路はおことにくれてやるぞ」

政秀が盃を干したとき、家臣が飛びこんできた。

「殿、黒田が攻め寄せてまいりました！」

「ばかな……」

石川が酒を放り出し、陣幕から外に飛び出した。

大混乱におちいった赤松軍のなかで、猛然と太刀を振るっている官兵衛の姿がひときわ目を引いた。石川は気取られないように背後に回りこみ、官兵衛の背中に向けて槍を繰り出した。

間一髪、武兵衛が槍の前に飛び出した。官兵衛を守ろうとした武兵衛は、腹を槍で貫かれつつ、気力をふり絞って穂先を切り落とした。

「武兵衛！」

「なんの……」

「おのれ、石川！」

官兵衛は激昂し、石川と壮絶に斬り結んだ。石川の強烈な攻めに押され気味だったが、一瞬の隙をついて反撃に転じると、石川を斬り倒した。

指揮官を失い、赤松軍が退却を始めた。

それを見届けると、善助の肩を借りて立っていた武兵衛が崩れ落ちた。

「武兵衛！」

官兵衛が駆け寄った。

「殿……姫路をお守りください……」

武兵衛は、最後の力をふり絞って善助を見た。

「頼んだぞ……俺に代わって……殿を……」

武兵衛はうっすら笑みを浮かべて息を引き取った。

善助が泣きだした。その泣き声を聞きながら、官兵衛は呆然と武兵衛の死に顔を見つめていた。

長年の宿敵・赤松政秀は、この敗走ののち、小寺領に侵入することなく世を去った。


翌朝、姫路城に、消耗し尽くした官兵衛、職隆、休夢、善助たちが戻ってきた。勝ち戦の代償は大きく、官兵衛たちの表情は厳しい。

城内は逃げてきた領民たちであふれ、城門前には光を先頭に、お国ら女たちが出迎えていた。

官兵衛が馬からおり、光のほうへ歩み寄っていく。

「ご無事で……」

光は、それ以上は言葉にならない。

武兵衛の姿を探していたお国は、官兵衛に呼ばれて振り返った。

「……武兵衛は討ち死にした。わしの身代わりじゃ。武兵衛はおのれの命をかけて、この姫路を、そなたを守ったのだ」

お国が泣き崩れた。むせび泣くお国に、光がそっと寄り添った。

官兵衛はさまざまな思いを振り切り、家臣団の前に進み出た。

「皆の者、勝どきをあげるぞ！」

官兵衛が太刀を抜き、勝どきとともに振りあげた。

「エイエイ！」

「オー！」

家臣たちも声を合わせ、一斉に太刀を振りあげる。笑顔は一切ない、苦い勝どきだった。

姫路につかの間の平安が訪れ、官兵衛に新たな家臣が加わった。ひとりは職隆の近習を務めてきた井上九郎右衛門だ。そして、もうひとりは――。

「殿、連れてまいりました」

庭に善助が現れ、あとから若い男がついてきた。槍に見立てた長い棒を担いでいる。

「太兵衛《たへえ》にございます。お見知りおきを」

そう言うなり、太兵衛がいきなり棒を振り回した。ひとしきり自慢の腕前を披露すると、最後に格好よく型を決めてみせた。

職隆と九郎右衛門はあっけにとられているが、官兵衛と善助は笑っている。

太兵衛と九郎右衛門。この若者たちが、新たに官兵衛を支えていくことになる。のちに「黒田二十四騎」と呼ばれる、一騎当千の精鋭たちだった。

第六章　信長の賭け

永禄十一（一五六八）年に念願の上洛を果たした信長は、同盟を結んでいた近江の浅井長政《あざいながまさ》の裏切りをきっかけに、京の奪還を狙う三好三人衆や、武力を強めている石山本願寺《いしやまほんがんじ》、浅井と気脈を通じている比叡山《ひえいざん》など、古い権威に頼る敵対勢力に包囲され、まさに四面楚歌の状況におちいった。

信長は近江に本陣を張り、重臣たちに苛烈な命をくだした。

「叡山を焼き討ちする。新しき世をつくるためだ、逆らう者は焼き尽くしてでも前に進む」

元亀《げんき》二（一五七一）年九月十二日。国家鎮護の寺として八百年の歴史を誇り、比叡山が滅びるときは国が滅びるとまでいわれた延暦寺《えんりゃくじ》は、壮大な伽藍《がらん》も僧坊も紅蓮の炎に包まれ、ことごとく焼き尽くされた。学僧、修行僧などの僧侶から女子どもにいたるまで、容赦なく斬り殺され、死者は数千人にもおよんだ。

元亀三（一五七二）年を迎えた。姫路城では、戦に備え、家臣たちが槍の稽古に励んでいた。なかでも、太兵衛の強さはぬきんでている。ただ、卓越した腕前には一目置くとしても、太兵衛の性格には善助も手を焼いていた。勝負がついたあとも執拗に槍を繰り出し、稽古の相手を逃げまどわせる。ときには止めに入った家臣たちにまで槍を向ける。

そのたびに善助が、懇々と説教しなくてはならない。

「太兵衛、いい加減にせよ！　これは喧嘩ではないぞ！」

「弱いのが悪い。戦では……負けたら死ぬ。こいつらにはその覚悟がない」

太兵衛が言い捨てて行ってしまうと、家臣たちは怒りに殺気だった。

この日の槍の稽古には、官兵衛も立ち会っていた。稽古後、善助は、官兵衛を部屋に訪ね、太兵衛の傍若無人なふるまいについて訴えた。

「太兵衛のやつ、何かといえば、喧嘩騒ぎ。このままでは、いつか家中に死人が出るやもしれませぬ。小兵衛様、武兵衛様亡きあと、殿の命により母里の名を継いだというのに、太兵衛にはその重みがわかっておりませぬ。あやつに母里の名はもったいのうございます。名を召しあげるべきと存じます」

「わしはそうは思わぬ。なるほど太兵衛は乱暴者だ。だが、あいつに槍でかなう者がおらぬのも確かだ。太兵衛の強さは本物だ。必ず役に立つときがくる」

「なれど、今のままではただのならず者にすぎませぬ」

善助は、だんだん泣きごとのようになってくる。

「気性の荒い馬ほど名馬になる。善助、これからはおぬしが家臣たちの束ね役だ。太兵衛のこと、頼んだぞ」

官兵衛から太兵衛という荒馬の調教を頼まれ、善助は頭を抱えた。

案の定、善助が少し目を離した隙に、太兵衛と家臣たちが些細なことで睨み合い、一触即発の険悪な雰囲気になった。

「太兵衛！」

善助が間に入り、無理やり太兵衛を廊下へと引きずり出した。

「お前は家中でいちばんの若造だ。新参者だ。もっと目上の者を敬え」

「俺は……」

太兵衛は言いかけ、言葉がすんなり出てこない。

「亡くなった武兵衛様は、わしにとっては兄のような方で、それは立派な武士だった。お前はその母里の名を継いだのだぞ。その名に恥じぬふるまいをしろ！」

黙りこんだ太兵衛は、ふてくされているようにも見える。

「返事をせぬか、母里太兵衛！」

「はい……」

善助がぷんぷんしながら立ち去ると、太兵衛は胸元に手をやり、首からぶらさげている物をぎゅっと握りしめた。


光は酒の肴を支度し、居間で酒を飲んでいる官兵衛の膳に運んだ。

「鰻《うなぎ》か」

官兵衛が鰻をつまみ、うまそうに食べた。

「叔父上にいただきました」

光はそう言って、官兵衛の顔をじっと見た。昼間、休夢はこれといった用事もなくふらりと現れ、五歳になった松寿丸の成長ぶりに目を細めると、土産だといって鰻を渡し、これで精をつけろとひとことつけ加えて帰っていったのだ。

官兵衛は、光の視線にもの言いたげなものを感じた。

「ん？　どうした？」

すると光は、すっと官兵衛から視線をそらした。

「父から文が届きました。姉がまたみごもったそうです。私よりあとに嫁いだというに、もうふたり目……それなのに私は……武家のおなごとしての役目を果たしておりませぬ。父も案じておりました。次はまだかと」

「光は松寿丸を産んでくれたではないか。それで十分じゃ。感謝しておる」

「……殿。側女をおもちなされませ。そして、お子をおつくりなさいませ」

のんきに鰻をつまんでいた官兵衛は、びっくりして箸を取り落としそうになった。

「側室はもたぬ。おなごはそなただけでよい。わしはそれよりも仕事がしたいのじゃ。やらねばならぬことが山積みでな」

官兵衛はさっさとこの話を打ち切り、また鰻を食べ始めた。


比叡山焼き討ちの余波は大きく、信長と敵対する勢力はますます反発を強めている。近江の浅井と越前の朝倉が手を組んで信長と対峙し、摂津の石山本願寺との対立が深まるなか、各地で一向一揆が頻発した。そして、ついに甲斐の虎と恐れられた武田信玄が動きだした。

そのころ、信長は近江の虎御前山《とらごぜやま》に布いた本陣にいた。半兵衛と藤吉郎が信玄の動きを知らせに本陣をのぞくと、信長は瞑目して考えをめぐらしている。

「御屋形様、武田信玄が上洛の構えを見せております」

「今や四方が敵と言っても言いすぎではありませぬ」

半兵衛と藤吉郎が報告した。

「真《まこと》の敵は誰だ？　そやつをあぶり出し、火元を断つ」

信長が不意に立ちあがり、真の敵とは何者かと考えている藤吉郎を見た。

「いずれわかる。果報は寝て待てだ」

信長は陣の取りまとめを藤吉郎にまかせると、怪訝そうに顔を見合わせる藤吉郎と半兵衛を残してさっさと岐阜へ帰ってしまった。


この年の九月。二条御所にいる足利義昭は、信長からその行状を非難する十七条の意見書を送りつけられ、一読するなり怒りにわなわなと震えた。

「これはなんじゃ！　無礼にもほどがあろう！　余が民百姓からも悪《あ》しき御所と噂されているじゃと？　なにゆえ、そのようなことを、信長ごときに言われねばならんのじゃ！」

義昭のそばには光秀が控えているが、不和が生じ、その溝を深めている信長と義昭の関係が手に負えなくなってきている。

「信長殿はお怒りになられております。ひとまずここは上様が折れることが肝心かと」

「そちは誰の家臣じゃ！」

光秀を一喝すると、義昭は憑きものが落ちたように冷静になった。これまでも義昭は、将軍であるにもかかわらず、信長によってその行動が制限されてきた。そのうえ、諸国の大名に御内書《ごないしょ》（書状）を出す際、信長の添え状が必要だという制約も、義昭は甘んじて承諾した。

「こたびの意見も受け入れよう。そちの言うとおりにする。返事を書く。支度せい」

光秀が部屋を出ると、義昭は不敵な笑みを浮かべた。

「信長め、見ていろ……征夷大将軍の力を思い知らせてくれる」


御着城では、評定に集まった政職と重臣たちの間で、信長包囲網のことが話題にのぼった。

「信長もじき終わりじゃな。武田信玄相手では到底かなうまい」

政職は急成長した信長が失墜する日がくるのを、どこか楽しみにしているふうだ。

江田も信長を軽く見ている。

「浅井、朝倉を二年かけても倒せないのでございます。信長の力もたいしたことありませぬ」

「されど、あの織田信長殿でございます。そうやすやすとまいるとは思えませぬ」

官兵衛が主張した。世の情勢が激しく揺れ動き、信長がその中心にいることに変わりはない。ところが政職は、信玄や本願寺、さらに播磨の西に位置する毛利がなんとかするだろうと、われ関せずの態度で大あくびなどしている。

「恐れながら殿、対岸の火事と見るのはいささか悠長にすぎるかと……」

官兵衛が話している最中に、斎がとことこと評定の場に入ってきてしまった。幼子が来る場ではなく、慌ててお紺が追ってきたが、政職は叱るどころか相好を崩して斎を抱きあげた。

「いい子だ……一所懸命、代々続くこの御着を守るのがわれらの本分。この子のためにもな」

政職は渡りに船とばかり斎にかこつけ、面倒そうな官兵衛の進言を遠ざけた。

評定を終えると、官兵衛と左京亮は連れだって廊下に出た。

「力になれずすまんのう」

左京亮が詫びた。左京亮は顔色が悪く、官兵衛を後押しするには精彩を欠いている。

官兵衛は首を横に振り、最近わんぱくぶりを発揮している松寿丸のことなど話して左京亮と笑い合った。

「で……次の子はまだか？　官兵衛、遠慮はいらぬぞ。側室をもて」

「いいえ、側室をもたぬとは私が決めたことでございます」

「なにゆえじゃ？　それはいかん。当主たる者、側室のひとりやふたり当たり前じゃ……」

言いかけた左京亮は、足がもつれて転びそうになった。

「年じゃな」

「お体、大切になさってください。義父上《ちちうえ》はこの御着での私の心強い後ろ盾。くれぐれもご無理をなさらず」

官兵衛に支えられ、左京亮が弱々しくうなずいた。


姫路城下の草むらで、家臣同士が取っ組み合いの喧嘩をしている。そこそこ互角に思えた喧嘩は、よく見ると太兵衛ひとりで十人ほどを相手に大立ち回りを演じていた。さすがに太兵衛ひとりでは苦戦しているが、それでも組みついた相手を放り投げ、倒していく。

「やめろ！　やめんか！」

善助が息を切らして駆けつけ、割って入って止めにかかった。

だが、太兵衛は気持ちがおさまらない。首領格をめがけ、再びつかみかかった。

「いい加減にしろ。騒ぎばかり起こしおって！」

善助は太兵衛を羽交い締めにし、力まかせに突き飛ばした。

「今度ばかりは許さぬ。母里の名を返上せよ。お前なんぞにはもったいない。帰っておとなしくしておれ。追って沙汰する」

善助の叱責がきいたのか、太兵衛は大きな体を小さくし、とぼとぼと帰っていった。

太兵衛を見送ると、善助は擦り傷などをさすっている家臣たちを振り返った。

「なにゆえ、喧嘩になった？」


この騒動は、単純な喧嘩ではない。そう判断した善助は、太兵衛からもよくよく事情を聞き出すと、翌朝、官兵衛に相談した。

「先に手を出したのは、太兵衛ではなかったようで……」

「意趣返しか？」

「はい。先日、やられたのを根に持った者たちが、嫌がらせに太兵衛が大事にしていた守り袋を奪ったそうです。ほんのいたずら心だったらしいのですが、太兵衛はむきになって、それで喧嘩に……」

「守り袋？」

「これにございます」

善助が巾着袋を官兵衛に差し出した。

袋の中身を見て、官兵衛が目を見張った。中にかぶと仏が入っている。武士は戦場に出るとき、小さな厨子《ずし》に納められた仏像を身に着ける。それがかぶと仏だ。

官兵衛は善助に命じ、すぐに太兵衛を呼び出して問いただした。

「これはかつて、わしが武兵衛に与えたものだ。なにゆえ、おぬしが持っている？」

太兵衛はしばし口を閉ざしていたが、やがて、とつとつと語りだした。

「……母里の姓を継ぐことになったとき……武兵衛様のお母上からいただきました。母里家の男たちは殿を守るために命をかけた。その思いを忘れぬよう、これを常に身に着けていろと」

「殿を守るために命をかけた……そう申したのか？」

官兵衛の声が、感激に潤んでいる。

「はい。俺は……武兵衛様のようにならねばと……母里の名を継いだ者として、武兵衛様のようになると、おのれに言い聞かせてまいりました」

「そうか……」

官兵衛は胸を熱くして、かぶと仏を見つめた。

善助が、太兵衛に頭をさげた。

「……すまぬ。お前の思い、わしは見抜けなかった。わしも武兵衛様から言われたのだ」

三年前の赤松との戦で、武兵衛は官兵衛をかばって深い槍傷を負った。

(頼んだぞ……俺に代わって……殿を……)

武兵衛は、いまわの際で善助に言い遺した。

「わしはまだまだじゃ。人の気持ちがわかっておらぬ……これでは、武兵衛様に申し訳がたたぬ

「……」

善助の目から涙がしたたり落ちた。

嘘偽りのない善助の思いが、太兵衛の胸にしみていく。

官兵衛が静かに問いかける。

「……善助。われら黒田の宝はなんと心得る？」

「近隣に鳴り響くその強さでございます」

「その強さはひとえに家中の結束にかかっておる。ひとりの力などたかが知れておる。だが、それが束になって強い絆で結ばれれば、力は数十倍、数百倍にもなる」

官兵衛は、善助と太兵衛を交互に見た。

「栗山善助、母里太兵衛、両名に命ずる。義兄弟の契りを交わせ。善助が兄、太兵衛が弟だ。善助の知恵と太兵衛の力、ふたつが強い絆で結ばれれば、これほど頼もしいものはない。善助、お前は分別があるのだ。兄として太兵衛の面倒を見よ」

「はい」

「太兵衛、これからは善助の言うことに、決して逆らってはならぬ」

「はい」

「よいな。両名とも誓いをたてよ」

善助と太兵衛は、目と目を見交わし、声を合わせて答えた。

「ははっ！」

同年十月。ついに、武田信玄が上洛の兵を挙げた。武田の大軍が西をめざして進んでくるというのに、信玄が甲斐を出陣してふた月たっても信長に行動を起こす気はない。

それどころか、岐阜城の一室から、お濃が打つ鼓《つづみ》の音が響いてくる。信長が「敦盛《あつもり》」を舞っているのだ。

「人間五十年、下天《げてん》のうちを比ぶれば、夢幻《ゆめまぼろし》の如くなり、一度《ひとたび》、生《しょう》を得て、滅せぬ者のあるべきか……」

信長が舞い終わったとき、勝家が足音をたてて入ってきた。

「御屋形様！　遠州《えんしゅう》三方ヶ原《みかたがはら》で徳川《とくがわ》様の軍勢が武田信玄に手ひどく打ち破られました」

「家康《いえやす》は無事か？」

「はっ。命からがら浜松《はままつ》城に逃げこんだようでございます」

「一日でも長く信玄を足止めさせよ、そう家康に申し伝えよ」

「御屋形様、兵をお出しにならぬのですか？」

「控えよ。さがっておれ！」

信長が気短に命じ、勝家は釈然としないまま部屋を辞した。

お濃が鼓を置いた。

「何をお待ちなのですか？」

「火の手があがるのをよ。信玄が来る前に火元を断てば、わしの勝ちだ。そうでなければ滅びるのみ」

「御屋形様は滅びることが、恐ろしゅうないのですか？」

「命を賭けての大勝負だ。これ以上、面白いことはない。死のうは一定《いちじょう》。人はいずれ死ぬ。わしは自分の命を使い切りたいのだ」

お濃が微笑んだ。

「そのときには、この濃がお供いたしましょう」

明けて元亀四（一五七三）年正月。藤吉郎と半兵衛は、虎御前山に構えた信長の本陣で新しい年を迎えた。信長は前の年、「果報は寝て待て」などと言って岐阜に帰ってしまったままだ。

半兵衛が信長の手の内を読んでみる。

「御屋形様は、待っておられるのではないかと。京に火の手があがるのを」

藤吉郎にも、信長の考えの一端が見えてきた。

「京？　義昭公か？」

「御屋形様のほうから兵を挙げ、将軍家を攻めては逆賊になります。しかし、義昭公が先に兵を挙げれば……御屋形様はそれをじっとお待ちになっているに相違ありませぬ」

半兵衛の読みは、藤吉郎を十分に納得させるものだった。

信長の周到な仕掛けは、二条御所で功を奏し始めている。

義昭は、信長の意向を伝える細川藤孝に聞き返した。

「信長が？」

「はい。和議を結びたいとの由にございます。人質を差し出すとも申しております」

信長の腹の内を探ろうとしている義昭に、光秀が言上する。

「恐れながら、信長殿と事を構えるのは、いかがなものかと存じます。ここは信長殿の申し出を受け入れ……」

「いや、今じゃ！　信長は進退極まっておるのじゃ。今こそ、信長を討つときじゃ！　余が成敗してくれる」

義昭がすっくと立ちあがった。信長の仕掛けに、義昭はまんまとはまってしまった。


信長が待っていた知らせは、岐阜城の的場で弓を射ているときにもたらされた。

「申しあげます。足利義昭公が京にて兵を挙げました」

近習の万見仙千代《まんみせんちよ》が、急報を届けに駆けこんできた。

「信玄はどうしておる？」

信長は、あとから駆けこんできた勝家に聞いた。

「三河《みかわ》にて足踏みしております」

「こたびもわしは賭けに勝った」

信長はひとりごつと、鋭い視線を勝家に向けた。

「出陣する」

信長はたちどころに戦の支度をととのえ、京に向けて進軍を開始した。

信長の軍勢は、逢坂山《おうさかやま》の関所を越え、東山《ひがしやま》の知恩院《ちおんいん》に入った。信長を迎えたのは、摂州茨木《いばらき》城主となった荒木村重だ。

「おもてをあげよ」

平伏していた村重が顔をあげると、信長は品定めするように一瞥《いちべつ》した。

「荒木村重、義昭ではなく、わしに味方するか？」

「はっ。義昭公では、この乱れた世は治まらぬと存じます」

「摂津の国はどのような形勢じゃ？　申し述べてみよ」

村重は緊張した。信長との謁見は、大望を果たすために乗り越える試練だ。

「はっ。摂津におきましては、各地に大小名が城を構え、小競り合いを続けております。恐れながら、それがしに切り取りをお申しつけくだされば、身命を賭して平定いたしまする」

「……ずいぶんとよく回る口じゃ」

信長が、かたわらの小姓を見た。信長の佩刀《はいとう》は、その小姓が預かっている。信長は小姓から佩刀を受け取り、菓子台に積まれていた饅頭を串刺しにして村重の前に突き出した。

「食え」

極度の緊張と恐れから、村重の額から脂汗《あぶらあせ》が噴き出した。金縛りにあったような村重の目を、信長は饅頭を突き出したままじっと見据えている。

この場に居合わせた者たちは、皆、固唾《かたず》を飲んでなりゆきを見守っている。

村重が身じろぎした。信長のほうににじり寄ると、ぱくりと饅頭を口に入れた。

その途端、信長が笑いだした。

「村重、摂津一国切り取り次第、好きにするがよい」

「ははっ！」

村重が深々と頭をさげた。

上洛した信長は、二条御所の周囲に火を放って義昭を威嚇した。恐れをなした義昭は、わずか二日で信長に降伏した。

文四郎はこうした京での一連の出来事を見聞し、姫路城に帰って官兵衛と職隆に報告した。

「いよいよ信長殿の天下か……」

官兵衛は、時代の節目に立っているのを感じる。

文四郎はまた、信長という人間の戦以外の側面についても仕入れてきた。

「摂津で面白い話を聞きました。信長公は気にいった者は家柄を問わず、格別に引き立てるとのことで、すでに新参の家臣に摂津一国をまかせたとか」

「摂津一国を？　それはいったい誰だ？」

「荒木村重とやら申す者にございます」

「荒木村重!?」

官兵衛が堺に鉄砲の買いつけに行く途中、山賊に襲われたところを助太刀してくれた牢人が村重だった。「いずれ一国一城の主になる」と笑っていたことを、官兵衛は思い出した。

文四郎が帰ると、官兵衛は、村重との出会いを職隆に話した。

「一介の牢人が摂津の国の国主にのう……」

よくぞ望みをかなえたものだと、職隆が感嘆した。

官兵衛はもどかしくも、口惜しくもある。

「世の中、動いております。しかし、私は遠くこの播磨の地で、都の様子を伝え聞くことしかできませぬ。本当のところ、どうなっているのか知る由もありません。私は井の中の蛙《かわず》です」

「ならば、狭い井戸から出て、おのれの目で確かめてくればよい。摂津はさほど遠くはないのだ。荒木村重殿に会うてくればよかろう」

「されど、姫路は……」

「わしが留守を守る。御着の殿にはうまく申しておく。行ってまいれ」

「ありがとうございます！」

職隆に留守をまかせられるなら、これほど心強いことはない。官兵衛は喜び勇んで摂津へと旅立った。


茨木城を訪れた官兵衛を、村重は歓待した。

「官兵衛！　よくぞまいった」

「一別《いちべつ》以来にございます。その節は大変お世話になり申した」

官兵衛が手をついた。

「堅苦しい挨拶は抜きじゃ。どうだ？　あのとき、わしが言ったことを覚えておるか？　このとおり城持ちになったぞ」

「しかと覚えております。祝着至極に存じます」

「おのれの才覚でここまでのぼりつめた、と言いたいところだが、ま、運がよかったのじゃ」

村重は笑い、官兵衛を茶室へと案内した。

官兵衛は茶の湯に詳しくない。戸惑いながら座につくと、村重が声をひそめた。

「おぬしにすごい秘密を教えてやる。武田信玄が死んだ。武田方は隠しているが、織田方はとっくに見抜いておる」

村重はわけ知り顔でささやき、驚いている官兵衛を傍目に茶をたて始めた。

官兵衛が慣れない手つきで茶を飲んでいると、村重は木箱から古色蒼然とした茶碗を出した。

「よいものを拝ませてやろう。わしの茶の湯の師匠、千宗易《せんのそうえき》様からいただいた高麗《こうらい》茶碗じゃ」

「けっこうなものでございますな」

感服する官兵衛を、村重がちらりと見た。

「官兵衛、おぬしに茶器のよしあしがわかるのか？」

「お見通しでしたか……実のところ、古ぼけた茶碗にしか見えませぬ」

「たわけたことを申すな。これひとつで城が買える。足利将軍家由来の大名物《おおめいぶつ》じゃ。信長様も上洛以来、名物の茶道具を集めるのにご執心のようだが、これだけは死んでも手放さぬ」

官兵衛は、信長という武将に強い関心を抱いている。天下布武の号令をかけて天下取りを宣言し、城下町を繁栄させるために楽市を開き、家柄を問わずに実力次第で引き立て、そして比叡山を焼き討ちにした。

「信長公とは、どのようなお方でございますか？」

「比叡山の者どもは仏法の威光をよいことに腐敗しきっていた。信長様はそのような者を最もお嫌いになる。あの方は一度《ひとたび》敵とみなすと、容赦はせぬ。血も涙もない。その所業ゆえ、魔王と呼ぶ者もいる」

「魔王……」

「信長様は、この世で、自分以外は何も信じておられぬのかもしれぬ……あれほど恐ろしい方はおらぬ……されど、あのお方には人を惹きつける何かがあるのじゃ。ついていきたいと思わせる何かが……」

遠い目をして言うと、村重は大切そうに茶碗をめでた。

官兵衛は茨木城に、善助と太兵衛を伴ってきていた。村重は皆を広間に集め、豪華な料理と酒で歓待した。ところが官兵衛たちは、美酒や肴よりも、舞を披露している妖艶な女に見とれている。

村重がにやにやした。

「いい女であろう？　女房のだしじゃ」

「えっ？」

官兵衛は、酒をこぼしそうになった。

「美人は三日で飽きるというが、一緒になって三年。いっこうに飽きがこぬ。わしには過ぎたる嫁じゃ」

村重がのろけた。

だしは舞い終えると、酒器を手にして官兵衛の横に来た。

「殿からお噂はうかがっております。官兵衛様は播磨一の知恵者だと」

「いや、そのような……」

官兵衛が照れ、酒気も手伝って顔が真っ赤になった。

それに引き替え、太兵衛は酒がめっぽう強い。官兵衛の分まで飲み干す豪快な飲みっぷりは、村重を楽しませ、座を賑やかにした。

ひとしきり飲むと、村重が真顔になった。

「今後のことじゃがのう、官兵衛。いずれ信長様が天下を取るのはまず間違いない。おことも、今のうちによしみを通じておいたほうがよいぞ。わしは織田について、大きく変わった。天下取りのお手伝いをしているかと思うと、胸が熱くなるのだ」

官兵衛も信長に会い、知遇を得たいのはやまやまだが、次はいつ播磨を出て京に来られるかわからない。残念に思っていると、三日後、村重が出陣するという。

「槇島城《まきしま》だ。性懲りもなく義昭公がまた兵を挙げた。今度こそ、信長様もお許しになるまい」

「村重殿、お願いがございます。その御陣の端にお加えいただけませぬか？」

「おお、もちろんじゃ、来い、来い」

「いえ、私は姫路に戻らねばなりませぬゆえ、この両名を」

官兵衛が、そばに控えている善助と太兵衛に目をやった。

「なにとぞ、織田の強さを見せてやってくだされ」

善助と太兵衛が、がばっと平伏した。

「よかろう。存分に見るがよい」

村重が快諾した。

この夜遅く、官兵衛は櫛橋左京亮の訃報を聞き、慌ただしく茨木城を辞して姫路に向かった。

官兵衛が帰城すると、光は悲しみに沈んでいる。

「ふたり目を見せてさしあげとうございました……」

「焦るな、光。子は授かりものだ。まだ見ぬ子より、今いる松寿丸をしかと育てることが大事。そうではないか？」

「はい……」

「舅殿は立派なお人だった。あの方がおられなかったら、わしは御着で思うように仕事もできなかったであろう。ご恩返しができなかったことが無念だ」

官兵衛は心から、左京亮の冥福を祈った。


琵琶湖《びわこ》を織田軍の小舟が埋め尽くし、その奥に長さ三十間の大船が悠然と浮かんでいる。それらが一体となり、まるで湖に城塞を築いたかのようだ。

善助と太兵衛は琵琶湖畔から織田の軍勢を眺め、大船の中に颯爽とした信長の姿をとらえて目が釘付けになった。

槇島城は完全に織田軍に包囲された。義昭が呆然としていると、小柄な男が城内に入ってきた。

「木下藤吉郎にございます。主の命により、上様を河内若江《かわちわかえ》城までお連れいたします」

藤吉郎が、慇懃に頭をさげた。

元亀四年七月。第十五代将軍足利義昭は信長によって追放され、二百年以上続いた室町幕府は終わりのときを迎えた。それを機に、信長の奏上により、年号は天正に改められた。

こうして尾張、美濃、畿内一円を手中に収めた信長ではあるが、天下統一のためには、播磨の西に広大な領地を有する毛利輝元《てるもと》を攻略しなくてはならない。

輝元は亡き祖父・元就《もとなり》から家督を継いだ若き国主で、ふたりの叔父、小早川隆景《こばやかわたかかげ》と吉川元春《きっかわもとはる》の補佐により勢力を保っている中国の眠れる獅子だった。


信長の戦をつぶさに見てきた善助は、興奮冷めやらぬ様子で官兵衛に説明した。

「さすがは織田信長公、格が違います。兵の数や武具、馬具の見事さ、兵糧の蓄え、すべてが桁違いでございます。それがしも太兵衛もただあ然とするばかりで……」

「そうか、よいものを見たな」

「はい。太兵衛もいたく喜んでおりました。自分は井の中の蛙だと気づいたと申しておりました」

官兵衛が苦笑した。

「井の中の蛙？　……同じことを……。さすがの太兵衛も肝をつぶしたであろう？」

「いえ、つぶしたというより、肝がすわったというのか……。織田の大軍を見てから、百人千人をひとりで倒すほど強くならねばなどと無茶を言いだしまして……滝と戦っております」

太兵衛が腰まで水につかり、滝に向かって槍を突いていた話を暴露すると、官兵衛は愉快な男だと肩をゆすって笑った。

ところが、善助が一礼してさがると、官兵衛の顔が一変し、厳しい表情で手元の地図に見入った。御着と姫路がある播磨は、織田領と毛利領にはさまれているのだ。

風雲急を告げていた。信長は畿内からさらに西へと侵攻するはずだ。必ず、毛利と衝突する。播磨が両者の決戦の場となるのは、避けられない宿命だった。

第七章　決断のとき

姫路城の庭で、いわく言いがたい雰囲気を身にまとった僧侶が、松寿丸と合戦ごっこをしている。わんぱくな松寿丸が木の枝を太刀に見立て、エイ、ヤーと斬りかかると、あやしげな僧侶がやられたふりをしてのけぞった。

「うわ、やられた」

「大将の首、討ち取ったり！」

「まいった、まいった。強いのう、若は。さすが官兵衛殿の一粒種。先が楽しみですな。父上にも劣らぬ勇猛な武将となられましょう。いつか、この首、討ち取られるやもしれませぬ。拙僧の見立ては、下手な易者より当たりますぞ」

あやしげな僧侶が快活に笑い、光が困ったような愛想笑いを浮かべた。

この僧侶の名を、安国寺《あんこくじ》恵瓊《えけい》という。毛利家が他国との折衝の一切をまかせたという僧侶で、陰で毛利を操っているとの噂が広まっていた。

その恵瓊が姫路城を訪れたというので、官兵衛、休夢、善助、太兵衛、九郎右衛門、兵庫助が一室に集まって善後策を講じた。若手の兵庫助、太兵衛、九郎右衛門は、いずれも二十歳前後で文武ともに伸び盛りだ。

九郎右衛門が、まずは疑ってかかる。

「探りを入れにまいったのでは？　毛利に味方する気があるかどうか……」

「官兵衛、会わんほうがよい。御着の殿にあらぬ疑いをかけられ、面倒なことになるぞ」

休夢も危ぶんだが、官兵衛は好奇心にかられた。

「いや、危うい思いをしてまで、わざわざまいったのです。会うてやりましょう。面白そうだ」


官兵衛は、主殿に恵瓊を招いた。

「遠路はるばるご苦労に存ずる。して、ご用向きは？」

「世は乱れております。官兵衛殿のご存念をお聞きしたい。小寺家は今のままでよいとお考えですかな？」

「織田信長殿が現れ、天下の形勢、大きく変わりました。われらもこのままというわけにはまいらぬと思っております」

「織田は強い。天下布武を掲げ、今、最も勢いがあるやもしれませぬな」

恵瓊は、信長が最も警戒していた信玄の急死を知ったうえで語っている。武田方が秘することの事実を、官兵衛ももちろん知っている。どちらも情報の把握が早く、互いに相手の腹の内を読もうとする。

「毛利は大国。その領国はすでに十か国におよびます。さらに東に勢力を伸ばす野心をお持ちでは？」

官兵衛が探りを入れた。

「滅相もない。領国を守り、天下を望むなかれというのが、亡き元就公のご遺言でござるゆえ」

「されど、織田は天下統一のために西へ手を伸ばしてくるは必定」

「さすれば、毛利も、領国を守るために戦うしかありませぬな」

「毛利と織田の戦でござるか……」

「官兵衛殿はどちらが勝つと思われるか？」

今度は、恵瓊が探りを入れてきた。

「今戦えば、備えのできていない織田に勝ち目はないかもしれませぬ。されど、一年後、二年後であれば……」

「織田が勝つと？」

「わかりませぬ。しかし、織田は日一日と大きくなっております」

「毛利もせいぜい力をつけねばなりませぬな……いや、今日はまことに面白うございました。いずれまた……」

恵瓊は腰を浮かしかけ、思い出したように言い添えた。

「浅井、朝倉も、まもなく信長殿の手によって滅びるでしょうな」


天正元（一五七三）年九月。恵瓊の予言が的中し、信長は四年近く続いた浅井・朝倉との戦いに勝利した。義昭を追放した槇島城の戦から、わずかふた月後のことだった。

信長は岐阜城に重臣たちを集めた。

「こたびの働き、皆、大儀であった」

信長が戦続きの労をねぎらい、重臣たちが恭しく頭をさげた。その末席に、藤吉郎も連なっている。

「猿。近《ちこ》う」

信長が呼ぶと、藤吉郎が前に進み出た。

「猿。浅井領であった北近江をそちにくれてやる」

勝家、長秀、光秀らが息をのんだ。だが、誰よりも藤吉郎がいちばん驚いた。

「ま、まことでございますか？」

「こたびの働き、あっぱれであった。望みどおり大名にしてやる」

「ありがたき幸せ！」

藤吉郎がひれ伏した。

勝家が憎まれ口をたたく。

「猿が大名か。これは古今未曾有《みぞう》の珍事じゃ」

重臣たちや古参の家臣たちのなかには、藤吉郎の出世をやっかむ者もいるだろう。

信長はすべて計算ずくで、皆に言いわたした。

「功名をたてた者には褒美は惜しまぬ。皆も励めよ」

すると、藤吉郎がまた両手をついた。

「恐れながら、上様、お願いの儀がございます。これを機に名を改めることをお許し願います」

「なんと名乗る？」

「はっ。織田家中の双璧、柴田勝家様、丹羽長秀様にあやかりたく、勝手ながら一字ずつ頂戴し、羽柴《はしば》秀吉と名乗りたく存じます」

何かと藤吉郎を揶揄《やゆ》してきた勝家と長秀だが、あやかりたいと言われて悪い気はしない。

信長がにやりとした。

「権六と五郎左《ごろうざ》からのう。よかろう。許す。今日からそちは羽柴筑前守《ちくぜんのかみ》秀吉じゃ！」

農民から武士に取りたてられた秀吉は、わずか十数年で大名へと駆けあがったことになる。


「おね！　おね！」

屋敷に帰った秀吉は、妻・おねの名を呼びながら戸口を駆け抜け、台所に飛びこんだ。

「おね！　城持ち大名じゃ！　わしは城持ち大名になったのじゃ」

「ま、まことでございますか？」

「こんなこと戯れ言で申すか。この羽柴秀吉、草履取りからとうとう大名にまでのぼり詰めたのじゃ」

「ハシバ？」

「名を変えた。今日から羽柴秀吉じゃ」

「羽柴……ああ、もう何がなんだか……夢でも見ているよう……」

ぼーっとしているおねの頬を、秀吉が引っ張った。

「痛ッ……」

「夢ではなかろう。北近江じゃ。浅井領であった北近江がわしの領地じゃ！」

北近江には、自刃した浅井長政が居城とした小谷《おだに》城がある。

「お前様、落ちた城は縁起が悪うございます。それより、琵琶湖が見えるところに城を造ってはいかがですか？　岐阜の城下をお手本に、新しい城と城下を、民が集まる豊かな国を、つくるのです。お前様の腕の見せどころです」

「うむ。面白そうじゃ」

琵琶湖が見えるという城に、秀吉は気持ちをそそられた。

姫路城では、剣術の稽古をしている家臣たちに交じって、まだ幼さが残る松寿丸が木刀を振っている。光が稽古を見守っていると、官兵衛が見知らぬ少年をひとり連れてきた。

「その子は？」

「名は又兵衛《またべえ》という。この子の父が御着の殿に仕えておったのだが、ふた親が相次いで亡くなり、育てる者がおらぬ。よい面構えをしておるので、殿にお頼みして、わしがもらいうけた。面倒をみてやってくれ」

官兵衛にうながされ、はにかんでいた又兵衛がぺこりと頭をさげた。

「人見知りでな……松寿丸」

官兵衛は稽古中の松寿丸を呼び、又兵衛と引き合わせた。六歳の松寿丸より、又兵衛のほうが七、八歳年長だろう。

「光、頼んだぞ」

「は、はい」

戸惑っている光を残し、官兵衛は滞りなく用件が片づいたとばかりに行ってしまった。

数日したある日、光が台所を通りかかると、松寿丸が泣きながら甕《かめ》の水で額を冷やしている。

「大きなこぶ……どうしたのです？」

「……転びました」

「転んだ傷には見えないけれど……」

光は不審に思った。転んだにしては着物に汚れはなく、傷の手当てをしようとすると松寿丸はこぶを隠すような仕草をした。

「お方様！　この子でございます。若殿に狼藉《ろうぜき》を働いたのは。こんなもので」

お福が頭から湯気をたて、又兵衛の襟首をつかんで引っ張ってきた。お福がもう片方の手で持っている木の枝は、又兵衛から取りあげたもので、それで又兵衛が松寿丸をたたいたという。

「勝負しました」

松寿丸がしかたなく白状した。

「……若が本気でかかってこいと言うから、本気で……」

又兵衛の弁解に、お福が激怒する。

「なんて乱暴な。打ちどころが悪くて、もしものことがあったらどうするのです。松寿丸様は大事な黒田家のお跡継ぎなのですよ！」

「これは男と男の勝負です」

「まあ、へらず口を……。又兵衛、若殿に謝りなさい！」

お福から大目玉を食うと、又兵衛はぷいと外に飛び出していった。

雨がぽつぽつと落ちてきて、ざんざん降りになった。又兵衛はどこに行ったのか、城内をいくら捜してもいない。心配した光が城下まで捜しに行き、ずぶ濡れの又兵衛が祠にうずくまって雨宿りしているのを見つけた。声をかけて近寄ると、又兵衛は小刻みに震えている。

「すごい熱……」

又兵衛は光の手を振り払って立ちあがった。だが、ふらふらと倒れかけ、光が急いで支えた。

姫路城に運ばれた又兵衛は、昏々と眠り続け、光がつきっきりで看病に当たった。

「どうだ？」

官兵衛が様子を見に来た。

「実は、又兵衛はふた親を亡くしたあと、親戚をたらい回しにされていたようなのだ。それゆえ、少々、心根がひねくれたのかもしれぬ」

「そのようなことが……」

「わんぱくがふたりも揃って手を焼くと思うが、頼むぞ、光」

「はい」

光は一晩中、又兵衛に付き添い、明け方近くにうとうとと眠りに落ちた。朝方、膝を揺すられて目を覚ますと、又兵衛が布団から光を見あげている。

「又兵衛……」

光がその額に手を置くと、すっかり熱がさがっていて、又兵衛が照れくさそうに微笑んだ。

翌日、松寿丸と又兵衛が庭で顔を合わせた。ふたりとも、なんとなく気まずい。

「若……おでこ、申し訳ありませぬ」

「大事ない……。また勝負しよう。今度は木登り。どっちが早く登れるか」

「わし、木登り、得意ですぞ」

「勝負だ！」

先に駆けていく松寿丸を、又兵衛が追いかけていく。

官兵衛と光は、屈託のない松寿丸と又兵衛に温かい眼差しを送っている。

「殿があの子を連れてきたわけがわかりました。子は授かりもの。いちいち気に病まないようにいたします」

松寿丸と又兵衛を、光は本当の兄弟同様に育てるつもりだ。

「子ができねば、もらってくればよい。ここで暮らす者は、皆、身内じゃ。光、お前は女あるじとして、この姫路城を仕切っていくのだ。これからも皆を頼むぞ」

「かしこまりました」

光はこのときから、姫路城の母となることを決めた。

天正三（一五七五）年正月。上月景貞《こうづきかげさだ》に嫁いだ光の姉・力が光に会いに姫路を訪れた。

「わが夫、上月景貞は毛利につくことを決めました。上月の城は播磨の西のはずれ。毛利に従わねば、生きていけぬ。それに織田信長は仏敵です」

力は眉をひそめ、比叡山での殺戮《さつりく》を命じた信長の恐ろしさを言いたてた。

「官兵衛殿は織田贔屓《びいき》と聞くがまことですか？　織田についたら、黒田家は間違いなく滅びます。光、あなたから、官兵衛殿にそれとなく言い含めるのです。毛利についたほうがよいと」

力が説得し、光が困っていると、官兵衛がひょいと顔を出した。

「義姉上《あねうえ》、お久しぶりです」

「これは官兵衛殿。近くへ来たついでに立ち寄りました。そろそろおいとまいたします」

力が腰をあげ、侍女に持たせていたお札を光に手渡した。

「子安八幡《こやすはちまん》様のお札です。昔から子宝が授かるといいます。早くふたり目を」

官兵衛には、あやしげな薬草が入った袋を差し出した。

「南蛮渡来の秘薬です。床につく前に必ず飲みなさい」

力が帰っていくのを、官兵衛は釈然とせずに見送った。

「何しに来られたのだ？　まさかお札と薬を届けにいらしたわけではあるまい」

「それが……」

光が口ごもった。


播磨の動きを探っていた文四郎が戻り、官兵衛の前に地図を広げた。

「備前《びぜん》の宇喜多直家《うきたなおいえ》が毛利につきました」

官兵衛がうなずき、地図の一点を指した。

「上月も毛利につくようだ」

「宇喜多にならって、播磨の地侍《じざむらい》は続々と毛利になびいております。毛利の使者が各地を回っております。今や、はっきり織田についているのは三木の別所ぐらいでしょう。その別所も、実のところ、家中では、織田か毛利かとふたつに割れているそうにございます」

播磨の東寄りに、別所長治《ながはる》が城主を務める三木城がある。毛利の使者といえば、安国寺恵瓊が暗躍しているのは間違いないだろう。

数日後、官兵衛は集めた情報をもとに、休夢、善助、九郎右衛門、太兵衛、兵庫助と囲炉裏《いろり》を囲み、皆に腹蔵のない意見を求めた。

まずは、九郎右衛門が話の口火を切る。

「毛利につくが安泰じゃ。中国者の律儀という。毛利は義に厚く、一度盟約を結べば、決して裏切らぬ」

善助も毛利の厚情は耳にしているが、生き残るために必要なのは情より強さだと思う。

「おぬしは織田の強さをわかっておらぬ。わしは織田の戦をこの目で見てきた。あの軍勢を敵に回しては、われらはひとたまりもない。織田につくべきじゃ」

「織田が強いということに異存はない。されど、その所業が目に余る」

休夢が信長の冷酷な仕打ちを非難した。比叡山の殺戮だけでなく、長島《ながしま》で起きた一向一揆でもおびただしい数の信者が殺されている。

九郎右衛門は、信長のおぞましい話をもうひとつ耳にした。

「浅井親子と朝倉のしゃれこうべを金箔で塗り固め、それをめでながら祝杯をあげたらしい」

しゃれこうべと聞いて、兵庫助が震えあがった。休夢は首にかかった数珠を手に拝んだ。

「要は織田と毛利、どちらが強いか」

善助は織田の強さに軍配をあげたいが、休夢は両者を天秤にかけるのは難しいという。

官兵衛は口をはさまず、皆の意見を聞きながらじっと考えこんでいた。


お濃は信長の所業に胸を痛めていたが、とうとう黙っていられなくなった。

「私には上様のお心が見えませぬ」

「……。比叡山の坊主どもは修行を怠り、堕落しきっておる。あやつらは現世の不安をあおり、民から莫大な財をかすめ取り、贅沢三昧。しかも、朝倉の軍勢を山中に引き入れ、このわしと一戦交える構えを見せた。もはや武家と同じよ。そのくせ、都合が悪くなると仏の名を隠れ蓑《みの》にする。あの二股《ふたまた》ぶりが我慢ならぬ！」

「されど、比叡山や長島の一向一揆のなかには、女子どももいたと聞きます。あまりにもむごうございます。上様を仏敵と呼ぶ者までおります」

「女子どもといえども、見逃せばいつかわしに刃向かうてくる。今はすべてを変えるときなのだ。わしについてくるか根絶やしになるか、選ぶのはわしではない」

お濃は蝮《まむし》と呼ばれた美濃の亡き斎藤道三《どうさん》の娘で、ふつうのおなごと違って肝がすわっている。だが、そのお濃にしてさえ、信長の業の深さには身がすくむ。

「いつかご自身の身に返ってくるのではないかと思うと、恐ろしゅうてなりませぬ」

「因果応報か……案ずるな。そのようなもの、わしは信じておらぬ」

信長は不敵にも言い放った。

この年の五月。織田・徳川連合軍は、三河国長篠城《ながしのじょう》をめぐって武田軍と激突した。世にいう「長篠の戦い」である。この戦で、信長は大規模な鉄砲隊を編成し、三千挺という大量の鉄砲を使用した。その新戦術の前に、戦国最強といわれた武田軍は壊滅した。

馬上から戦況を見ていた信長のもとに、興奮冷めやらぬ面持ちの秀吉が、半兵衛、勝家とともに馬を寄せてきた。

「すさまじい鉄砲の威力でございました。このような戦法、上様しか思いつきませぬ」

「次は毛利じゃな」

信長が言ったそばから、秀吉が何か言いたげにしている。

「まずは播磨を手に入れるべきかと。今のところ、播磨の地侍は別所を除けば、ほとんどが毛利についております。されど、それがしにおまかせくだされば、これらを調略し……」

秀吉がまだ話している途中で、信長がさえぎり、勝家の考えを求めた。

「権六、おぬしなら毛利をどう攻める」

「それがしなら、まず伯耆《ほうき》、出雲《いずも》と突き崩し、しかるのちに毛利の根城をたたきまする」

秀吉が反論しかけると、なぜか信長は鞭で制し、その鞭を馬に当てて走り去った。

毛利輝元は、安芸《あき》の吉田郡山城《よしだこおりやまじょう》を居城としている。新戦術を用いた「長篠の戦い」は、輝元、吉川元春、小早川隆景の耳にも入り、三千挺の鉄砲での勝利は信長の強さを印象づけるに十分だった。

ちょうどこの日、播磨の調略に回っていた恵瓊が城に戻った。

「播磨のほとんどの地侍はわれらにつきました。三木の別所長治だけが織田についております。ただひとつ、気がかりなことが。姫路の黒田官兵衛の動きがまだ読めませぬ」

「小さな姫路など、気にするまでもあるまい」

元春は問題視しないが、隆景は首を横に振る。

「兄上、千丈の堤も蟻の一穴《いっけつ》より崩れると申します。用心にこしたことはありませぬ」

「ご安心くだされ。この恵瓊、ぬかりはござらぬ」

恵瓊がしたり顔をした。


「信長は西に攻めてくるか？」

御着城にいる政職が問いかけた相手は、左京亮亡きあと櫛橋家を継ぎ小寺家の家老となった左京進だ。

「武田を倒した今、西に手を伸ばしてくるのは間違いありませぬ。今のうちに毛利とよしみを通じるのが賢明かと。義を重んじる毛利につけば、本領は安堵にございます」

左京進の進言を受け入れた政職は、早急に評定を開き、その席で小寺は毛利に味方するとの旨を重臣たちに申しわたすことにした。

評定に先立ち、左京進は姫路を訪れ、官兵衛に会って意見一致のための根回しをはかった。

「殿は毛利につくとの仰せだ。これから織田と戦になるやもしれぬ。これまでとは桁違いの大きな戦いになる。官兵衛、おぬしとはいろいろあったが、些末なことは水に流し、互いに小寺家のために、手を組もうではないか」

「……確かに毛利につけば本領安堵……」

小寺には願ってもないことだが、官兵衛はどこか腑に落ちない。

「よいか、官兵衛、力が嫁いだ上月は毛利と盟約を結んだのだぞ。もしわれらが織田と組めば、力は敵方。きょうだいで戦わせる気か？　光を泣かせるな」

官兵衛がまだ納得しかねていると、光が酒を運んできて左京進に酌をした。

「お話はまとまったのですか？」

「ああ。官兵衛はわかってくれた」

「では、毛利に？」

「光、よかったな。これで姉妹が敵味方に分かれることはなくなったぞ」

左京進は機嫌よく盃を重ねるが、官兵衛は難しい顔で酒を飲んでいた。


評定を目前に控えた官兵衛は、職隆と轡《くつわ》を並べて山頂まで馬を走らせ、眼下に広がる姫路の景色を見つめた。

職隆が先に口を開いた。

「御着で評定が開かれるらしいな。迷っているのか？」

「……毛利につけば、本領は安堵されるでしょう。それにくらべ、織田では値打ちなしと見かぎられれば、使い捨てにされ、盟約を結んでも所領が安堵されるとはかぎりませぬ。なれど、織田の勢いは侮れませせぬ。毛利につけば、織田と戦うはめになり、そうなれば、毛利とともに滅びてしまうやもしれませせぬ」

「されば、織田につくほかなかろう」

「はい……しかし……もし間違えたら……」

官兵衛は、いつになく歯切れが悪い。

「私の見立てが間違っていたら、すべてを失います。おじじ様や父上が築きあげてきたもの、すべてを……」

「官兵衛、失うことを恐れるな。お前が考え、お前が決めるのだ」

黒田家は官兵衛の祖父・重隆が目薬を売って糊口をしのぎ、一度は赤松家に仕え、しかるのちに小寺を主家とした。職隆の亡き妻・いわも今の妻・ぬいも政職の仲立ちだ。官兵衛が若くして家督を継いだのも、すべてはひとつの理由に集約される。

「……すべては生き残るため」

官兵衛はもう一度姫路の景色を眺め、やがて、意を決したように馬を走らせた。


天正三年六月。小寺家の行く末を決める大評定が開かれた。官兵衛、左京進、小河、江田など主だった家臣が一堂に会し、政職がおもむろに皆を見回した。

「天下の形勢ただならぬ今、当家の行く末を決めようと思う。毛利につくか、織田につくか、どちらがよいか、皆の存念を聞きたい。遠慮なく申せ」

「恐れながら、それがしは毛利につくべきと存じます」

小河が真っ先に毛利を推し、江田、左京進が同調した。異論を唱える家臣はいない。

「毛利につくほか道はござらん。官兵衛もそれがしと同じ所存でございます」

左京進が自信たっぷりに言い、政職が念押しするように官兵衛を見た。

「それがしは織田につくのが最善の道と心得ます」

「官兵衛、何を言いだす！　話が……」

左京進が焦った。

「しばらく！　しばらくお聞き願いたい」

官兵衛が前に進み出た。

「毛利は確かに大国でございますが、先君、元就公の遺言に従い、自国の領土を守るのみで天下を取る気概がありませぬ。しかも家督を継いだは、まだ若い輝元殿」

「吉川と小早川が補佐しておるではないか」

江田が横から口を出した。

「いかにも。毛利輝元殿は叔父の元春殿、隆景殿の助けなくば、采配も振るえぬ若輩者ということでござる。そのような者を大将にいただいて、果たして、あの織田に勝てるとお思いか？」

官兵衛が輝元の統率力不足を指摘すると、小河も江田も二の句が継げない。

「一方、織田信長は世に堂々と天下布武を掲げております。『国をおさむる者は義立てば、すなわち王たり』。織田は大義をもって、兵を進めているからこそ、わずか尾張半国から身を起こし、今川義元、浅井、朝倉を滅ぼし、さらに武田も打ち破ることができたのでござる。その勢いは大河のごとくとどまるところを知りませぬ。さらに、織田の強みは大義だけではござらぬ。何よりその政《まつりごと》。国を強くするには、民を強くせねばなりませぬ。織田は楽市楽座、関所を廃するなど、新たな試みを次々と取り入れ、その領内は繁栄を極めておりまする。人々がおのずと集い、財も集まる。家中においては、門地門閥によらず取り立てるゆえ、才覚ある者が揃い、万全の構え。武勇知謀ともに備わった織田信長こそ、天下人となるに相違ありませぬ」

政職は、官兵衛のよどみない弁舌に聞き惚れた。

「殿、小寺家百年の大計にございます。天下の潮流に乗り遅れてはなりませぬ！　ここで見誤っては、当家は間違いなく滅びます。すべては生き残るため。われらが生き残る道はこれしかありませぬ！」

官兵衛の熱弁は、政職の心を揺さぶった。

「あいわかった！　わしは官兵衛の意見をよしとする。当家は織田につくこととする！」

家臣たちのざわつきに、官兵衛の朗々とした声が重なった。

「されば、早急に、当家の意向を織田方に伝えねばなりませぬ。それがし、織田家の重臣についてがあります。それがしに岐阜行きをお命じくだされ」

「よし、行ってまいれ。小寺家の命運、官兵衛、そちに預けたぞ！」

「ははっ！」

重大な使命を帯びた官兵衛を、左京進が悔しげに睨んでいた。


「どうも狐につままれたような気がする」

政職がつぶやき、お紺を見た。

「官兵衛じゃ……あやつは口がうまい。まんまとその気になって、織田につくと言ったが、本当にこれでよかったのか、今になって不安になってきた」

「官兵衛は賢い男。私は信ずるに足りると心得ておりますが」

「ここは思案のしどころじゃのぅ……ま、いざとなったら、あやつに責めを負わせればよいか」

政職は、こともなげに言った。


官兵衛は、善助、太兵衛、九郎右衛門を伴い、村重の居城・摂津有岡《ありおか》城に入った。まずは村重に会い、信長に拝謁できるように取り次ぎを依頼するためだ。

「わかっておる。まかせておけ」

村重が胸をたたいて快諾した。

そのすぐあとで、だしが挨拶に現れた。官兵衛とは、茨木城で会って以来の再会だ。だしと村重の睦まじさは相変わらずだが、だしはいささかすねたように官兵衛に言いつける。

「わが殿は信長様にすっかり魅了され、まるで信長様に恋焦がれている乙女のようなありさま。少々、妬《や》いておりまする」

村重が目尻をさげて笑い、あてられたように笑っている官兵衛を見た。

「官兵衛、ひとつ忠告しておく……。信長様は難しいお方だ。おことなら心配ないと思うが、くれぐれも粗相のないようにな。聞かれたことには、しかと答えろ。曖昧な答えは許されぬぞ」

「はい」

官兵衛は身が引き締まる思いがした。

第八章　秀吉という男

天正三（一五七五）年七月。官兵衛はいよいよ信長に拝謁する日を迎え、岐阜城に足を踏み入れた。三十歳にして、播磨一国を左右する戦国の世の表舞台に立とうとしている。

案内役は信長の近習・万見仙千代で、先に立って廊下を歩きながら官兵衛を振り返った。

「上様はお気が短く、まわりくどい返答を嫌います。あからさまな世辞など不要にございます。問われたことには余計なことは申さず、要を得た答えをなさるように」

「心得ました」

官兵衛は、仙千代に先導されて主殿に入った。勝家、光秀、長秀、一益、信盛ら信長の脇を固める重臣たちがずらりと並んでいる。官兵衛が緊張の面持ちを伏せて待っていると、信長の足音が聞こえ、仙千代が官兵衛の名前を読みあげた。

「播磨国御着城主、小寺政職《まさもと》の名代、同名官兵衛」

「おもてをあげよ」

「はっ」

信長の声に、官兵衛が顔をあげた。

「村重の書状は読んだ。用向きを話せ」

「はっ。織田様、すでに東海、北国《ほっこく》、畿内の大半を制し、天下統一へ向け、着々と歩みを進めておられますが、いまだに従わざる者もおり、その最たるものが、中国の毛利とお見受けいたします。主、小寺政職は織田様にお味方つかまつる所存。是非、しかるべき大将のもと、軍勢を播磨におつかわしくださいさい。その折は、われら小寺が喜んで先手を務めまする」

勝家が、じろりと官兵衛を睨んだ。

「毛利はまだ敵となったわけではない。今、重きをおくべきは中国ではなく北国じゃ。越前の一向一揆もあれば上杉謙信への備えもいる」

「瓶《かめ》割り柴田と呼ばれる織田家随一の勇将、柴田勝家様とお見受けいたします」

初対面にもかかわらず、官兵衛がぴたりと言い当て、勝家のほうに姿勢を傾けた。

「仰せ一理あれど、一向一揆の大本、石山本願寺は毛利とつながっております。播磨は中国から石山本願寺への道筋。ここを制すれば、両者のつながりを断つことができまする。毛利は、必ずや、織田家の敵となりましょう。毛利を討たねば、織田家の天下布武はかないませぬ」

「官兵衛殿、おぬし、兵をいかほどお持ちかな？」

一益に問われ、官兵衛はありのまま答える。

「五百でございます」

重臣たちから失笑がもれた。

「なるほど。それは少なくてお困りであろう。上様に泣きつくわけだ」

冷笑を浮かべた長秀のほうに、官兵衛の体が向いた。

「柴田様と並ぶ織田家の双璧、丹羽長秀様とお見受けいたします。かつて織田様はわずかな軍勢で、あの今川義元の大軍を打ち破ったではございませぬか。兵はいたずらに多きを益ありとせず。戦の勝敗は兵の多寡《たか》にあらず。また孫子曰く、兵は詭道《きどう》なり……」

長秀がむっとした。

「おぬしごときに兵法を説かれんでもわかっておるわ」

そのとき、信長が咳ばらいをした。それだけで重臣たちが緊張し、信長にすべての視線が注がれた。ところが、信長は懐紙を出して鼻をかみ、討議を続けるように目でうながした。

そこで、光秀がうかがいをたてる。

「それがしは官兵衛殿の言われるとおり、今すぐ中国攻めにかかるべきと存じます。このまま放っておいては、毛利はますます大きくなり、手遅れになりかねませぬ。まずは、官兵衛殿の計略、聞いてみようではありませぬか」

信長の許しを得て、官兵衛は用意していた中国地方の地図を広げた。

「毛利を攻めるには山陰、山陽、ふたつの道筋があります。大軍を動かすには平坦な山陽道が向いており、その山陽道に御着、姫路はございます。ここは播磨のほぼ中心。海も近く、中国をおさえる格好の要地。主、政職はこの姫路を中国攻めの足がかりとされるよう申しております」

官兵衛は、地図の上に指をすべらせた。

「次に播磨の形勢について申し述べます。志方城の櫛橋はわが姻戚なれば懸念するにおよばず、三木城の別所も織田方に恭順の意を示しております。しかしながら、明石、高砂《たかさご》、福原《ふくはら》、上月など、播磨の大方の大小名は、今は毛利についております。されど、それは毛利の威勢をはばかっているだけにすぎず、結束は強くありませぬ。よき大将を姫路におつかわしくだされば、皆、織田家の味方となりましょう。この私めが、播磨一国を必ずや説き伏せてご覧にいれます。播磨を手に入れさえすれば、毛利を倒すことなど容易にございまする」

官兵衛の計略にじっと耳を傾けていた信長が、ものも言わずに立ちあがった。かたわらの佩刀を手に、官兵衛の前につかつかと歩いていく。

主殿は水を打ったように静まりかえり、官兵衛の背に冷や汗が流れた。次の瞬間、信長が佩刀を官兵衛に差し出した。

「そちに取らせる」

「ははっ！」

官兵衛が佩刀をおしいただいた。

固唾を飲んで見守っていた重臣たちが肩の力を抜いたとき、ばたばたと足音がして、慌ただしく秀吉が入ってくる。

「遅いぞ、猿！」

信長が一喝した。

「申し訳ありません。瀬田《せた》の唐橋《からはし》の普請を見てまいりました」

早く仕上げるようにと普請奉行の尻をたたいていて遅れたと、秀吉が軽妙な語り口で言い訳した。その調子のよさと、普請工事の仕切りのよさに、信長が怒りの矛先を収めた。

官兵衛があっけにとられていると、秀吉が親しげに話しかけてくる。

「貴殿が黒田官兵衛殿でござるか？」

「はい」

「荒木村重殿から聞いておる。よう来てくれた！　それがし、羽柴筑前守秀吉でござる。播磨の小寺家がわれらに味方してくだされば、心強いかぎり。上様、毛利攻めの要となりましょうぞ。ありがたや！」

手をすり合わさんばかりの秀吉に、信長の命がくだった。

「猿、そちが播磨へ行け」

重臣たちが苦々しく秀吉を見、光秀の顔が心なしか険しくなっている。こうした重臣たちの駆引きを、信長は気づかぬふりでさらりとやりすごした。

「官兵衛、そちの申すとおり、播磨を手に入れねば、毛利を倒すことはできぬ。毛利を倒さねば、天下布武はかなわぬ。播磨攻略には内情に詳しい導きがいる。この秀吉とよろしく相談せよ」

「はっ」

「そちの申したことは、この信長の考えていたことと同じだ。面白かったぞ」

信長から望外の褒め言葉をもらい、官兵衛は深々と頭をさげた。

官兵衛は心身ともに疲れ果て、善助たちが待っている控えの間に戻ったときには足元がふらついていた。

「……播磨に兵を出すとお約束くだされた。われらが味方することをお許しになった」

「では、うまくいったのでございますか？」

善助が表情をゆるめた。善助たちは皆、官兵衛が心配で、やきもきして待っていたのだ。

「ああ、うまくいった……だが、疲れた……ここまで気を張ったのは生まれて初めてだ」

官兵衛は無事に拝謁を終え、信長とよしみを通じるという難関を越えた今になって、信長への畏怖がじわじわとこみあげてきた。

ほっと息をつく間もなく、廊下から官兵衛を呼ぶ大声がした。官兵衛が振り返ると、秀吉が走ってくる。


秀吉が官兵衛の一行を案内したのは、賑わう城下町のなかほどにある露店だった。いつの間に借り切ったのか、店にほかの客はいない。秀吉はみずから団子を運び、官兵衛たちをもてなした。

官兵衛は、飽きもせずに街並みを眺めている。目の前の道を、南蛮人の商人が通り過ぎた。

「賑やかな城下でございますな。噂には聞いておりましたが、これほどとは……」

「今や岐阜は日の本一の町だ。楽市楽座、関所をなくし、道を広げ整えた。これ、すべて上様のお考えじゃ。人が人を呼び、この賑わいをもたらした」

官兵衛は感服し、また街並みに目を移した。その腰に差した刀に、秀吉が目を留めた。

「『圧切《へしきり》』をいただいたそうだな。抜いてみせてくれぬか?」

佩刀の銘を「圧切」というらしい。官兵衛が鞘をはらうと、刀身が見事な輝きを放っている。

「おう、噂にたがわぬ名刀じゃ!」

秀吉が感嘆の声をあげ、この刀に「圧切」の名がつけられた由来を語り始めた。

信長に無礼を働いた茶坊主が、膳棚の下に逃げこんだ。信長はその卑劣さを許さず、手にした刀で膳棚ごと茶坊主を真っぷたつに圧《へ》し切ってしまった。その切れ味のよさに、信長はみずからその刀を「圧切」と名づけたという。

「その『圧切』をいただくとは、上様に気にいられた証拠じゃ。しかし、わしは慌てたぞ。おことが茶坊主のように真っぷたつに斬られるのではないかとな」

秀吉が笑った。秀吉は毛利攻めの計略をこっそり聞いていて、ほどよいときを見計らって、普請奉行云々を言い訳にわざと遅れて信長の前に出たのだという。

「織田家は門地門閥を問わずというが、重臣のなかには、柴田勝家のように頭の固い者もおってな。百姓出のわしを毛嫌いするのじゃ」

もし、秀吉が最初から拝謁の場にいれば、当然、官兵衛の肩をもっていただろう。すると重臣たちは、秀吉に抗いたいがために官兵衛の計略に異を唱えたに違いない。

「わしがおらなかったから、光秀はおぬしをかばったのだ」

秀吉は種明かしをすると、光秀の顔を思い返してにんまりした。

「あやつ、自分が毛利攻めの大将に任ぜられると思いこんでおったからのう。光秀はまだまだ上様をわかっておらぬな」

「されば、秀吉様はご自分が毛利攻めの大将に任ぜられるよう、ひと芝居うったのでござるか」

「あまり大きな声では言えぬが、わしには上様のお気持ちがわかるのだ。ここを押せば、こうなるというツボを心得ておる」

秀吉はくっくっと笑った。

「官兵衛殿、どうだ、今からわしの城に来ぬか」

「はあ……」

秀吉は琵琶湖に面した今浜《いまはま》の地に新しい城、長浜《ながはま》城を築き、地名も長浜と改めている。

生返事をする官兵衛にかまわず、秀吉はさっさと長浜行きを決めてしまった。

信長は南蛮渡来の赤ワインを好んで飲む。お濃は相伴しながら、毛利攻めを光秀ではなく、秀吉に命じた理由をたずねた。

信長の答えは単純明快だ。

「猿はいちばん使いやすい道具だ。人こそいちばんの道具。競い合うことを忘れた人間は役に立たぬ。こたびは道具の手入れをしたまで」

「長篠の戦い」で武田軍を破って以来、重臣たちの気持ちがたるんでいる。信長はそのことが不満だったが、毛利攻めが秀吉にまかされたことで、皆の意識が変わった。

「これで、権六は北国にかかりきりになる。光秀は目の色を変えて丹波《たんば》を攻めたいと言うてきよった。わかるか？　あやつら、猿めが手柄をあげることに我慢ならんのだ」

「あの播磨者も道具ですか？」

「官兵衛か……よい道具を見つけた。猿とウマが合えば、存外面白い仕事をするかもしれぬ」

信長は楽しげにワインを口に含んだ。


職隆《もとたか》のところに、官兵衛から事の首尾を伝える文が届いた。職隆はその文を携え、御着の政職のもとにあがった。

「わかせがれながら、難しいお役目をよくぞ果たしたものと……」

しかし、政職は読み終えた文を左京進に回し、困ったようにうめき声をあげた。

「わしは毛利攻めの先鋒になると言うた覚えはないのじゃがのう……」

「しかし、殿、織田方につくとお決めになったはず」

「まあ、この乱世、織田といえども、明日はどうなるか、わかったものではないからのう……。毛利は本領安堵。御着はこのままでよいと申しておるそうだ。のう、左京進？」

「はい」

左京進は心得た顔をしている。

職隆は、政職ににじり寄った。

「殿、評定を開いてお決めになったものを、今になって覆しては示しがつきませぬ。当家の信用にも関わります」

「信用を守るために滅んだらなんにもなるまい。すべては生き残るため。官兵衛の言葉だぞ。織田について、果たして生き残れるのか、この御着はどうなってしまうのか、わしは領主として皆のことを案じておるのだ。ここは思案のしどころじゃのう……」

政職の気持ちは、大きく揺れ動いていた。


小寺が織田に与したことは、安芸吉田郡山城の毛利側の知るところとなった。

「いよいよ攻めてきますか？」

「間違いなかろう。されど、越前の一向一揆や石山本願寺に手を焼いておるゆえ、こちらに来るまでにはまだ間がありましょう。その間に、播磨の隅々まで手を広げておくのです」

輝元の不安を、隆景が払拭した。

その一方で、京を追われた足利義昭が毛利に庇護を求めてきている。

「面倒ではございませぬか？　もはや義昭公になんの力もありませせぬ」

これから輝元は、来るべき織田との戦に備えて多忙になる。

隆景は、しばし熟慮した。

「力はないが、それでも将軍だ。使い道はある。抱きこめば、大義名分はわれらにありまする」


職隆はよくよく考え抜いた末、光《てる》に相談をもちかけようと姫路城に向かった。

「御着の様子がおかしい。どうも、毛利の調略の手が入っているようなのだ。毛利につきたがる者が殿に働きかけをしているのであろう」

職隆がそこまで話すと、光がはっとした。

「まさか兄が……？」

「おそらく……。このまま毛利につくようなことになれば、官兵衛の立つ瀬はない」

「梯子《はしご》をはずされたようなものではないですか……織田方をたばかったことにもなります」

「さよう。ただではすまぬ。下手をすれば、この黒田家、滅びるやもしれぬ」

青ざめる光に、職隆が声を低めた。

「わしに策がある。殿の急所をつくのじゃ。光、ひと肌ぬいでくれるか？」

光が不安げにうなずいた。


数日後、光はご機嫌うかがいのようにお紺を訪ねた。お紺のかたわらでは、斎《いつき》が本を読んでいる。物静かな斎を見て、光が松寿丸のわんぱくぶりを嘆く。

「元気があり余って、手を焼いております」

「武家のおのこは少々わんぱくなぐらいがよい。羨ましいのう。斎は体が弱くて、先行きどうなることやら……」

「ご案じなされますな。いずれきっと松寿丸が斎様を盛りたてていきましょう」

光は明るい笑みを浮かべ、ふと、表情を曇らせた。

「怖い噂を耳にしました。織田の敵になったら、女子どもも容赦なく皆殺しにされると。比叡山焼き討ちや長島の一向一揆がまさにそうでした」

「あれはひどい話じゃ……」

「なれど、味方となれば、扱いは格段によくなります。手柄をたてれば、恩賞は思いのまま。そして、何より、織田が天下を取るのは間違いありませぬ」

「そうじゃ。そのために織田につくことに決めたではないか」

お紺を気づかい、光は言いにくそうに打ち明けた。

「いえ、それが……殿はお気が変わられたのか、今になって、毛利につくと仰せのようで……。このままでは、殿が道を誤ると、舅も案じております。お方様、何とぞ、殿にお口添えいただけませぬか？　子どもたちの行く末のためにも」

「まったく、なんのための大評定だったのか。殿の悪い癖じゃ。わかった。殿には私からきつく言うておく」

お紺は憤慨した。政職の優柔不断さは、将来、斎にも悪影響をおよぼしかねない。

何日かして、政職は城の一室に左京進を呼び出した。

「わしは決めた。やはり、織田につく」

「な、なにゆえにございますか？」

「それが生き残る道と考えたからじゃ」

政職の釈明を、左京進は額面どおりには受けとめられない。誰かに何かを吹きこまれたに違いないと、もう一度説得しようとするが、政職はよほどお紺が怖かったのだろう、逃げるように行ってしまった。


話は少し遡り、岐阜城で信長に拝謁した官兵衛は、秀吉に誘われて長浜の城下に入った。長浜は一年前まで荒れ地だったが、今は城が築かれ、城下のあちこちで普請工事が進められている。

「賑やかであろう？　岐阜にならって、ここも楽市楽座じゃ。町を豊かにすることこそ、最大の守りになる。ま、これは上様の受け売りじゃがな。いずれは岐阜にも負けない大きな町にしてみせるぞ」

新しい町づくりに対する秀吉の意気込みが、官兵衛にひしひしと伝わってくる。

秀吉が領民たちに気さくに声をかけていたとき、周囲が騒がしくなり、数人の役人が盗人を捕らえて連行していくところに鉢合わせた。

領民が一生懸命に働いている一方で、捕らえても捕らえても、盗人がいなくならないという。そのたびに出張り、取り押さえなくてはならない役人もいい加減腹をたてているのだろう。

「見せしめに首をはねてやりまする」

役人が息巻くのを聞き、官兵衛はすぐさま秀吉に異を唱えた。

「それはもったいのうございます。見れば、歳も若く、体も頑健。罰として、昼間は働かせるのです。そして、夜は牢に入れればよろしい。人間生きておれば、使い道もあると存じます。命の使い道にございます」

「面白いことを申すな。命の使い道か……よし、そうしよう」

秀吉は柔軟に発想を切り替え、その場で官兵衛の考えを取り入れた。


長浜城に行くのかと思っていた官兵衛たちは、城下のとある屋敷に連れていかれた。

「城へ帰るのは明日じゃ。今日は思う存分楽しもうぞ」

秀吉はうれしそうに言い、門の前で出迎えた若者を官兵衛に引き合わせた。

「石田《いしだ》三成《みつなり》にございます。お見知りおきを」

「黒田官兵衛でござる」

三成は前もって秀吉から言い含められていたらしく、用意万端ととのえて待っていた。

秀吉が待ちきれないように、官兵衛たちを屋内へといざなった。

一室に入ると、官兵衛たちを歓待して、豪華な食事や酒が支度されている。

秀吉の横に若い女が来て寄り添った。側室の南殿《みなみどの》だという。

「おなごはええのう？」

秀吉は鼻の下をのばし、南殿に頬ずりするなどしていちゃついている。

官兵衛たちがあきれて見ていると、秀吉の目配せで三成が襖を開けた。襖の奥で待っていたのは遊女たちで、善助、太兵衛、九郎右衛門にそれぞれしなだれかかった。

官兵衛の横にも遊女が来て、なまめかしく酌をする。

秀吉ならではの接待のようで、南殿と睦み合いながら官兵衛に声をかける。

「遠慮はいらぬ。好きにしていいぞ」

官兵衛たちが、どうしたものかと戸惑っていると、秀吉の声音が変わった。

「よいか。わしらは今日まで岐阜におった。そういうことにしておくのじゃ。よいな、ゆめゆめ忘れるでないぞ」

「なにゆえ……？」

「わしは皆が恐れる上様でさえ、怖いと思うたことはない。しかし、この世でただひとり、怖い者がおる。女房じゃ」

口裏を合わせてくれという秀吉に、官兵衛は苦笑しながら約束を交わした。

翌日、官兵衛たちは、秀吉の案内で長浜城に入り、秀吉の正室・おねと対面した。

「お初にお目にかかります。羽柴秀吉が妻にございます。遠いところ、さぞお疲れでございましょう。ごゆるりとなされませ」

「ありがとうございます」

おねは手をつき、官兵衛と挨拶を交わすと、柔和な顔で秀吉を見た。

「ところで……筑前守様、夕べはどこにお泊まりあそばされましたか？」

「ゆ、夕べは岐阜じゃ」

「岐阜？　城下でお前様をお見かけしたと申す者がおるのです」

「人違いじゃ」

「とぼけなさるな！　おなごのところに行っていたのではないのですか」

おねが角を生やし、秀吉はたじたじとなる。

「ち、違うと申しておろう。のう、官兵衛？」

「はい……」

官兵衛が約束を守ると、秀吉が強気になった。

「ほら、みろ」

おねの角が、官兵衛に向けられた。

「そんなはずはありませぬ。官兵衛殿、この私、嘘は嫌いです。改めてうかがいます。夕べ、どこにいたのですか？」

「……どこにもおりませぬ」

「なんですか、それは？」

「羽柴様はこれからともに戦う大事なお方。そのお方との約束をたがえるわけにはまいりませぬ。一方、お方様はその羽柴様が最も大事にされておられるお人。その人に嘘をつくわけにはまいりませぬ。それゆえ、どこにもおらぬとお答えするしかありませぬ」

「おね、もうよいではないか。官兵衛がかわいそうじゃ」

秀吉はつい口をはさんだ。

「お前様がとぼけるからでございます！　側室がいようといまいと、そのようなことはよいのです。嘘をついて、こそこそしているのが気にいらないのです！」

おねの怒りの火に油を注ぐことになり、とうとう秀吉が進退極まったとき、三成が来た。

「殿。お方様へのお土産、揃えておきました」

三成が部屋の襖を開けると、高価そうな反物などがずらりと並んでいる。

「お、おう、そうであった。どうじゃ、おね？　京や堺でもこれほどの品は揃えられぬぞ」

「物でごまかそうなどと……」

小言を言いつつも、おねは誘惑に勝てずに反物を手に取った。

「……まあ、なんと艶やかな……」

三成の機転に救われ、秀吉がほっとし、官兵衛も困った立場から解放された。

「ときにお前様……」

反物に夢中になっていたおねが振り返り、秀吉は心臓が跳ねあがった。

「な、なんじゃ？」

「小耳にはさみましたが、領民から運上金《うんじょうきん》（租税）をお取りなさるとか？」

「そのことか……そうじゃ。城の普請や町づくりで何かと物いりじゃ。今まで銭かねを取らずにやっとったが、かなり人も増えてきたことだし、そろそろ取ってもよかろう」

「なりませぬ。損して得取れ。この苦しいときに確かに銭かねは欲しい。なれど、目先の金より、先を見据えることが肝心。今は領民の心をつかむのです。さすれば、人が集まり、国は豊かになり、強くなります」

秀吉が小鼻をうごめかした。

「どうだ、官兵衛。わしの女房は天下一であろう?」

「はい」

官兵衛が感心しておねを見ると、おねはまた反物に没頭していた。


この夜は、官兵衛たちと秀吉の家臣たちとで宴会になった。皆、かなり酒が回っているが、そのなかでも一番の大酒飲みが太兵衛だ。秀吉の弟・小一郎と酒の飲みくらべをし、皆の注目を一身に浴びて盃の酒をぐいぐいと飲み干した。

小一郎が先に酔いつぶれた。

「それがし、酒の強さでは誰にも負けたことがございませぬ」

豪語する太兵衛に、小六が突っかかる。

「酒の強さだけか?」

今度は相撲の取りくらべになった。

官兵衛たちの声援を受け、太兵衛が秀吉の家臣たちを次々に投げ飛ばしていく。

小六がずいっと太兵衛の前に立った。

「わしが相手だ」

「おう!」

太兵衛と小六が取り組んだ。がっぷり四つに組んだ好勝負になり、最後に太兵衛が小六を投げ飛ばして勝負がついた。

「うわっ、やられた!」

秀吉ががっくりし、官兵衛たちは拍手喝采した。

「あっぱれじゃ、太兵衛！　さ、飲め！」

秀吉が酒をつぎ、太兵衛はおしいただいて飲み干した。

「わしはおことを気にいったぞ。太兵衛。どうじゃ、わしの家来にならぬか？　五百石で召し抱える」

秀吉がまた酒を勧めるが、太兵衛は一気に酔いがさめていく。

「官兵衛、異存はあるまい？」

ほかならぬ、秀吉の要望だ。官兵衛が答えに窮していると、太兵衛が盃を置いた。

「ありがたきお言葉なれど、お断り申しあげます」

「よし、わかった。一千石じゃ！　それで決まりだ。わしは今、使える家来を探しておるところだ。おことはどうしても欲しい。よいな、官兵衛、この太兵衛、わしに譲ってくれるな？」

官兵衛がますます困っているのを見て、善助が助け舟を出す。

「恐れながら、その太兵衛、それがしの言うことしか聞かぬ男にございます」

「ならば、そちも一緒に召し抱える」

「われらは羽柴様にやれと命じられれば、どんなことでもする所存にございます。しかしながら、ただひとつ、黒田家を離れることだけはできかねまする」

善助が頭をさげる横で、九郎右衛門も手をついた。

「たとえ、百万石積まれようとも、われらの忠義はびくともいたしませぬ。離れるときは死ぬるときでございます」

秀吉が笑い飛ばし、太兵衛にまた酒をついだ。

「わかったわかった。今のは忘れろ。酒じゃ！　おおいに飲め。楽しめ」

官兵衛は胸をなでおろし、秀吉の度量の広さに感じいった。


夜がふけるころ、官兵衛と秀吉は差し向かいで酒を酌み、語り合った。

秀吉は尾張国中村《なかむら》の貧しい農民の出だ。食いつめ、針を売って飢えをしのいだ日々もあった。

「そんなわしを上様は拾ってくださった。草履取りから身を起こし、なんとかひとかどの侍になりたいと、無我夢中でやってきた。それが、今や長浜城主じゃ。よくここまで来たとわれながら思う……運じゃな」

官兵衛がかぶりを振った。

「運だけでは大名にはなれませぬ」

「それにしても、おぬしはよい家来をもっておるな。うらやましいかぎりじゃ。わしのような成り上がり者には昔からの家来がおらぬ。寄せ集めじゃ。それゆえ家中をまとめるのに苦労する。太兵衛や善助のような家来が欲しいのじゃ。しつこいようじゃが、わしにくれぬか？」

「それだけはご容赦ください」

「そうか、やはり、だめか……」

秀吉にも子飼いの家来はいたが、その多くはこれまでの戦で命を落とした。生きていてくれたらどれほど心強いかと、かえすがえすも惜しまれる。

「おぬし、面白いことを申しておったな。命の使い道とか」

「死んだ祖父の言葉です。昔、若気のいたりで、戦って死にたいと申したところ、祖父に叱られました。命を無駄にするな。お前は命の使い道がわかっておらぬと」

「なかなかの御仁《ごじん》じゃな、おじじ様は」

「それがしも、戦で多くの家臣を亡くしました。それ以来、祖父の言葉を噛みしめ、戦において、いかに味方の兵を減らすことなく、勝利を収めるか、それが肝心だと常々考えております」

秀吉が幾度も首を縦に振った。

「わしもそうじゃ。人こそ宝。戦わずして勝つ。それができればいちばんじゃ。官兵衛、おぬしとはうまくやっていけそうだ。おぬしと会えて、よかった」

「それがしも同じでございます。秀吉様の中国攻めの足がかりになるため、播磨はなんとしても、それがしが守ってみせまする」

「頼んだぞ、官兵衛」

秀吉が官兵衛の手を取った。官兵衛も秀吉の手に手を重ね、ふたりは固い握手を交わした。


秀吉が遅くまで起きて仕事をしていると、廊下から声がかかり、播磨の情勢を偵察していた半兵衛が戻ってきた。

「で、どうじゃった、播磨の様子は?」

「三木の別所と、御着の小寺以外は、毛利についております。毛利の調略の手が播磨じゅうに伸びているようで。されど、実のところ様子をうかがっているだけで、こちらに寝返ることは十分考えられまする」

「官兵衛の申したとおりじゃな」

秀吉は満足げだ。

半兵衛も偵察中、官兵衛の名前は何度か耳にしている。

「小寺の家老でございますな。名は知っております。戦上手と聞きおよびました」

「なかなかの切れ者じゃ、おぬしと気が合うかもしれぬ」

「使える男ですか？」

「使える」

「……その男、試してみてもよろしゅうございますか？」

「試す？」

秀吉が、訝しげに半兵衛を見た。

第九章　官兵衛　試される

官兵衛は朝からわくわくしている。名高い竹中半兵衛と会えることになり、三成が迎えに来たのだ。ただ、残念ながら秀吉は岐阜にとんぼ返りしなくてはならず、朝早く長浜城を出立したという。

三成について庭に行くと、小さな畑があり、ひとりの男が鍬《くわ》を手に耕している。この男が半兵衛らしい。

「お連れいたしました」

三成が声をかけ、振り返った半兵衛に、官兵衛はうれしそうに頭をさげた。

「お初にお目にかかります。黒田官兵衛にございます」

「竹中半兵衛でござる」

半兵衛が名乗り、官兵衛の胸の奥まで見透かすような目をした。

三成が一礼して立ち去ったあと、官兵衛は興奮気味に半兵衛に語りかけた。

「お会いできて、光栄に存じます。竹中様のご高名はかねがね承っております」

「ほう、どのような？」

官兵衛は、指折り数えるようにした。

「わずか十七人の手勢で稲葉山城を乗っ取られたこと。そののち、秀吉様の軍師となられてからの数々のお働き。お噂は播磨の隅々まで知れわたっております」

「くだらぬ。さような話、噂にすぎませぬ。真偽のほども定かでないものを、むやみに信ずるのは、いかがなものですかな。秀吉様はお手前を切れ者と仰せだったが……。殿の悪い癖でござる。一度会うただけで、すぐに人を信用してしまう……。それがしはさにあらず」

半兵衛は、値踏みするように官兵衛を見た。

「お手前にうかがいたい。播磨は大小の地侍が城を構え、小競り合いが頻繁に起こる。それを官兵衛殿はいかにして、まとめるおつもりか」

官兵衛は待っていましたとばかりに答える。

「武力をもって平定するは、何年もかかるうえに、多くの兵を失うことになりましょう。されば、あたうかぎり戦は避け、それがしが播磨の主だった者たちを説き伏せまする」

「つまらぬ。それぐらい誰でも思いつく。それがしが聞きたいのは、ほとんどが毛利になびいておる播磨の形勢をいっぺんに変える手立てでござる。われらには悠長に構えている暇はない」

官兵衛は出端をくじかれ、必死に考えをめぐらせた。

「今、播磨において、大をなすは、御着の小寺、三木の別所、龍野の赤松。この三家の当主を揃って信長様に拝謁させまする。さすれば、ほかの者どもも遅れてはならじと争って織田になびくのは間違いござらぬ」

「さようなことができますかな？　三木の別所はこれまで織田方だったが、このところ家中は揉めていると聞きます。また、赤松と小寺は長年の宿敵。そのような相手と手を組むことができますか？」

半兵衛は、播磨の事情をかなり詳しく調べあげている。

「確かに容易ではないでしょう。されど、ほかに手立てはありませぬ。必ずや説き伏せてご覧にいれまする」

「されば、お手並み拝見いたそう」

半兵衛は人を食った態度で言いおくと、官兵衛に背を向けて去っていった。


官兵衛は鼻息荒く部屋に戻り、一刻も早く姫路に帰ろうと善助たちを急がせた。

「試すつもりであろう。竹中半兵衛……煮ても焼いても食えない男だ。なめられたものじゃ。あのしたり顔が気にいらぬ」

官兵衛はぶつぶつ言いながら帰り支度をととのえている。

「かっかなさるなど、いつもの殿らしくありませぬな」

善助がなだめようとすると、官兵衛はますますかっかしてくる。

「わしにも意地がある！」

官兵衛の一行がおねの部屋に顔を出して辞去の挨拶をし、慌ただしく姫路へと帰っていくと、廊下で様子をうかがっていた半兵衛が姿を現した。

「官兵衛殿に何を吹きこんだのです？」

「尻をたたいたまでにございます」

半兵衛が無表情に答えると、おねがくすりと笑った。

「半兵衛殿のこと。さぞ痛いところをたたいたのでしょう」

信長の天下統一のためには、戦国大名の頂点に立つとともに、膨大な数の門徒を抱えて大名に匹敵する勢力を持つ一向宗を支配下に収めなくてはならない。信長は前年に長島の一向一揆を平定した。そしてこの年は、越前の一向一揆を鎮めようとしている。

岐阜城では、その制圧手段をめぐり、重臣たちのなかで秀吉と勝家が対立していた。

「越前の一向一揆は長島の一揆とくらべると、まとまりがございませぬ。それゆえ、調略によって、仲間割れするよう仕向ければ、無理に戦をせずともたやすく収まると思われます」

一揆を調略しようという秀吉を、勝家は戦を恐れる臆病者だと冷笑した。

「一向一揆など、ひと思いに踏みつぶせばよいのだ」

「力のみに頼って、無謀に攻めては、いたずらに兵を失うだけでござる」

「おい、筑前！　わしが何も考えておらぬと言うのか！」

勝家が語気を荒げた。

「もうよい。とにかく急げ。この信長に刃向かう者は、仏であろうが、神であろうが容赦はせぬ。一向一揆ごときに手間取っていては、天下は逃げていくぞ。前に進むのじゃ」

信長は手段よりも結果を求め、ちらっと秀吉を見た。

「猿、お前の腹の内はわかっておるわ。越前より、早く播磨へ兵を出せと言いたいのであろう？」

「上様はすべてお見通し。恐れいりまする」

秀吉が大げさに頭をさげ、その媚びた仕草に、勝家ら重臣たちは皆、苦りきった顔をした。

信長は重臣たちの反応に、口の端に笑いを浮かべて立ちあがった。

「播磨にはすぐに兵は出さぬ。しばらくはあの官兵衛にやらせておけ。もし、しくじるようなことがあれば、それまでの男ということよ」

言い捨てると、信長はさっさと部屋を出ていった。


播磨に戻った官兵衛は、さっそく政職と会い、信長との謁見について報告した。

「そうか、うまくいったか、大儀であった」

政職は満足げだ。

「殿、つきましては、お願いの儀がございます。織田信長様に会うていただきとう存じます」

官兵衛は何を言いだしたのかと、政職ばかりか、左京進、小河、江田も驚き、もしや裏があるのかと勘繰った。

「そうではござらぬ。小寺が織田方に味方すると証しだてるには、欠かせぬ礼儀だと申しておるのでございます」

「たわけたことを申すな。岐阜へ行く間に、敵の領地を通るのだぞ。襲われたらどうする?」

「殿、おひとりではございませぬ。別所長治、赤松広秀《ひろひで》、播磨のお三方が揃って行くのでございます」

皆、ますますざわついた。別所と赤松が、小寺と歩調を合わせて信長と会うなど考えられない。

「仇同士、どうやって手を組むというのだ?」

小河が突っかかった。

「無理に決まっておろう。別所はまだしも、赤松は長年の宿敵だぞ」

政職が鼻で笑った。

「殿、お待ちください。官兵衛にも面目がありましょう。ここは、官兵衛が申すとおり、赤松、別所が揃って行くのであれば殿も行かれるということでいかがでしょう？　むろん、三名が揃えばの話でございますが」

左京進が皮肉交じりに提言し、政職はどうせ無理だとたかをくくった。

「そうじゃ。揃えてみよ」

「されば、必ずや別所、赤松を説き伏せてまいりますゆえ、そのときはご決断を」

もとより官兵衛は、政職がすんなり承諾するとは思っていなかった。


赤松と別所の内情を探っていた文四郎が姫路城に戻り、官兵衛、善助、九郎右衛門とで額を集めた。

「赤松はやはり、小寺への長年にわたる恨みが強く、とても殿のお話など聞くとは思えませぬ」

文四郎の報告は、官兵衛の予想どおりだ。

「別所はどうだ？」

「当主の別所長治はまだ若く、後見役の賀相《よしすけ》、重棟《しげむね》のふたりの叔父が万事を仕切っております。当初は弟の重棟の考えに従って、織田につくことにしていたのですが、ここにきて賀相が家中で力を持ち始め、毛利方へ舵を切ろうとしております」

別所が毛利方に翻るのは、官兵衛にとって痛手だ。また、調略を仕掛けるにしても、織田方の重棟にするか、毛利方の賀相にするかで、九郎右衛門と善助の意見が割れた。

官兵衛がふと気になったことを問いかけた。

「……当主の長治はいくつになる？」

「十八でございます。されど、当主とは名ばかりで、ふたりの叔父の操り人形にすぎぬといいます る。学問に秀で、政は叔父にまかせて、書物ばかり読んでいるとか」

文四郎が答えたとき、官兵衛の脳裏に何かがひらめいた。


頃合いをはかり、官兵衛は三木城を訪ね、城主・別所長治に面会した。主座にいる長治を、ふたりの叔父、賀相と重棟とで万全に支えているかに見えたが、毛利につきたい兄・賀相と、織田を推す弟・重棟とでさっそくいさかいが起こり、足並みの乱れが露呈した。

「ご当主、長治様のご存念をおうかがいしたい」

官兵衛が長治に意見を求めると、長治が口を開く前に賀相が肩をいからせた。

「長治はまだ若く、世事に通じておらぬゆえ、すべては後見たるこのわしの考えに従っておる」

「いや、後見はそれがしも同じ。兄ひとりですべてを決めているわけではない」

重棟も引こうとしない。

「織田様にお会いしましょう」

きりりとした声が響き、賀相と重棟が驚いたように長治を見た。

「当主はこの長治でございます。それがしは織田につくのが最善の道と心得ます」

長治はふたりの叔父を納得させるため、古代中国の兵法書を引き合いにした。

『『人に国柄《こくへい》を貸すなかれ』。『六韜《りくとう》』という兵法書の言葉でございます。君主は臣下に統治の力を貸してはならぬ……。官兵衛殿に教わりました」

長治が、官兵衛に会釈した。

「ご丁寧な書状、かたじけのうございます」

官兵衛が一礼し、賀相と重棟に向き直った。

「道理を説けばわかっていただけると思い、勝手ながら長治様に書状をお送りいたしました」

「おかげで目が覚めました。今までは叔父上の顔をつぶさぬよう、遠慮をしてまいりましたが、それでは当主は務まらぬと。それがしも十八。もはや子どもではありませぬ」

重棟が大きく首を縦に振った。

「いつの間にか、長治もたくましくなっていたのだな。わしはうれしいぞ」

賀相は不満げに顔をそむけた。


数日後、龍野城へと続く道を、官兵衛、善助、太兵衛、九郎右衛門が乗る数騎の馬が進んでいた。官兵衛が赤松領に入るのは、子どものころ、薬草を探しに潜りこんで以来だ。あの折から、小寺と赤松はいくども戦火を交えてきた。なかでも、青山、土器山の戦は激しかった。

城門前で官兵衛は馬をおり、敵意がないことを示すために腰から太刀を抜いて善助に渡した。それでも見張りの城兵たちは、小寺の家老が来たと慌てふためいている。

「御着城主、小寺政職の名代として参上つかまつった。ご城主、赤松広秀様にお目通り願いたい！」

官兵衛が案内を請うと、城門が開き、赤松の家老・林《はやし》が出てきた。林の周囲では、赤松の兵たちが弓を構えている。

「官兵衛か。何しにまいった？」

「この播磨の行く末について話がしたい。同じ播磨の武士として、われらがともに生き残る道を話し合いたい」

「話し合いなど、無用じゃ！」

林が突き放すと、官兵衛を狙って兵たちが弓を引き絞った。

「どうしてもそれがしを殺したいのであれば、話を聞いたあとにすればよい。されど、話を聞かずに殺さば、赤松家に先はない。すでに三木の別所はわれらと同心した」

「別所と小寺が手を組んだと申すか？」

「広秀様にお目通りを」

林の顔色が変わり、官兵衛たちは城内へと迎え入れられた。

官兵衛はしばし待たされ、荒い足音をたてて広秀が入ってきた。いかにも生意気そうな若者だ。

「姫路の官兵衛か。何しにまいった？」

広秀の居丈高なふるまいが虚勢であることを、官兵衛は素早く見てとった。


「赤松を説き伏せた⁉　まことか？」

政職は耳を疑った。まさか、赤松との交渉がまとまるとは思っていなかったのだ。

「播磨の形勢を述べたまで。今、赤松は備前の宇喜多に攻められております。織田方へつけば、宇喜多を追い払うことができるばかりか、小寺、別所、赤松三家と織田が手を結べば、龍野は安泰であるうえに、宇喜多領を手にすることもできると説きました。殿、お約束どおり、信長様に会うていただきます」

「あ、ああ……わかった……」

政職は落ち着かなくなった。

官兵衛は事の次第をしたため、長浜城の秀吉に書状を送った。信長との拝謁の日時は秀吉に一任するとして、官兵衛は播磨方の調整をしなくてはならない。

打ち合わせに御着城に行くと、政職は斎と遊んでいる。

「殿。拝謁の件でございますが、赤松、別所はいつでもよいと申しております。信長様のご都合をうかがってから、出立の日を決めたいと存じますが、それでよろしゅうござりますか？」

政職から返事はないが、官兵衛は手際よく話を進めていく。

「さて、信長様への献上品でございますが、馬が何よりと存じ、さっそく手配いたしました」

「よう働くのう」

政職が皮肉った。

「当家にとって、いや、播磨にとって大事なことですので……」

「やっぱり、やめた。わしは行かぬ。おことが代わりに行ってまいれ、赤松と別所を連れて」

官兵衛はあ然とした。

「殿、今になって、何を仰せでございますか！」

「わしに万一のことがあったらどうするのじゃ？　のう、斎？」

「はい」

九歳の斎を味方に引き入れ、政職は嵩《かさ》にかかる。

「岐阜までの道のり、何が起きるかわからぬではないか！　途中で別所や赤松が突然裏切り、刃を向けてくるやもしれぬ」

「そのようなことは断じてありませぬ。われらが命に代えて殿をお守りいたしますゆえ……」

「いやじゃ！　お紺が止めるのじゃ。わしに何かあったら、斎はどうなると、泣いて止めるのじゃよ。不憫ではないか」

斎の次はお紺をだしに使い、政職は岐阜行きを拒んだ。

官兵衛はまさかとは思いつつ、お紺のもとを訪れ、事の真偽をたずねた。

「私はそんなことを言った覚えはない。殿のわがままじゃ。生まれてこのかた、殿は播磨から出たことがないゆえ、怖がっているのであろう。困ったものじゃ」

案の定、お紺が引きとめたのではない。

子どもじみた反抗をする政職が、官兵衛は手に負えなくなってきた。


政職が置いた石が、碁盤の上で小気味いい音をたてた。

「まいりました。いつもながら、殿はお強い」

職隆が褒めそやし、上機嫌な政職の顔色をうかがった。

「ときに……殿……」

「わしは行かんぞ。誰がなんと言おうと、断じて行かぬ」

「なにゆえにございますか？　御身の上は官兵衛が命をかけてお守りいたします。何とぞ……」

「くどい！」

いかな職隆も、これ以上打つ手がない。


「父上でもだめでしたか……」

「取りつく島もない。子どものようじゃ」

官兵衛と姫路城に戻った職隆が話し合っていると、光が小走りで入ってきた。

「秀吉様から文がまいりました」

官兵衛が文を読み終えるのを、職隆と光が気をもんで待っている。

「信長様が十月に上洛するので、それに合わせて、こちらも京にのぼるようにと。信長様はお忙しい方なので、そのあたりしか頃合いはないと……」

官兵衛はいよいよ難しい局面に立った。

「殿を説き伏せるしかあるまい」

「わしも行く」

職隆が腹を据えた。


官兵衛と職隆は、御着城の一室で政職と相対した。

「羽柴秀吉様から文が届きました」

官兵衛が文を取り出し、政職の前に置いた。だが、政職は文を手にしようとすらしない。

「十月。京において、会いたい旨、書き記してあります。信長様はわれらを待っておりまする。赤松、別所も支度をととのえ、いつでも出立できると申しておりました。殿、今さら行かぬなど通用いたしませぬ」

官兵衛が諄々《じゅんじゅん》と諭したが、政職はふてくされている。

「恐れながら、このまま殿が行かねば、当家は織田の顔に泥を塗ったことになりまするぞ。ただではすみませぬ」

職隆の諫言《かんげん》も、政職の耳を素通りした。

官兵衛の言い方が、きつくなってくる。

「敵には容赦のない織田信長公でございます。われらは間違いなく滅ぼされます」

政職がジロリと官兵衛を見やった。

「主君を脅す気か？　何様のつもりじゃ！」

「事実を申したまでにございます。羽柴秀吉様はわれらのために親身になって動いて、手はずをととのえてくだされたのでございます。殿にお会いしたいと申しておられます。何とぞ……」

とうとう、政職のかんしゃく玉が破裂した。

「どっちが大事なのじゃ！　信長様、秀吉様……織田家に気をつかってばかりじゃのう、官兵衛。お前は誰の家臣じゃ。わしは行かぬぞ。どうなろうと知ったことか！」

政職は席を蹴立てて出ていった。

「殿！」

追いかけようとした官兵衛を、職隆が止めた。官兵衛と政職のやりとりを見ていて、政職がなぜ、だだをこねているのか勘づいたのだ。

「悋気《りんき》じゃ」

「悋気？　いったい誰が誰に焼き餅を焼いているというのです？」

「殿がお前にだ。拝謁の件でお前は機敏に動いた。殿はそれが気にいらぬのじゃ。お前が小寺家より織田家のほうを大事にしているように見えたのであろう。お前を織田家に取られてしまうような気がしたのではあるまいか」

　では、どうすればよいかというと、職隆としてもお手あげだ。

　官兵衛と職隆とで頭を抱えていると、小河が足をもつれさせて駆けこんできた。

「一大事じゃ！　大軍がこちらに向かっておる！」

　官兵衛と職隆が、弾かれたように立ちあがった。


　御着城をめがけ、大軍が砂煙をあげて進んでくる。軍を率いているのは、村重だ。

　村重が前方に目を凝らした。馬が一騎走ってくる。乗っているのが官兵衛だとわかると、村重が合図して軍の進行を止めた。

「官兵衛、久しぶりじゃ！」

「村重殿、いったいどうされたのです？」

「脅かしてすまなかった。上様の命により、おぬしの加勢にまいった」

「加勢？」

　官兵衛が、訝しげに聞き返した。

このとき、御着城を守るべき城主の政職は、お紺の部屋に逃げこみ、斎と一緒に布団をかぶってぶるぶる震えていた。

「殿！　ご安心ください。敵ではありませぬ」

職隆が知らせにくると、政職がそろそろと布団から顔をのぞかせた。


官兵衛の案内で、村重は御着城に入り、政職と対面した。

「それがし、摂津有岡城主、荒木村重と申します。このたびは織田にお味方されると聞き、ご挨拶に立ち寄りました」

政職は、拍子抜けした。

「あ、挨拶？　あの手勢は？」

「これから戦でござる。上様の命を受け、敵を滅ぼしにまいる」

「滅ぼす？　……」

「ご案じ召されるな。戦場はずっと遠い地でござる。されど、もしこの御着に事が起きれば、この軍勢、いつでも舞い戻り、敵を蹴散らしてしんぜよう」

村重の好意は、政職にはありがた迷惑、いや、恫喝《どうかつ》だと察したかもしれない。

「して、小寺殿はいつ信長様にお会いなさる？」

村重に聞かれ、政職は何か言おうと口だけぱくぱくした。

「いかがなされました？　よもや、この期におよんで会いたくないなどと……」

「な、何を言われる。そのようなことは断じてない。のう、官兵衛?」

「はい。秀吉様の書状どおり、十月に必ず京にのぼりまする」

官兵衛が政職の意向として明言し、これで正式に日程が決まった。

「うむ。楽しみじゃのう。信長様に会えるとは。官兵衛、粗相のないように諸事万端、頼むぞ」

政職が素知らぬ顔で言い、官兵衛は神妙に頭をさげた。


無事に目的を果たした村重は、官兵衛に誘われるまま姫路城でくつろいだ。

村重が茶目っけを見せる。

「少々脅しすぎたかのう?」

「いえ、これでよかったのです。助かりました。しかし、どういうことでしょう? なにゆえわが殿のお心変わりがわかったのです?」

「半兵衛殿じゃ。抜かりのない男よ。以前から間者《かんじゃ》を放って、播磨一円のことを調べておるらしい。それで、小寺殿が渋っておられることを知ったのじゃ」

村重は数日前、秀吉、半兵衛とともに岐阜城で信長に会ったときのことを振り返った。

まずは、半兵衛が信長に頭をさげた。

(姫路の官兵衛殿をお助けいただきとうございます。官兵衛殿の策が実を結べば、われらは戦わずして、無傷のまま、播磨を手に入れることができまする)

その横で、秀吉も手をついた。

(何とぞ!)

（それがしからもお願いいたします）

村重が平伏した。

（半兵衛、それで本当に播磨が手に入ると申すか？）

（はい、必ずや）

（よかろう。村重、行って、脅してまいれ。織田の力を見せつけ、寝ぼけた城主の目を覚ましてやるがよい）

信長らしい即断で、村重は軍勢を率いて姫路まで行軍してきたという。

「半兵衛殿が……」

官兵衛は意外な思いがすると同時に、はからずも半兵衛の力を借りた悔しさがある。

「ところで官兵衛、上様をどう思う？」

村重が知りたいのは、官兵衛自身の目で見、その耳で確かめた生の信長という人物の印象だ。

「……どこまでも見通す目をしておられます。じかにお言葉を聞けば、従わぬわけにはいかぬ、という気にさせられます。村重様からお聞きしたとおりのお方でございました」

「わしが乙女のように恋焦がれているわけがわかったであろう」

「はい、それがしも一目惚れにございます」

官兵衛と村重はしばし談笑し、やらなくてはならないことが残っていると村重が腰をあげた。

「また一向宗のやつらじゃ。石山本願寺が兵を挙げる雲行きらしい」

「和議を結んだはずでは？」

「織田に有利な和議だ。本願寺の不満が募っておったのであろう。本願寺はしぶとい。わしは貧乏くじを引いたかもしれぬ。本当はわしは、中国攻めの大将に任じられることを願っておったのだ。おこととともに大きな仕事がしたかった。なれど、秀吉に持っていかれてしもうた」

本願寺対策の前面に立つ責任は重いうえに、困難も大きい。かといって、秀吉のように器用にたち回ることが不得手な自分は、やはり戦で手柄をたてるしかないと、村重は葛藤を吹っきるように苦く笑った。

天正三（一五七五）年十月。信長に拝謁するため、京の妙覚寺《みょうかくじ》に、播磨の三大勢力である小寺、別所、赤松の当主が揃った。政職の後ろに官兵衛が付き添い、長治、広秀にもそれぞれ重臣たちが付き従っている。

「おもてをあげよ」

信長が声をかけ、三人の当主たちが顔をあげた。信長は真ん中にいる政職を見据えている。政職の口上を待っているのだが、政職は極度の緊張に体が固まり、思考が停止している。

「殿……」

官兵衛が小さく声をかけ、政職はようやくわれに返り、渇いた喉から声を絞り出す。

「こ、このたびは、織田様のご尊顔を拝したてまつり、きょ、恐縮至極に存じまする……。そ、それがしは御着城主、小寺政職と申します」

「龍野城主、赤松広秀にございます」

「三木城主、別所長治にございます」

打ち合わせどおり広秀と長治が名乗り、また政職の口上になる。

「そ、そもそも、われらはいずれも播磨の名門でございます。その名門三家が、お味方つかまつるとなれば、残る地侍どもも競って織田方になびくのは必定でござる……」

青息吐息でここまできたが、いったん言葉が止まるとなかなか次が出てこない。

信長は焦れて待っていたが、面倒になったらしく、突然、立ちあがった。

「大儀」

ひとことだけ残し、一瞬、官兵衛と視線を合わせてその労をねぎらうと、すたすたと出ていった。

政職は肝をつぶし、官兵衛を振り返った。

「まだ言うことがあったのに……。これでよかったのか、官兵衛？」

「おそらくは……」

官兵衛は、信長が出ていった廊下のほうを見た。

その信長は、後ろに仙千代を従えて廊下を歩いていく。

「退屈な連中であった。これも播磨を手に入れるためじゃ。官兵衛によしなに伝えよ」

仙千代に告げると、信長の念頭から政職らのことは消えていった。


「村重様から仔細はうかがいました。ご加勢の由、ありがとうございました」

官兵衛は、腰を折って半兵衛に礼を述べた。

「なれど、みずからの主君はみずからの力で説き伏せとうござった」

半兵衛がにやりとした。

「『兵の情は速《すみ》やかなるを主とす』。戦いは迅速でなくてはなりませぬ。いつまで頼りにならぬ主君に振り回されるおつもりか？　貴殿ほどの力がおありなら、いっそ小寺政職など討ち取り、御着の城を乗っ取ってしまうほうが楽なのでは？」

官兵衛は神経を逆なでされた気分になった。

「竹中様！　お言葉が過ぎまする」

「いずれにせよ、こたびのお手柄、お見事でござった。いずれまた」

官兵衛のいらだちなど歯牙にもかけず、半兵衛はにこやかに去った。

ともあれ、官兵衛の読みどおり、小寺、赤松、別所が信長に拝謁したことで、播磨の主だった勢力は織田方へなびくことになる。

半年後の天正四（一五七六）年四月。

摂津の石山本願寺には、信長と一戦を交える覚悟で、大勢の一向宗の門徒たちが集結していた。その中心となるのが、親鸞《しんらん》の子孫である本願寺十一世法主《ほっす》・顕如《けんにょ》だ。

「どうしても織田信長と戦わねばならぬのか？」

顕如にかすかな迷いがある。

ひとりの僧侶が顕如の前に書状を差し出した。

「毛利の後ろ盾がございます。将軍足利義昭公が紀伊を出て、毛利領に移られました。毛利は幕府再興を大義名分に、織田と戦う覚悟を決めました。この機を逃せば、われらが滅びます」

次に武士がひとり、ふたりと、顕如の決断を求めて膝を進めてくる。

「門徒たちは固く結束し、死をも恐れませぬ。今こそ、長島や越前で殺された者たちの仇をとるときでございます」

「……ほかに道はないのじゃな……」

顕如が合掌した。


官兵衛が動いたことで播磨は信長支持が増え、また一方では、信長に抵抗する石山本願寺の動きが活発化していく。ふたつの動きは、姫路城内にも影響をおよぼした。

「私たちは本願寺の門徒にございます。殿が織田方にお味方する以上、ここにはいられませぬ」

「織田信長めが殺《あや》めた門徒は数知れず。仏の敵です。断じて許せませぬ」

光に仕える侍女のお道《みち》、おゆう、お竹《たけ》が、いとまを願い出た。三人の意志は固い。

「……止めても無駄なようですね。なれど、戻ってきたくなったら、いつでも戻ってくるのですよ」

光が情けをかけた。とはいえ、侍女を三人とも慰留できなかった責任を感じる。

「家中のおなごをまとめるのは私の役目。申し訳ありませぬ」

光は官兵衛の部屋へ詫びに行った。

「光、お前が悪いのではない。しかたないことだ。われらは生き残るために選ばねばならぬのだ。そして、われらは織田信長公に賭けた。この決断が間違っていたとは思わぬ。わしを信じよ」

「はい」

光がうなずいたとき、善助と九郎右衛門が血相を変えて飛びこんできた。

「英賀《あが》の港におびただしい数の船が押し寄せてまいりました！」

「一文字《いちもんじ》に三つ星、毛利でございます！」

英賀は姫路からほど近い瀬戸の海に面した町で、一向宗の一大拠点がある。毛利と石山本願寺が手を組み、瀬戸内沿岸の織田勢力に圧力をかけることで、信長包囲網を形成しようというのだ。

「ついに来たか……。戦じゃ。支度をせよ！」

官兵衛がすっと立ちあがった。

こうしている間にも、英賀の港は、毛利の旗印、一文字に星三つをはためかせた船でどんどん埋め尽くされていった。

第十章　毛利襲来

天正四（一五七六）年五月。姫路城下を轟かせ、陣ぶれ太鼓が打ち鳴らされた。田畑にいた農民たちは農具を置いて具足を身に着け、雑兵《ぞうひょう》となって畦《あぜ》道を城へと走っていく。

姫路城内は、戦を目前にした喧騒であふれていた。官兵衛ら男たちは武具を身に着けて駆け回り、光の指示のもと、女たちは台所で飯の支度にとりかかった。

英賀の港では、毛利の船から兵たちが続々と上陸し始めていた。沖には、姫路を威圧するかのように、毛利の旗をたなびかせた巨大な船が停泊している。また、船からおろされた武器弾薬の荷物は、軍勢に守られて森の中にある英賀御堂《みどう》の境内へと運ばれた。

黒田の物見は、こうした一連の毛利の動きを見定めると、急ぎ姫路城へとって返した。

「申しあげます！　敵は英賀の浜に続々とあがっております。その数、およそ五千！」

「五千？　……」

毛利の軍勢の予想以上の多さに、官兵衛は一瞬、われを忘れたが、集結している家臣団に気取られないように自分を奮いたたせた。

「皆の者、ひるむな！　地の利はわがほうにある。われらの土地を侵す者は断じて許してはならぬ！」

官兵衛が喝を入れると、家臣団から「おーっ！」と勇ましい声が返ってきた。

いよいよ出陣だ。官兵衛は隊列を整え、職隆、休夢、善助、太兵衛、九郎右衛門、兵庫助らとともに軍勢を率いて城門を出た。


毛利軍を率いる大将の浦宗勝《うらむねかつ》は、英賀御堂に張った本陣にどっしりと構えている。

毛利の旗の下に、近隣の門徒衆があとからあとから英賀御堂に集まってきた。門徒のなかに、お道、おゆう、お竹の姿もある。


一方、小寺の大将・政職は、敵の軍勢が五千と聞いて血の気が失せた。

「毛利を怒らせたのじゃ……だから、信長に会わんほうがよいと言ったではないか……官兵衛め……」

政職ははなはだしく動揺し、足がもつれて近習にぶつかり、ひっくり返ってしまった。

それでもなんとか出陣し、本陣で官兵衛の軍勢と合流した。

すぐに軍議が開かれ、官兵衛、職隆、小河、江田、左京進ら重臣たちが政職を囲んだ。毛利は五千の大軍に、英賀御堂に集まった門徒衆が加わる。小寺の兵は御着、姫路を合わせても千に足りず、兵力の差は歴然としていた。

左京進が食ってかかる。

「官兵衛、おぬしの失策だ！　織田につくのが早すぎたのだ！」

その織田に、政職が望みをかける。

「織田は？　官兵衛、織田の援軍は来んのか」

「のろしで急を知らせましたが、すぐには……」

官兵衛は、なんとか策を講ずることはできないかと考えている。

「どうするのじゃ？　五倍の敵と戦うのか」

政職は、立場も人目もはばからずに狼狽した。

官兵衛たちが軍議をしている間、本陣の別の一画では、戦経験の少ない若い武士たちが震えていた。いきなり五倍の敵勢とわたり合わなくてはならないのだ。

「敵は五千……これだけの手勢で勝てるのか……」

兵庫助が味方の軍勢を見回し、ぽつりとこぼした声を、太兵衛がとらえて歩み寄った。

「兵庫助様。たやすい算術でござる。ひとりが四人倒せばよいのでござる」

「ひとり四人では、四千。千人余るではないか」

「わしが千人倒します」

太兵衛は豪快に笑ってみせた。


同じころ、信長は天王寺砦《てんのうじとりで》で一向宗と対峙していた。信長の軍勢は石山本願寺を包囲したのだが、一向宗の門徒たちの猛烈な反撃に苦しめられていた。兵を束ねる武将の戦死が相次ぐと、たまりかねた信長はわずかな手勢を率いてみずから前線に打って出た。

「ここで負ければ、すべて水の泡じゃ！　ひるまず攻めよ！」

信長は馬上から槍を振るい、ひとり、またひとりと敵を倒していく。何人目かを突き倒したとき、本願寺側の鉄砲隊が一斉射撃を仕掛け、信長の周囲にいた手勢がバタバタと倒れた。信長も足に被弾し、落馬したところに敵兵が束になって突撃してくる。危機一髪のところで秀吉の鉄砲隊が到着し、信長を狙った敵兵たちを銃撃で一掃した。

「上様！」

「かすり傷じゃ」

秀吉が駆けつけると、信長は片方の足から流血している。

まだ敵陣に向かおうとする信長を、秀吉がしがみついて止めた。

「血じゃ！　誰か早く手当てを！　早う！」

「離せ、猿！」

信長がもがき、秀吉を振り放そうとする。

「離しませぬ！　上様のお命、どうして矢弾《やだま》にさらせましょうや！　されば、この秀吉を盾にお使いくださいませ！」

「よう言うた、猿！　死のうは一定じゃ。そちの命、ここにて使い果たせ！」

「はっ！　ありがたき幸せにござりまする！」

秀吉は前に出ると、信長の盾となって敵陣に突き進んだ。

そのあとを、仙千代が太刀を抜いて突撃していく。

「上様におくれをとるな！」

兵たちは唸り声をあげ、一丸となって敵中へと押し出していった。

英賀御堂を包む境内の森は夜に沈み、毛利軍の雑兵たちはかがり火を囲んで酒を飲んでいる。そこに雑兵がもうひとり、「南無阿弥陀仏」と書かれた小旗を鎧の背にさして近寄ってきた。

「わしにも一杯くれ」

官兵衛の命で毛利勢に潜りこんだ善助が、何食わぬ顔をしてかがり火の輪に加わった。

「おう、飲め飲め」

毛利の兵が酒をつぐと、善助がぐびぐび飲んだ。

「うまい！　しかし、酒など飲んでおってよいのかのう？　もし、攻められたら……」

毛利の兵たちが、皆、大爆笑した。

「攻めてくるわけがなかろう。こちらの数を見て、小寺は震えあがっておるわ」

「明日には播磨じゅうの門徒が加わる。姫路をひと飲みじゃ」

笑い合う毛利の兵たちに混ざり、善助もひとしきり笑うと立ちあがった。

「小便じゃ」

善助がかがり火を離れようとすると、女たちが握り飯を運んできた。そのなかに、光の侍女だったお道の顔を見つけ、善助ははっとして足が止まった。

お道も善助に気づいたが、立ち去れと目で合図を送ると、兵たちに握り飯を配り始めた。兵たちが握り飯にかぶりつき、お道がそれとなく振り返ると、善助の姿は夜陰の中に消えていた。

この夜、三木城では、英賀に出陣すべきか否かの議論がなされていた。武士の義を重んじ、小寺に援軍を送るべきだとする長治に、別所家の安泰を第一とする賀相が反対した。

「毛利は五千の大軍だ。官兵衛の口車に乗って援軍を送れば、いたずらに兵を失うだけじゃ」

「叔父上、われらは小寺と手を組んだのですぞ。ここで見放しては、別所は裏切り者とそしられます」

「落ち着け、長治。赤松も動かぬ。ひとまずここは様子を見るのだ。これはわれらの戦ではない。手は出さぬ。重棟もよいな？」

「敵は大軍、いたしかたありませぬ」

重棟が同意した。賀相はもともと毛利寄りだが、織田方だった重棟までが援軍に反対した。

「されど……」

「長治、それでも行くというのであれば、わしを斬って行くがよい！」

賀相が体を張った。


小寺の本陣に、敵情を探っていた善助が戻ってきた。

「毛利は明日、総攻めを仕掛けてくるようでございます。今夜は動きませぬ」

「わかった。大儀であった」

善助をさがらせると、官兵衛は政職、職隆と今後の戦術をはかった。

「官兵衛、いったん兵を引きあげたほうがよいのではないか？　御着の城でやつらを待ち受けたほうが、時を稼げる。そのうちに別所か赤松かの援軍が来るはずじゃ」

ここまでせっぱつまっても、政職は援軍を期待している。

「時がたてば敵の勢いは一層増し、われらが不利になるばかり。攻めるのは今でございます」

「敵は五千だぞ。どうやって攻めるのじゃ?」

「大軍であるがゆえ、敵はわれらを侮っております。しかも、ご覧ください。明日は霧が出ます。そこを狙って夜明けとともに攻めこみます」

官兵衛の視線を追い、政職が森を見ると、うっすらと霧がかかっている。

「それだけのことで勝てるのか?」

「策がございます。父上、早急に領民たちを集めていただけますか?」

職隆が視線を森から官兵衛に戻した。

「わかった」


夜ふけ、姫路城の庭に、近隣の領民たちが集められた。

「皆の者、よいか、今宵のうちに村に残った男衆をすべて集めてくれんか」

「もう年寄りしかおりませんで」

戦力となる男たちは陣に駆り出されている。領民たちは、このうえ、何事かと職隆を見た。

「年寄りでもかまわん。戦うわけではない」

領民たちは戸惑い、互いに顔を見合わせている。

「姫路が敵に取られてもよいのか? 姫路を守るためだ!」

休夢がはっぱをかけた。

「褒美ははずむぞ。金に糸目はつけぬ!」

職隆の気前のよさに、領民たちが喜色を浮かべた。黒田家が姫路城主となってこのかた、領民を騙したことなどない。領民たちは、勇んでそれぞれの村へと戻っていった。

女たちも夜なべ仕事になった。光、お福、侍女たちが総出で布を縫い合わせ、せっせと旗を作っている。布が足りなくなると、光は自分の小袖をほどいた。

「もっと小袖をほどきなさい。紙を貼り合わせてもかまわぬ。とにかく、ひとつでも多く作るのです」

女たちは、夜を徹して旗作りにいそしんだ。


夜が明けようとしている。官兵衛の予想が当たり、英賀御堂の森一帯に霧がたちこめている。地の利を得ている官兵衛の軍勢が、霧で先の見えない森の中を静かに進んでいく。英賀御堂のあたりにさしかかると、朝靄に光がさし、霧の中から馬に乗った官兵衛の軍勢が現れた。

毛利の陣に動きはない。

「かかれ！」

官兵衛の号令一下、黒田軍が蹄《ひづめ》の音を響かせて突撃した。

「敵だー！」

物見が叫び、眠っていた宗勝が跳ね起きた。

「ばかな！」

油断していた毛利陣営に、火矢が次々と放たれ、小寺、黒田軍が斬りこんでいった。太兵衛が軽々と槍を振り回し、若手の九郎右衛門や兵庫助も敵を斬り倒していく。毛利の兵は慌てふためき、累々と屍を重ねた。

宗勝が怒声をあげ、大混乱におちいった毛利軍を立て直そうとする。

「ひるむな！　敵は小勢だ。押し戻せ！」

官兵衛は戦況全体を見わたせる後方に位置し、背後に控える善助に命じた。

「今だ！」

善助が大きく旗を振り、森の奥に合図を送った。


森の奥では、職隆と休夢が領民たちを率いて待機している。御堂のほうに、善助の旗が見えた。

「旗をあげろ！　太鼓を打ち鳴らせ！　貝を吹け！」

職隆が大音声をあげ、領民たちが一斉に旗をあげ、太鼓を打ち鳴らし、法螺貝を吹いた。

「もっと声をあげろ！」

休夢があおりたて、領民たちが「おーっ！」と地鳴りのような声を響かせた。

官兵衛が祈るようにして待っていると、唸りをあげて進軍するかのような領民たちの声や太鼓の音が響いてきた。

宗勝がぎょっとして森を振り返った。白みかけた朝霧の向こうに、いくつもの旗指物が林立しているのが見える。

兵士が走りこんできた。

「新手《あらて》の敵が現れました」

「援軍か……おのれ……」

悔しがる宗勝の顔をかすめて矢が飛んでいった。

「退け！　退け！」

宗勝が声をかぎりに叫んだ。

毛利軍は撤退を決め、浜まで退却すると、船に乗りこんで沖へと敗走していった。

「敵は百姓たちが振る旗指物を援軍と見まがい、蜘蛛の子を散らすごとく、逃げ去りました」

官兵衛の報告に、政職は張りつめていた気がゆるんで床几に座りこんだ。

「勝ったか……」

「されど、こたびは追い払っただけにすぎませぬ。毛利はわれらの喉元まですぐに兵を送りこめると見せつけました。この播磨を揺さぶるには十分でしょう」

「また攻めてくるというのか？」

政職がうんざりした。

「おそらく」

今回の戦を、官兵衛は毛利の威圧的行為だと見切った。小寺が屈しなければ、次の襲撃は脅しでは終わらないはずだ。そのときにこそ信長の援軍がなければ、小寺はもちこたえられないだろう。

小寺勢が勝利したという知らせは、村重を通して、天王寺砦にいる信長にもたらされた。

「官兵衛が勝ちました！」

村重が差し出した書状を、信長はひったくるようにして読んだ。

「小寺が毛利に勝ったか……」

信長のそばには、村重のほかに、秀吉と半兵衛が控えている。皆、圧倒的不利を覆した小寺勢の勝利が、官兵衛の窮余の一策があってのことだろうとわかっている。

「書状を出すがよい。褒めてやれ」

信長が命じた。

「はっ。官兵衛もたいそう喜びましょう。これでひと息つけまする」

秀吉にとって官兵衛は、その将来を見込んだ男だ。

信長の意識が、小寺の勝利から抵抗を続けている石山本願寺に戻った。信長は不意に立ちあがり、怪我を負った足を引きずって縁先まで出た。その目が、石山本願寺に向けられている。

信長の背に、半兵衛が声をかける。

「こたびは上様御みずからのご出馬で、門徒どもを蹴散らしましたが、毛利が播磨へ兵を出したのは本願寺としめし合わせたに相違ありませぬ」

「まことの戦はこれからじゃ」

信長は自分に言い聞かせるようにした。

備後の御座所で足利義昭は、小早川隆景から英賀の戦についての説明を受けた。

義昭は毛利の庇護の下にいても、将軍だという誇りが高い。

「五千の兵で負けるとはのう。毛利は強いというから、来てやったのに……口ほどにもない」

「負けたわけではござりませぬ。役目を終えた兵を退いたまで。その気になれば毛利の軍勢はいつでも攻め来ることができると、播磨への脅しに十分なり申した。それにわれらには無敵の水軍もございます。すぐ次の手を打ちます。毛利の底力、次の戦にて存分にお目にかけますする」

隆景は自信たっぷりで、やがてその自信のほどが証明される日がくる。


善助が姫路城の城門を出ると、行き倒れかと見紛う三人の女がうずくまっている。お道、お竹、おゆうの三人だ。皆怪我を負い、なかでもお竹は重傷を負って瀕死の状態だった。

善助に気づき、お道が手をついた。

「善助様……。お竹とおゆうが怪我を……行くところがなく、おめおめとお城へ……」

善助は三人に近づき、お竹の容態を見るなり、小者《こもの》に指示して城内に運び入れた。

医者が呼ばれ、お竹たちの診察をしている間、善助は様子を見に来た官兵衛に頭をさげた。

「毛利退却の折、焼け出され、行くところがないと申しております。一度は敵となった者たちですが、何とぞ、お許しを……」

「わかっておる。それより具合はどうなのだ？」

官兵衛と善助が廊下で話していると、光が部屋から出てきて首を左右に振った。

「お竹はだめでした……」

部屋の中から、お道とおゆうのすすり泣きがもれてきた。

不幸中の幸いで、おゆうは臥しているが命に別状はなく、お道も深い傷ではなさそうだ。

枕元を見舞った官兵衛に、お道が申し訳なさそうに手をついた。

「殿、恥を忍んでお願い申しあげます。どうか、おゆうの傷が癒えるまで、こちらに……」

お道が温情にすがろうとするのを、おゆうがさえぎった。

「いいえ、ここにいるわけにはまいりませぬ。私たちは殿やお方様を裏切ったのでございます……」

恥じ入るおゆうに、光が言って聞かせる。

「行く当てもないのであろう？　殿も許してくださる。気兼ねなくここにいなさい」

「そうじゃ。身のふり方はゆっくり考えればよい。まずはその怪我を治すことだ」

官兵衛も優しい言葉をかけ、お道もおゆうも感謝の気持ちでいっぱいになった。


信長からの書状は、たてまえを重んじて官兵衛ではなく主家の政職宛てに届けられた。それを政職は、自分の手柄のように得々とお紺に話す。

「信長殿から書状が届いたぞ。たいそう喜んでおるようじゃ。わしの申したとおりじゃ。官兵衛にまかせておけば、万事うまくいく。のう、お紺？」

「はい。まことに頼りになります」

「これであとは織田の軍勢が播磨に入ってくれれば、安泰じゃな。いつ来るのじゃ？」

政職がかたわらの官兵衛に問いかけた。

「書状を出して、確かめておきます」

「待ち遠しいのう」

ほんの数日前にうろたえていたことなど、政職は棚にあげている。

「父上、絵を描きました」

斎が来て、屈強そうな武者の絵を政職に差し出した。

「これは父か？」

「えっ？　……はい……」

「そうか、そうか。どうじゃ、そっくりであろう？」

政職は自慢げに官兵衛に絵を見せ、一緒に絵を描こうと斎を連れて隣室に行った。

お紺が小声を出した。

「あれはきっと官兵衛じゃ。斎は体が弱いゆえ、おことのような強い武者に憧れているのじゃ」

官兵衛が隣室に目をやった。政職が楽しげに斎と絵を描いている。


政職は当面、戦のことなど考えたくないのだろう。だが、信長、毛利の両勢力にはさまれた播磨は、この先必ず戦場になる。姫路に帰城後、官兵衛は筆を執り、秀吉への書状をしたためた。

「秀吉様への書状か？」

職隆が酒を持って入ってきた。

「はい。御着の殿は上機嫌であらせられますが、本当の戦いはこれからです。五千どころではない。一万、二万という大軍が押し寄せてくることも考えられます」

「そうじゃな。別所と赤松とて、この先、どうなるかわからぬ。毛利が攻め寄せてきたことで、播磨じゅうが揺れておる」

「英賀の戦はそれが狙いだったのかもしれませぬ」

「一刻も早く秀吉様のご出陣を願いたいものじゃ」

職隆と官兵衛は酒を飲みながら、援軍が来るまでの間、いかにしのぐかを考えていた。

少し傷が癒えると、お道は働き始めた。ところが傷が痛み、井戸で水を汲もうとして桶を取り落としてしまった。そこに善助が通りかかり、代わりに水を汲み、重い水桶を台所まで運んだ。

「すみません」

「気にするな。お道には借りがあるからな。毛利の陣に探りに行ったとき、見逃してくれたではないか。もし、あのとき、おぬしが騒いだら、わしの命はなかった」

「黒田のお家には、父の代からお世話になっておりますので……」

お道の亡父は、官兵衛の亡き祖父・重隆に仕えていたという。黒田家とは長い主従関係だが、そむいて敵方についたことを、お道は悔やんでいる。

「おぬし、行くところがないと申しておったな？　父上のほかに身内は？」

「母は何年も前に亡くなっていて、兄弟もおりませぬ」

「ひとりぼっちか？　わしと同じだ。わしは栗山村の百姓のひとり息子でな、ふた親はとうに亡くなった」

話してみれば、善助とお道は生まれた村が隣同士で、身寄りがいない境遇も似ていた。

秀吉が大慌てで長浜城の中を走り回っている。おねを探しているのだ。度重なる秀吉の浮気に堪忍袋の緒が切れ、おねは置き手紙を残してどこかに行ってしまった。

三成が書状を届けにいくと、秀吉はそれどころではないとばかりに荒い息で聞いた。

「佐吉《さきち》、おねを見なかったか？」

「お方様は、今朝ほど、船でお出かけになりました」

「船で？　どこへ？」

「安土《あづち》でございます」

安土といえば、信長が新たに巨大な城を築いている町だ。長浜が琵琶湖の北にあるのに対し、安土は琵琶湖の東岸に面した交通の要衝で、京に近い。城下も広く、武家屋敷や商家が立ち並んでいて町づくりの真っ最中だ。城はまだ建築途中だが、信長は完成を待たずに居を移していた。

ところで、おねがのん気に安土見物に行ったとは思えない。

「よもや、上様に……佐吉、船じゃ！　追いかけるぞ！」

どたどたと走っていく秀吉を、三成は急いで追いかけた。

「殿、播磨の官兵衛様から書状が届いております！」


おねが見繕った土産の数々を、信長は楽しそうに手に取っている。その同じ一室で、おねは長年悩まされてきた秀吉の浮気癖を、お濃に聞いてもらっていた。

「わが夫には、ほとほと愛想が尽きました」

「側女をつくるのは我慢ならぬか？」

「こそこそしているのが腹だたしいのでございます。……わかっております。私に子ができぬゆえ……」

「それは私も同じじゃ」

お濃も子を授かっていないが、跡継ぎを産むことだけが武家の妻の役目とは思っていない。

「夫を支えることも立派な妻の役目。秀吉があそこまで出世したのも、おねがいたからこそではないか」

「ありがたきお言葉……」

「されば、気のすむまで安土にいるがよい。秀吉にきつくお灸をすえてやるのじゃ」

お濃がいたずらっぽく笑い、背中で聞いていた信長が会話に加わった。

「秀吉にとって、おぬしはできすぎた女房じゃ。それなのに、ほかの女にうつつをぬかすとは言語道断。お前のような女房は二度と手に入るものではない」

「そのお言葉、秀吉めに聞かせとうございます」

言いながら、おねはいずまいを正した。

「上様、折り入ってお願いがございます。今のお言葉、文にしていただけませぬか？」

「何？」

信長も真顔になり、おねをじっと見据えた。

おねは緊張しながら、信長の視線を受けとめている。

ふたりを交互に見て、お濃が口添えをする。

「私からもお願いいたします」

信長が笑いだした。

「おね、そちは初めからそのつもりで安土にまいったな。痴話喧嘩の仲裁をこの信長にさせるとは、たいしたおなごじゃ」

「恐れいりまする」

「よかろう。書いてやる。されど、おね、おぬしはあやつにはもったいない女房であるが、おぬしも正室なのだ。堂々としておればよい。悋気など余計なことぞ。よいな？」

「はい」

「おぬしとあの禿げネズミは似合いの夫婦じゃ」

おねがきょとんとした。

「禿げネズミ？　……確かに……」

お濃が噴き出し、信長も安らいだ笑い声をたてた。

長浜城に戻ったおねは、秀吉の前に座し、信長に書いてもらった書状をこれみよがしに渡した。

秀吉は恐る恐る書状を広げ、目を通していく。

「おね、わしが悪かった！　おぬしあってのわしじゃ。これからは心を入れ替えるゆえ、上様を巻きこむことだけはやめてくれ！」

秀吉が手をついて謝った。


英賀の戦からふた月後の天正四年七月。摂津木津川《きづがわ》の河口で、石山本願寺への兵糧を運びこもうとした毛利の水軍と、それを阻止しようとした織田の水軍が激突した。この海戦で、織田の水軍は壊滅に近い大敗を喫した。もともと毛利の水軍の強さには定評があったが、時期が時期だけに、織田の敗北は衝撃を伴って各地に広まった。

毛利の勝利により、信長包囲網は勢いを増した。やがて播磨を巻きこみ、天下を揺るがす新たな危機をもたらすことになる。

第十一章　命がけの宴

官兵衛は織田の敗北を、摂津の情報を探っていた文四郎からの書状で知って愕然とした。

「織田が負けた……。なんということだ……。これでは、織田についていた者たちが毛利に寝返るかもしれぬ」

信長には天下布武をかなえてもらわねばならない。信長が天下人となると信じたからこそ、官兵衛は奔走して播磨の多くの勢力を織田になびかせた。すべては、この乱世で生き残るためだ。

緊急の事態に、姫路城には、職隆、休夢、善助、太兵衛、兵庫助が集まっている。

「これで本願寺は、海上からいくらでも兵糧を運びこむことができるようになります」

善助が懸念するのは、石山本願寺が補給路を確保したことで、信長との戦がさらに長引くことだ。

職隆も同じ危惧を抱いている。

「兵糧を断たねば、本願寺は落ちぬ。時がかかるな……。何か手を打たねばなるまい」

皆、難しい顔で考えこんだ。

「殿、羽柴秀吉様からの書状でございます」

九郎右衛門が届けにきた書状を、官兵衛は封を開くのももどかしく読んだ。

「吉報にございます！」

そう言うと、官兵衛の表情がぱっと明るくなった。

官兵衛は、この知らせを待ちわびている政職に早く伝えようと、御着に急いだ。

「殿！　羽柴秀吉様の軍勢が十六日に京に入りました。あと三、四日のうちには播磨にまいられるかと。これで、織田の敗北を聞いて不安に思っている者たちも落ち着きましょう」

政職は喜ぶかと思いきや、困惑したようにお紺と顔を見合わせた。

「実は……先のことを話しておったのじゃ、毛利に寝返るかどうかと……。しかし、秀吉が来るというのであれば、話は別だ」

「ひと安心でございますね」

官兵衛を信頼してきたお紺にしても、信長の大敗には危機感を募らせていたのだ。


ところが、事態は急転換し、京にいた秀吉は急遽《きゅうきょ》、信長から安土に呼び戻された。

「播磨行きは取りやめる。形勢が変わった。謙信だ」

これまで越後の上杉謙信は、甲斐の武田、相模《さがみ》の北条と敵対関係にあった。ところがここにきて、足利義昭のとりもちで、上杉、武田、北条が和睦した。

「背後を突かれる恐れがなくなった上杉謙信が、必ずや上洛の兵を挙げる。越前を固め、謙信に備えるのじゃ」

勝家が険しい表情で言った。勝家が守る北国が謙信上洛の道筋となるのは必至だ。

石山本願寺の攻略も長引くと、長秀の口調は重い。

「木津川で敗れたゆえ、出城をくまなく築いて、本願寺を取り囲んでおるところじゃ」

光秀は、丹波の波多野《はたの》に手を焼いているという。

だが、秀吉にも言い分がある。

「上様、恐れながら、播磨の地侍は、こたびの木津川の敗戦で揺らいでおります。今、兵を出さねば、皆、毛利になびく恐れがあります」

すぐさま、勝家が反論する。

「小寺がおるではないか。毛利を破ったばかりじゃ。そちも、官兵衛がおるから安心じゃと申しておったではないか」

「されど……」

秀吉は言いさし、信長の次のひと声に黙りこむ。

「これぐらいで揺らぐような味方など、毛利ともども滅ぼすまで。よいな。兵は戻せ！」

さしもの秀吉も、信長の命に抗うことはできなかった。


数日後、半兵衛が秀吉の名代として姫路城を訪れ、官兵衛に援軍の延期を伝えた。

「織田は今、本願寺はもとより、北国、丹波など、四方の敵と向き合っていて、播磨まではとても手が回りませぬ」

「御着の殿がなんと仰せになるか……」

官兵衛が顔を曇らせた。

「織田に頼るばかりの味方はいり申さぬ。織田のために働き、尽くしてこそ味方でござる。織田につくというのは、そういうことでござる」

半兵衛がこちらを見くだした態度に思え、官兵衛はむっとした。

「当家だけの話ではござらぬ。このままでは、せっかく織田についた者たちが離反しかねませぬ」

「それを食い止めるのが、そこもとの役目でござろう?」

半兵衛も難しい役回りと知ってはいる。そこで、官兵衛にひとつの策をもちかけた。

瀬戸の海沿いに播磨の西隣が宇喜多領の備前、そこから先が毛利領だ。

「備前の宇喜多を調略するのでござる」

「……確かに、宇喜多が織田についたら、毛利とじかに対するはこの播磨ではなく、西の備前となります。されど、宇喜多直家といえば、身内であろうが騙し討ちにし、裏切りに裏切りを重ねてのしあがってきた男。そのような者を、説き伏せることができるかどうか……」

「裏切りを繰り返してきた男ゆえ、寝返る見込みは十分ありましょう。それに、そこもとだけができる手立てがありましょう。奥方の姉上は上月景貞殿に嫁いでおられる」

「……景貞殿は宇喜多に通じております。義姉を通して、宇喜多へ取り次ぎを……わかりました。これはそれがしにしかできぬこと。やってみます」

官兵衛は、光から力《りき》に力添えを頼む文を書いてもらうことにした。

宇喜多の調略は、光と力の姉妹にとっても悪い話ではない。

「景貞殿を通じて、宇喜多直家殿に取り次いでもらいたいのだ。もし宇喜多がこちらにつけば、上月も同じく味方になる。さすれば、姉妹が敵味方に分かれることはなくなる」

官兵衛は、光が快く文を書くかと思っていた。ところが、光は渋った。

「このところ、殿は別所、赤松、そして、こたびは宇喜多と、敵地に行って、危ない橋を渡ってばかり……。宇喜多直家殿の悪い噂は私も聞いております。闇討ちや騙し討ち、毒を盛ることなどお手のものといいます。そのような者の懐に飛びこむのですよ。考えるだけでも恐ろしい」

「心配いらぬ」

「心配せずにどうします！　松寿もまだ九つ。殿に万一のことがあったら……少しはご自分のことをお考えください」

「今、わしは自分のことなど考えるいとまはない！」

事を急ぐあまり、官兵衛は乱暴な言い方をした。

光の柳眉《りゅうび》がつりあがった。だがすぐに悲しげな顔になる。

「いや、わかった。考える、考える。とにかく、文を頼む」

官兵衛は、光を拝み倒した。

さほど日をおかずに、上月城で、官兵衛と景貞の面談が実現した。官兵衛は善助、太兵衛、九郎右衛門を従え、景貞の横には上月家の家老・内藤平八郎《ないとうへいはちろう》が控えている。

官兵衛は単刀直入に、宇喜多直家に取り次いでもらいたい旨、景貞に願い出た。

「いずれ織田は西へ軍を進めてきます。さすれば、播磨は言うにおよばず、宇喜多様の備前、美作《みまさか》も、毛利と織田の間にはさまれ、戦場と化す恐れがあります。無駄な戦を避けるためにも、腹蔵なく語り合いたいと……」

「それはわしの得になる話か？」

不意に背後から声がして、官兵衛ははっとして振り返った。ひとりの武将が、立ったまま官兵衛を見おろしている。

「宇喜多直家様じゃ」

景貞が言い、官兵衛は慌てて挨拶しようとするが、直家は話しながらずかずかと入ってくる。

「思っていたより若いな。五千の毛利兵を打ち破った男には見えぬ」

直家が座し、間近に官兵衛を見据えた。

「おぬしがわしに会いたがっておるとの噂を聞いてな。わざわざ出張ってきたのじゃ。播磨きっての戦上手の顔を拝んでみたくてな」

「恐れいりまする」

「おぬしの用向きはわかっておる。わしを調略しようというのであろう？」

「はい」

官兵衛はみずからの申し立てどおり、腹蔵なく答えた。

「いい度胸だ。されど、今、織田に味方せよというのは無理があるぞ。木津川で毛利に負けたばかりだ」

「敗れたのは水軍のみでございます。ほかは無傷で、これまで以上に出城を築いて石山を取り囲んでおります。いずれ本願寺が音《ね》をあげるのは間違いありませぬ。織田は天下統一を堂々と掲げております。それを阻むものには容赦はしませぬ。毛利が織田に従わない以上、織田が西へ攻めてくるのは必定」

官兵衛から目を離さずにいた直家が、かすかに含み笑いを浮かべた。

「おぬしの目は澄んでおるな。そのような目の男を何人か知っておる。皆、早死にしたがな」

官兵衛が気取られないように警戒したのを、直家はあっさり見切って笑いだした。

「官兵衛、飲もう！」

直家の言葉を合図に、内藤が小姓に目配せし、侍女たちが酒と肴を運んできた。

ひとりの侍女に勧められ、官兵衛が盃を手にした。その盃に満たされていく酒を見つめるうち、官兵衛の脳裏に光の声がよみがえった。

(闇討ちや騙し討ち、毒を盛ることなどお手のものといいます)

官兵衛がためらっていると、直家が飲めとうながした。

「毒など入っておらぬ。今、おぬしを殺してもなんの得にもならぬ」

官兵衛は意を決し、ひとおもいに酒を飲みくだした。

官兵衛の潔さに、直家、景貞、内藤が、やんやと喝采した。

「さすがは官兵衛殿。いい度胸でござる」

内藤が褒めながら酒を飲んだが、その途端、苦しそうに喉をかきむしった。

官兵衛は盃を取り落としそうになり、城主の景貞までもが驚いている目の前で、内藤は断末魔の痙攣を起こして絶命した。

「毒を盛った」

直家が平然と酒を飲みながら言い、懐から書状を出して景貞に差し出した。

「内藤が織田方に出した書状じゃ。こやつ、織田に通じておったのだ。裏切り者よ。景貞、もっと周りに目を配れ」

景貞を叱責すると、直家が官兵衛のほうを向いた。

「官兵衛、わしは人など信じぬ。そうやって生きてきた。織田にはつかぬ。さらばじゃ」

直家は言いおき、呆然としている官兵衛の前から去っていった。

播磨の一介の家老にすぎない内藤の死であったが、半兵衛を通して、長浜にいる秀吉に伝えられた。

「何？　おぬしと通じていたあの内藤か？」

「はい。われらと通じていたことが露見したようで。宇喜多直家、恐るべき男」

「しかし、調略がしくじったとなれば、ますます官兵衛の立つ瀬がなくなる。早く播磨へ行ってやらんと……」

秀吉は焦れた。

だが、官兵衛は、直家の調略をあきらめたわけではない。噂にたがわず、直家はなかなかの曲者で、官兵衛は赤子の手をひねるようにあしらわれた。それでも直接会って話した収穫は大きく、直家が利にさとい男だということがわかった。その点をうまくつけば、調略の余地はあるはずだ。

天正五（一五七七）年の正月を迎えたが、秀吉から播磨に来るという知らせはない。信長は北国や石山本願寺への派兵で手一杯で、それに加えて、紀州《きしゅう》の雑賀《さいか》地方を本拠とする一向宗門徒が石山本願寺と結んで一揆を起こしていた。とても播磨に兵を送るゆとりはないという。

「もう待てぬ！　毛利に書状を出す。二股をかけるのじゃ。おことは織田と通じておればよい」

政職は業を煮やし、官兵衛に言い放った。

「そのようなこと……」

「英賀のときのように、毛利はいつ大軍で襲ってくるかわからぬ。本気で来たら、われらは滅ぼされるぞ。それゆえ、毛利とよしみを通じておくのだ。生き残るには二股しかない。よい考えだと思わぬか？」

「殿、早まっては、すべてが台無しになります。しばらく、今しばらくお待ちください。それがしが手を打ちまする」

官兵衛は、最後の手段に訴えることにした。


摂津の城下町を、官兵衛と善助が歩いていく。

「荒木様は兵を貸してくださるでしょうか？」

善助が心細げに聞いた。

「わからぬ……」

有岡城が近づくにつれ、官兵衛は口数が少なくなっていく。

「織田に賭けたこと、間違っていたと思うか？」

「いえ、決して。殿のご決断に間違いはありませぬ」

官兵衛と善助が黙々と歩いていくと、前方に人だかりができていて、「キリシタンだ」「キリシタンの葬式だ」などと、城下の人たちが話している。官兵衛と善助が人だかりをかき分けて前に出てみると、キリシタンの葬送の行列が通っていくところだ。先頭に十字架が掲げられ、白い旗が風に揺れ、そのあとに人々に担がれた棺が続いていく。

官兵衛と善助は興味深く見物し、葬列のなかに、ロザリオを手にした若い侍がいるのを見つけた。


翌日、官兵衛と善助は、有岡城で村重と会った。

「本日はお願いの儀があって、おうかがいいたしました。播磨にいくらか軍勢を出していただけませぬか？　戦をするわけではありませぬ。織田が来たと知らしめたいのでございます。さすれば、播磨も落ち着きましょう。宇喜多も説き伏せることができるかもしれませぬ」

「うーん……ほかでもない官兵衛の頼みじゃ。なんとかしてやりたいのだが、上様の沙汰がなくてはのう。今は本願寺にかかりきりで、播磨に差し向ける余分な兵がおらんのだ」

「さようでございますか……」

官兵衛の落胆は大きい。

「長引きましょうか？」

「ああ、本願寺と毛利が手を組んだのだ。これは手強い。木津川の合戦をわしはこの目で見たが、毛利の水軍は強い。あそこまで強いとは思わなんだ……織田は本当に勝てるだろうか……」

いつもはおおらかな村重が弱音を吐いた。

「気が滅入るのだ、本願寺攻めは。わしも武士だ。戦で死ぬことは恐れてはおらぬ。だが、門徒衆は、なんというか、ちと違うのじゃ。あやつらは恐れるどころか、喜んで死んでいく。きりがない。さすがに疲れた……」

門徒衆相手の戦の難しさを、村重は嫌というほど思い知ったのだろう。

そこに、だしが若い侍を連れて挨拶に来た。

「官兵衛様、お久しゅうございます」

官兵衛は、おやっと思った。だしは艶やかさが影をひそめ、薄化粧で、質素な着物を着ている。

村重が、若い侍を手招きした。

「高槻《たかつき》城主、高山右近《たかやまうこん》じゃ」

官兵衛は右近に見覚えがある。キリシタンの葬列で、ロザリオを手に棺を担いでいた侍だ。

「右近はキリシタンじゃ。わしもキリシタンを広めるために力を入れておる。キリシタンが増えれば、その分、門徒が減るからな」

村重のなかで、武士として手柄をたてたい気持ちと、門徒殺戮に倦《う》む思いとが、軋み合っているようだ。

「しかし、よもや、だしまでもがキリシタンになるとは……」

村重が言い、だしが恥じらった。

「右近殿のお導きで信徒となりました。今は目の前の霧が晴れたようなすがすがしい心持ちでございます」

だしの身なりが質素なのは、キリシタンの慈悲の心を大切にするようになり、高価な着物を惜しげもなく貧しい領民たちに与えてしまったからだった。

「わしは着飾っただしが好きだったのだがのう……」

村重はちょっと残念そうだ。

右近はキリシタンのなかでも特に敬虔で、官兵衛たちが見かけた葬列は一面識もない農民の葬儀だったという。

「神、デウスのみもとでは、武士も農民もありませぬ」

右近はそれを実践することで領民から慕われ、領内には四千人のキリシタンがいるらしい。

「まだまだでござる。私は領民すべてをキリシタンに改宗させたいと思っております。キリシタンの国をつくりたいのです」

「キリシタンの国？」

官兵衛が聞き返した。

「デウスを信じ、裏切りや憎しみのない国でござる。そこでは人と人が信じ合い、誰もが心の安らぎを得るのです。私の夢でございます」

「人と人とが互いに信じ合う国ですか？」

官兵衛は話のひとつひとつに驚き、不躾《ぶしつけ》と知りつつ、右近の人となりを知りたくてまじまじと見た。すると、首筋に刀傷がある。

「私は一度地獄に落ち、よみがえりました。これはその証しでござる」

右近が首筋に手をやった。

官兵衛が姫路に帰ってまもなく、秀吉から書状が届いた。

「今度は北国に向かうそうです」

官兵衛はがっかりし、職隆に読み終えた書状を渡した。

ところが、職隆は、書状を読むうちに興奮してくる。

「なんと……そのほうをわが弟、小一郎同然に思っているとあるではないか！　秀吉様はここまでおぬしを信用しているのだ」

「……方便でございましょう。それがしが欲しいのは書状ではなく、秀吉様と軍勢です。父上……。織田についたのは間違いだったのでしょうか？」

「今さら何を言いだす。間違ってはおらぬ。しっかりせい。お前が揺らいでどうする？」

職隆が励ました。

官兵衛もわかっているが、小寺や黒田の命運を握っている重責に押しつぶされそうだ。


まずは謙信との戦を制すという信長の命で、秀吉は不承不承、勝家が率いる北国の戦線に合流した。

勝家の本陣は、越前北庄《きたのしょう》に置かれている。軍議が開かれ、地図が広げられると、重臣たちの布陣する場所に印がつけられている。勝家が、地図の印のひとつを指した。

「筑前、おぬしはここじゃ。この一戦にすべてを賭ける。一気に攻めつぶすぞ」

「敵は上杉謙信。正面から挑んで勝てる相手ではござらぬ。何か策を講じねば……」

「おぬしはいつもそれじゃ。小賢《こざか》しい知恵を働かすばかり。そんなに戦が怖いか？」

勝家から面と向かって侮られ、秀吉はむかっ腹をたてた。

「なるほど。上様がそれがしを北国へ向かわせたのも道理。力まかせで攻めることしか知らぬ石頭の大将では、心許ないとお考えになったのでござろう」

「なんだと！　草履取りあがりの分際で、わしになんて口をきく！」

かっとした勝家が太刀に手をかけ、周りの重臣たちが慌てて止めた。

秀吉も抑えがきかなくなっている。

「そもそも、わしは北国へなど来たくはなかったのじゃ。上様の下知《げじ》ならばこそ、力を貸しにまいったのに、それを侮るとは、大将の器にあらず！」

「黙れ！　猿の助けなどいらぬわ！」

「あいわかった！」

秀吉はぷいと席を立った。その足で兵をまとめると、長浜に引きあげてしまった。

北庄からこの知らせが届くと、信長は怒り心頭に発した。

「おのれ、猿め……目をかけてきたというに、増長しよったか、許さぬ！」

秀吉の行動は、文四郎が情報をつかんで姫路城の官兵衛に報告した。

「仔細はわかりませぬが、柴田勝家様と仲違いされたようで。ひとまず謹慎を申しつけられ、今、長浜でご沙汰を待っている由にございます」

「馬鹿な……あの秀吉様が信長様の命にそむくとは……」

信長は法度《はっと》に厳格だ。いくら秀吉とはいえ、切腹は免れないだろう。

官兵衛はすぐさま長浜に向かった。

北庄から帰って以来、秀吉はぼんやりと庭先を眺め、無為な日々を過ごしている。

「二十歳にならぬうちから上様にお仕えして、城持ち大名にまでしていただいた。上様にはどれほど感謝しておるか……なれど、摂津、紀州、北国と、休む間もなくあちこち回されて、いったい自分が何をしておるのか、ようわからなくなってきた……」

秀吉がこんな愚痴をこぼせるのは、長年連れ添ったおねだけだ。

「そんなに悔いるのなら、戻ってこなければよいものを……」

「悔いてはおらぬ！　わしにも意地がある。切腹も覚悟のうえじゃ」

「なりませぬ！　お前様に死なれたら家臣たちは路頭に迷ってしまいます。それに私はどうすればよいのです？」

「……上様は許してくださらぬ」

秀吉は、信長の気性を知り抜いている。悄然としているところに半兵衛が来ると、秀吉はあきらめと、わずかな期待をないまぜにした。

「ご沙汰は出たか？」

「いえ、上様からはまだ……追って沙汰するとだけ……ただ、かなりお怒りの様子と聞きおよびました」

「……やはり、切腹か……痛いであろうなあ……」

秀吉は力なく腹をさすった。

「まだそうと決まったわけではありませぬ。大事なのは、上様に、謀反の考えなど毛頭ないとおわかりいただくことでございます」

「無駄じゃ。もはや手遅れじゃ。おね、酒じゃ！　どうせ死ぬなら、その前に思う存分飲んで騒いで死んでやるわい」

秀吉がやけになると、半兵衛がはたと膝をたたいた。

「いや、それはよい手かもしれませぬ」

「そうか、それじゃ！」

うつろだった秀吉の目が、半兵衛の思いつきに気づいて生き生きとしてくる。

ちょうどこの日、官兵衛が、秀吉を見舞いに長浜城に来た。秀吉はどれほど意気消沈していることかと心配しながら廊下を行くと、広間のほうからどんちゃん騒ぎが聞こえてくる。

「なんの騒ぎでござる？」

官兵衛が広間に入ると、猿楽師、相撲取り、遊女が入り乱れ、飲めや歌えやの大騒ぎをしている。謹慎中の秀吉が双肩脱ぎで踊り、おね、小一郎、小六ら家臣たちも賑々《にぎにぎ》しく飲んでいる。

官兵衛が突っ立っていると、泥酔した秀吉が振り返り、官兵衛を仲間に引きずりこんだ。

「さあ、おことも飲め！　騒げ！　無礼講じゃ！」

酒臭い息で盃を手渡し、酒をつぐ秀吉に、官兵衛はだんだん腹がたってくる。

「秀吉様、これはどういうおつもりか！　播磨へ来るとおっしゃっておきながらいっこうに来ず、上様の命にそむいて勝手に戻ってきたと思えば、この騒ぎ。何を考えておられるのです！」

「そう怒るな、官兵衛。ひとまず飲め」

官兵衛は、しかたなくひと口飲んだ。

「わしは上様の命にそむいた。だが、間違ったことをしたとは思っておらぬ。天下取りのためには、北国より播磨、中国のほうが大事なのじゃ。されど、誰にもわかってもらえず、このざまじゃ。そのうち使者が来て、切腹を命じられるであろう。覚悟はできておる。どうせ死ぬなら、思いきり騒いで、楽しんでから死のうと思ってな。わしは、命がけで騒いでおるのじゃ」

遊女が来て、秀吉の手を取った。秀吉が立ちあがり、遊女や猿楽師と千鳥足で踊り始める。

秀吉は深酒をしているが、案外酔っていない。官兵衛がそう思いながら秀吉を目で追っていると、いつの間にか半兵衛が近くに来ている。

「上様に腹の内をさらけ出しているのです。上様は命にそむいたことで逆心ありと思われているはず。静かに蟄居《ちっきょ》していれば、戦支度をしているのではと疑いを招きましょう。されど、このように騒いでおれば謀反の支度などする気もなく、逆心などないとおわかりになる」

「それが上様に通じますか?」

「わかりませぬ。許していただけるか、一か八かの賭けでござる。この賭けに勝てるかどうかで、播磨の命運も決まりましょう」

官兵衛と半兵衛に、酔った小六がからんできた。

「わしはな、おぬしらのようなしたり顔が大嫌いじゃ!」

官兵衛と半兵衛が閉口していると、秀吉が割りこんだ。

「小六、よう言うた! よし、みんな、今生《こんじょう》の別れだ。言いたいことを言え。腹の中にあるものをすべて吐き出せ。遠慮はいらぬぞ」

「ならば、申しましょう! 女遊びは大概になさいませ!」

おねが真っ先に、腹にためこんでいた不満を吐き出した。

「わかった。もうせぬ。明日からは……」

秀吉らしい軽妙さに、おねが噴き出した。

小一郎も、言いたいことがたまっている。

「兄者《あにじゃ》は賢いが、せっかちじゃ。思いついたことをすぐやろうとする。それについていくのは大変なんじゃぞ！」

「わかっておる、小一郎。わしが突っ走ったあと、おぬしはいつも尻ぬぐいしてくれた。苦労をかけたな、わが弟よ」

「やめろ！　そんな言いぐさ……泣けてくるではないか……」

小一郎が鼻をすすった。

官兵衛には、秀吉のほうから言いたいことがあるという。

「すまなかった。播磨へ行くと言いながら、口だけになってしもうた……。おことは小一郎同然じゃ。もうひとりの弟と思っておったのじゃ。一緒に播磨で大暴れがしたかった。されど官兵衛、わしは命に代えても上様におすがりし、必ずや播磨に兵を出すようお願いする。それだけはやってみせる」

「秀吉様……」

官兵衛が感無量の面持ちになる。

秀吉が一同を見回した。

「皆の者、礼を言うぞ！　こんなわしによくぞついいてきてくれた！　わしは皆が大好きじゃ！　これで死んでも幸せじゃ！」

秀吉の顔は、涙でぐしゃぐしゃになっている。

「申し訳ありませぬ」

突然、官兵衛が、秀吉の前に手をついた。

「一時とはいえ、秀吉様のお心を疑ってしまいました。それがしを弟同然に思うとの書状、播磨に来られぬがゆえの方便にすぎぬと軽んじておりました。しかし、そのお心、今ようやくわかりました。お許しください！　そのお言葉、ありがたく頂戴いたします」

官兵衛は滂沱《ぼうだ》の涙を流し、秀吉がその肩を抱いた。

「よい、よい、手をあげろ、官兵衛。もうよい」

気がつけば、いつの間にか音曲がやみ、半兵衛以外は皆、もらい泣きしている。

「ん？　どうした。静かじゃな。まだ夜はこれからだぞ。騒げ！」

秀吉の音頭取りで再びどんちゃん騒ぎが始まった。

官兵衛もぐいっと酒をあおり、肩脱ぎになると、踊りの輪の中に入っていった。

宴が佳境に入ったとき、広間に三成が飛びこんでくる。

「殿！　上様のお使者がまいりました！　急ぎ安土へまいれと」

皆、一気に酔いがさめ、不安げに秀吉の顔色をうかがった。

秀吉は穏やかな顔をしていた。


翌日、秀吉は安土に入り、信長の屋敷の一室で心静かにそのときを待った。やがて廊下に聞き慣れた足音が聞こえ、秀吉が平伏して迎えると、信長が荒々しく入ってきた。

「猿！　くだらぬまねをしおって。播磨へ行け」

思わず顔をあげた秀吉に、信長の新たな命がくだった。

「毛利攻めを始めよ」

「は、はい……」

信長がにやりとした。

「今度、馬鹿騒ぎするときはわしも呼べ」


長浜城の大広間では、命がけのどんちゃん騒ぎをともにしていた官兵衛たちが、安土からの知らせをじりじりと待っていた。

「お咎《とが》めなしじゃ！」

陽気な声がして、秀吉がばたばたと駆けこんでくる。

皆の表情がぱっと明るくなり、おねが涙ぐんだ。

秀吉も喜びを隠しきれず、胸をなでおろしている者たちをひとりひとり見つめていく。

「官兵衛、播磨へ行くぞ！」

「はっ！」

官兵衛が、秀吉の目を見つめ返した。

第十二章　人質松寿丸

戦が絶えないこの乱世で、武家社会に茶の湯が流行していた。「名物」と称された茶道具は一国一城に匹敵する価値があるとされ、富と権力の象徴となった。

信長も例外ではない。この日、出入りの豪商が持ちこんだ茶器を、信長は手に取って鑑賞した。

「……これはよい……なかなかの名器じゃ……『平蜘蛛《ひらぐも》』にはおよばぬがな」

信長は気にいったようだ。

豪商はよくよく選んだ一品であるだけに、ほっとして口がなめらかになる。

「平蜘蛛！　松永久秀様お持ちの名品でございますな……さぞやすばらしいものでしょうな。上様もかねてよりご所望《しょもう》とか」

「あれだけは差し出そうとせぬ」

大和《やまと》の国主であった松永久秀は、のしあがるために主家の屍を乗り越えてきた。信長に降伏してからは恭順の意を表しているが、茶釜の「平蜘蛛」だけは何物にも代えがたい茶器として大事にしている。

小姓が金の入った袋を持ってくると、豪商はありがたく受け取って部屋を辞した。

豪商と前後して、仙千代が部屋に入ってくる。

「松永久秀殿、謀反にございます」

天正五（一五七七）年八月。突如、久秀が信長に反旗を翻し、居城の信貴山《しぎさん》城に立てこもった。

信長の屋敷に、秀吉、光秀、長秀ら重臣たちが集まった。いずれも久秀の謀反は寝耳に水で、毛利の庇護下にある足利義昭にそそのかされたのではないかとの見方も出た。

信長が目の前を飛んでいた煩わしい蠅を扇子でバチンとたたき、打ち落とした。

「義昭はこれと同じよ。追っ払っても、うるさくたかってきよる蠅将軍だ……。猿、播磨は久秀が片づいてからだ。そちもわしの命にそむいて、勝手に兵を退いた身であること、ゆめゆめ忘れるな！　これまでの倍は働け！」

「ははっ！　この秀吉、身命を賭して忠勤に励みまする！」

「まず人質じゃ。兵を出す前に播磨の主だった者から人質を取れ。久秀の二の舞は許さぬ」

信長の命令は絶対で、秀吉の播磨出兵はまたも延期された。

御着の政職にも、秀吉から人質の要請がきた。

「別所、赤松をはじめ、播磨の主だった者には、当家同様人質を出すよう使者を送りました」

官兵衛もつらい役目だ。

「やはり、斎か……」

政職は気が重い。後継ぎの斎は小寺家のたったひとりの子どもで、目の中に入れても痛くない。

「織田家が播磨を平定した折には、すぐにお戻しいただけるはずでございます」

官兵衛が手をついた。

夜、政職は遅くまで斎と遊び、侍女に寝所に連れていかれるのをお紺と一緒に見送った。

「武家の習いじゃ。人質を送らねば、織田の軍勢は来ぬ。それどころか、敵と見なされる恐れすらある」

「殿は、織田と命運をともにするお覚悟ができておられるのですね？」

お紺が確かめると、政職は口ごもった。

「……あ、ああ、当たり前じゃ……」

お紺もひとり息子を人質に出すのはつらい。いったん手を離れれば、無事を祈るしかない。

「殿、今後は曖昧なふるまいは禁物でございます。あの子の命がかかっておるのです。揺るぎないお覚悟で……」

「わかっておる」

政職は、お紺の追及から逃れるように部屋を出ていった。


同年九月九日。この日は重陽《ちょうよう》の節句で、職隆の屋敷では、邪気を払い、長寿を願う宴が催された。職隆を囲み、後妻のぬい、休夢、兵庫助、官兵衛の母違いの弟で甚吉《じんきち》、総吉《そうきち》が集まっている。

姫路城からは、光と松寿丸がひと足遅れての参加となった。

「遅くなって申し訳ありませぬ。父上、義母上《ははうえ》、本日はお招きいただき、ありがとうございます。

官兵衛殿は御着よりお召しがあり、少々遅れます」

光が遅参の詫び方々、祝いの挨拶をした。

「お召しとあればしかたあるまい」

職隆は気にせず、久しぶりに松寿丸に会えたことを喜んだ。

菊を浮かべた酒など飲んで栗ご飯を食べ、満腹になると、男たちは庭で弓の稽古を始めた。

職隆は、光、ぬい、お福とゆったりと稽古を眺めている。

「ふたり目はまだですか？」

ぬいが、それとなく水を向け、官兵衛に側室をもたせるようにと勧めた。

「ぬい、余計な差し出口はよせ」

職隆がたしなめたが、ぬいなりに黒田家を思ってのことなのだろう。

「なれど、このご時世、武家の当主に子がひとりだけというのは考えられませぬ。もし何かあったら……」

「いい加減にせぬか！」

職隆が語気を強めた。


同じころ、官兵衛は、斎のことで政職から相談をもちかけられていた。

「昨日から熱を出して臥せっておる。医者にも診せ、薬も飲んだが、いっこうによくならぬ。もと
もと体の弱い子ゆえ、無理はさせられぬ。それで、人質に出すのを少し先に延ばしてほしいのじゃ」

「はい。病とあればいたしかたございませぬ」

「おことは秀吉と親しいのであろう？　おことが頼めば聞いてくれるじゃろ」

政職にどこか胡散臭《うさんくさ》さを感じながら、官兵衛は日延べの件を引き受けた。

宴が終わり、厠に行った松寿丸が、職隆のところへ駆け戻ってきた。

「しかと小便をしたか？」

「はい」

「お前の父は、その年になっても、よくもらしておったぞ。何かに夢中になると、厠へ行くのを忘れてしまうのじゃ。小便たれじゃ」

松寿丸は大笑いし、子どものころの官兵衛の話を聞きたがった。

「わんぱくな子じゃった。そこはおぬしとよく似ておる。わしや母の言うことを聞かず、毎日、姫路の野原を駆け回っておった。されど、学問にも励んでおったぞ。兵法書をかたっぱしから読んでおった」

「兵法書？」

「そのおかげで、おじじは官兵衛に救われたことがある。官兵衛が今のお前と同じ年のころだ。おじじをおとしめようとする策略を官兵衛が見抜いたのじゃ。あれがなかったら、今の黒田家はなかったかもしれぬ」

「そのようなことが……」

「黒田は大きな家ではない。ひとたび嵐が吹き荒れれば、吹き飛んでしまうほどの小さな家じゃ。それゆえ、当主と家臣が固い絆で結ばれ、互いに支え合うことで生き残ってきた。大事なのは家中の結束じゃ。そのためには、当主は皆に慕われるような男でなければならぬ。官兵衛のようにな……。松寿、お前もいつかはそういう立派な男になるのだぞ」

松寿丸は、少年らしい無邪気さで質問する。

「されど、立派な男になるにはどうしたらよいのでしょう？」

「そうじゃな……まず見聞を広めるのだ。この世は広いぞ。播磨だけが世の中ではない。外へ出てさまざまなものを見るのじゃ。それがいつか、おのれの糧《かて》となる」

「はい」

松寿丸がはきと答えた。

ちょうどそこに、御着から戻った官兵衛が顔を出した。

「宴はもう終わってしまいましたか。父上、遅くなり、申し訳ありませぬ」

「よいのだ。御着はどうであった？」

「斎様が病に臥せっておられるゆえ、先延ばしに。病とあれば、いたしかたありませぬ」

「……苦労するのう、官兵衛」

職隆が慰撫した横から、松寿丸がいっぱしの男のような口をきく。

「父上、私に何かできることがあれば、なんなりとお申しつけください。お役に立ちたいのです」

「それはうれしいが、突然、どうした？」

官兵衛が目をパチクリし、職隆と松寿丸を交互に見て合点した。

「そうか、父上に何か吹きこまれたな？」

「内緒の話じゃ。のう、松寿？」

職隆と松寿丸が顔を見合わせて笑うのを、官兵衛はうれしそうに見ていた。

籠城中の信貴山城の中で、久秀はのんびりと茶器を磨いている。

「いよいよ上杉謙信が上洛するそうじゃ。信長といえども、謙信には歯がたつまい。もう少しの辛抱じゃ」

嫡男の久通《ひさみち》は、たとえ籠城戦に勝利しても、単純には喜べない複雑な心境だ。

「されど、織田に人質になっている弟たちは……？　無事ですむとは思えませぬ」

「……しかたあるまい……それが人質のさだめ」

久秀は忸怩《じくじ》たる思いを吐露すると、茶釜の入った箱のふたを開け、中に納められている名物「平蜘蛛」をのぞきこんだ。

「いつ見てもほれぼれするのう。えも言われぬこの形……。信長はこの平蜘蛛を喉から手が出るほど欲しがっておった。ふん、死んでも渡すか」


武家社会の覇者たらんとする信長は、織田家の家督を嫡男の信忠《のぶただ》に譲っている。信忠は二十一歳にして尾張と美濃を領国として与えられ、岐阜城を居城としていた。

信長は安土に信忠を呼びだし、茶をたててふるまった。

「信忠、お前が総大将となり、松永久秀を討て。おのれが織田の当主であることを忘れるな。すぐ支度にかかれ！」

いつどこで下剋上が起こるかしれず、信長の嫡男だからと親子の絆に頼っていては、信忠はいつか足をすくわれる。この乱世で生き残るには、みずからの力を証明しなくてはならない。

信忠が戦の支度に出ていくと、お濃が飲み終えた茶碗を置いた。

「松永殿の裏切りは初めてではありませぬ。にもかかわらず、たびたびお許しになったのは、松永殿が役に立つゆえでございましょう。それなのに、なにゆえ、こたびは？」

信長が手にした茶杓《ちゃしゃく》をぽきんと折った。

「どれほど値打ちのある道具でも、使えなくなったら捨てるまで。惜しむらくはやつの持っている平蜘蛛よ……」

「人質はどうなさるおつもりです？」

お濃が聞くと、信長の目が刃物のように光った。


ついに北国で、勝家と謙信が合戦になった。加賀《かが》が舞台だという。

「勝ったか？」

開口一番、秀吉が聞き、半兵衛がかぶりを振った。

「だから言ったのだ。まともに戦って勝てる相手ではないと。それをあの石頭が……で、謙信はどうしておる？　そのまま兵を進めたのか？」

「その様子はありませぬ。やはり、上洛はないかと」

「わしの申したとおりではないか。謙信にはその気はない。あわれ、松永久秀は孤立無援。これで進退極まったぞ」

信貴山城が落ちれば、今度こそ播磨だ。秀吉がそう思った矢先、官兵衛から書状が届いた。

「人質を出す期日を延ばしてほしいと。小寺の嫡男が病だとか」

半兵衛は、官兵衛らしからぬ手際の悪さに首をかしげた。

「赤松も別所もとうに人質を出しております」

「松永久秀の謀反以来、上様はますますお疑い深くなられておるのだ。このままではまずい」

秀吉がいらだった。


官兵衛は焦燥に駆られた。これ以上、人質を出す予定を先送りしていれば、小寺は毛利に寝返ったと取られかねず、小寺の危機を招き、ひいては播磨そのものが揺らぐ。

「秀吉様から人質を早く送れとお叱りの書状が届きました。別所も赤松もすでに人質を出しております。期日が迫っております」

政職が歩いていく後ろを、官兵衛は追いかけた。

「そうは申しても、斎の容体がよくならぬのじゃ」

「されど、二度も日延べいたしました。このままでは……」

「熱にうなされておるのだ！　小さな体で息も絶え絶えなのだぞ！」

政職が足を止め、一室の戸を開けた。斎が高熱にうなされて寝込んでいる。

「こんな子に旅がさせられるか？　おこととも人の親ならわかるであろう？」

痛々しい斎の姿に、官兵衛は黙りこんだ。


姫路では、京の情勢を見てきた文四郎が、官兵衛の帰りを待つ間、光を相手に人質となっていた久秀のふたりの息子の最期を語っている。見物人に紛れて見ていたのだ。

まだ十三歳と十二歳の若者が、縛られ、京の町を刑場に向かって引き回されていく。少年たちは覚悟ができているのか、刑場に引き出されても取り乱すことなく念仏を唱えた。その首をめがけて、執行人の太刀が振りおろされた。

「立派なご最期でございました」

光は声もなく、しばし瞑目した。

「年端もいかぬ子を……信長様はなんとむごい……」

庭に目をやると、松寿丸と又兵衛が剣術の稽古をしている。松寿丸は十歳で、久秀の息子たちより少し年少である。松寿丸が潑剌《はつらつ》と剣を振るのを、光は眩しそうに見つめた。

「光、話がある」

御着から戻った官兵衛が、人払いをし、文四郎とお道、お福が部屋を出て戸を閉めるのを待った。

「光、心して聞け。松寿丸を小寺の人質として、織田家に差し出そうと思う」

光の顔から、一瞬にして血の気が引いた。

「それはなりませぬ！」

光の悲鳴のような声が、庭で稽古をしている松寿丸と又兵衛に聞こえた。何事かと、松寿丸が部屋に近づくと、官兵衛と光の激しい言い争いが聞こえてくる。

「小寺の人質に、なにゆえ松寿を出さねばならぬのですか？」

「御着と姫路を守るためだ」

「小寺家から出すのが筋です」

「斎様は体が弱い。人質は務まらぬ」

斎ははじめは仮病だったようだが、そのうち本当の病になり、今は高熱に苦しんでいる。

「得心がいきませぬ！　いくら殿の仰せでも、こればかりは聞けませぬ」

「わしも身を切る思いなのだ。誰が好きこのんで、ひとり息子を人質に出す。これには、われらの命運がかかっているのだ。光、わかってくれ」

「わかりませぬ！　謀反を起こせば、松永殿のように人質になった子は殺されてしまいます」

「わしは謀反など起こさぬ」

「違います！　私が案じているのは御着の殿です。あのお方が信長様を裏切れば、松寿は殺されてしまいます」

「殿も裏切ったりはなさらぬ」

「信用できませぬ！　殿の煮え切らぬおふるまいに、これまでいくたびも苦しめられてきたではないですか」

「今度ばかりは、わしがそんなことはさせぬ」

「嫌でございます！　私は断じて松寿を手放しませぬ！」

光はすっくと立ちあがり、部屋の戸を開けて足早に去っていく。

松寿丸たちは立ち去ったあとだ。廊下の一角を曲がったあたりを、松寿丸が深刻に考えこみながら歩いていく。松寿丸の後ろを、又兵衛が無言でついていった。


信忠が率いる織田軍の攻撃は日に日に激しさを増し、同年十月十日、久秀がこもる信貴山城は陥落のときを迎えようとしていた。

久秀は「平蜘蛛」が入った箱を抱えて天守にのぼり、包囲する織田軍を見おろして仁王立ちした。

「信長、平蜘蛛は渡さぬ」

久秀はにやりとし、足元の燭台を蹴倒した。燭台の周囲には、火薬が詰まった樽が山のように積まれている。倒れたロウソクの火が火薬に引火し、天守はあっという間に炎に包まれた。

織田の本陣では、信忠がなすすべもなく、燃えあがる信貴山城を見あげている。

「若殿様、おめでとうございます！　久秀はみずから火をつけ、果てましてございます。お見事な大将ぶりであらせられました」

駆けつけた秀吉に、信忠は心ここにあらずといった体で聞く。

「茶釜は？　平蜘蛛はいかがした」

「おそらく一緒に……」

「なんということだ……父上に土産をと思っておったのに……久秀の強突張《ごうつくば》りめ！」

信忠は、がっくりと床几に座りこんだ。


姫路では斎の問題が進展しないまま数日が過ぎ、秀吉が決めた期日を過ぎてしまった。

「このままでは、われらは織田に敵と見なされるやもしれませぬ」

善助の表情がせっぱつまっている。

「赤松と別所が騒いでおります。なにゆえ小寺だけが人質を出さぬかと。手を組んだとはいえ、所詮は宿敵。この機に乗じて、小寺は毛利に寝返ったと織田に申したて、攻め寄せてくることも考えられます」

九郎右衛門の訴えに、早くも太兵衛は片膝立てになる。

「一戦交えるとなれば、すぐに支度を！」

「落ち着け、太兵衛」

善助が止め、九郎右衛門や兵庫助は、一刻も早く、政職を説き伏せるようにと官兵衛に迫る。

「無理だ。殿は斎様を人質に出す気はない」

官兵衛は力なく縁側に出た。官兵衛を支える善助、九郎右衛門、太兵衛、兵庫助は、顔を揃えていながら何も打つ手がないことがもどかしい。


この日、官兵衛はもう一度、光とふたりで向き合った。

「……光……人質のことだが……」

官兵衛が話を切りだそうとしたとき、松寿丸が部屋に入ってきた。

「父上、母上……私が人質にまいります」

官兵衛は胸を衝かれ、光は唇を震わせた。

「知っておったのか？」

「はい。私が……」

松寿丸が何か言いかけるのを、光はこれ以上言わせまいとする。

「お前は控えておれ」

「待て。松寿、なんだ？」

官兵衛が目顔で言えとうながした。

「はい……昔、父上が子どものころ、黒田の家を救ったことがあるとおじじ様からお聞きしました。松寿も黒田の家を救いとうございます。父上をお支えしたいのです」

「支えるとは、どういうことだ？」

「黒田は小さな家なので、みんなで支え合わねば、生き残れませぬ。私もお役に立ちたいのです」

松寿丸は一人前のつもりらしいが、光の目から見ればまだ子どもだ。

「松寿、お前は人質というものが何かわかっているのですか？」

「わかっています！　謀反を起こさぬ証として、よその家へ行くことです」

「周りは誰も知らない人ばかりなのですよ。年端のいかぬ身で、そのようなところでひとりで暮らしていけるわけがない」

「私は男です。ひとりでも平気です！」

「何年もの間、父や母に会えないのですよ」

「こらえます！」

「意地の悪い者にいじめられるかもしれぬのですよ」

「負けません！」

「何かあれば、殺されてしまうかもしれぬのですよ！」

「死ぬことなど怖くありませぬ！」

「知ったふうな口をきくでない！」

光が松寿丸の頬をたたいた。見る見るうちに光の目に涙があふれ、松寿丸を抱きしめた。

「松寿……手放したくない……もし、お前に何かあったら、母は生きていけぬ……」

「……見聞を広めたいのです」

松寿丸の声が意外なほど落ち着いていて、光はしゃくりあげながら顔をあげた。

「おじじ様に言われました。見聞を広めろと。私は広い世の中を見とうございます。そして、父上やおじじ様のような立派な男になりたいのです。母上……泣かないでください。松寿はきっと無事に帰ってまいります。約束します。母上を悲しませたりはいたしませぬ」

松寿丸が大きく成長していたことに、官兵衛と光は目を見張る思いがした。


「官兵衛、すまぬ。斎がもう少し丈夫であれば……」

政職が涙ぐんだ。

「お役に立てて、松寿丸も喜んでおります」

「さすがは黒田家の跡取りじゃ……ひとり息子を人質に出すつらさ、わしにはよくわかる……」

政職は感極まり、官兵衛の手を取って泣きじゃくる。

「官兵衛……わしはよい家臣をもって、幸せ者じゃ……この恩、一生忘れぬ……」

主従が絆を深め合っている姿が、左京進の目にはどこか芝居がかって映った。

早急に松寿丸の支度をし、出立しなくてはならない。

御着から姫路に戻ると、官兵衛は改めて松寿丸に心得を説いた。

「よいか、松寿……人質というものは、御着の小寺と、この黒田の家を守るための大事な役目だ。播磨をひとり離れるのはつらかろうが、いつか必ず迎えに行く。それまで何があっても、命を大事に、しかと生きるのだ」

「はい。黒田の名に恥じぬふるまいをいたします」

官兵衛は、愛おしそうに松寿丸の肩に手を置いた。

「……松寿……わしはお前をまだ子どもと思っていたが、それは間違いだったようだな。お前はもう立派な男だ。わしの自慢のせがれだ」

「ありがとうございます、父上」

「広い世界がお前を待っている。とくと見てまいれ」

「はい！」

松寿丸に暗さはない。人質はときとして命が危険にさらされるが、京に近く、姫路とはくらべものにならない大きな城で起居し、名高い武将たちと接する機会があるなど、得ることは多々あるはずだ。

松寿丸の出立の日となった。松寿丸には官兵衛が付き添い、善助、太兵衛、九郎右衛門が随行する。

松寿丸を見送ろうと、城門前に、光、職隆など家族や家臣たちが勢ぞろいした。

「松寿、息災でな」

職隆が声をかけた。この職隆の存在が、松寿丸に大きな影響を与えている。

「ありがとうございます、おじじ様」

職隆に礼を述べると、松寿丸は光の前に進み出た。

「母上、行ってまいります」

「お前は黒田の子。胸を張って生きるのですよ」

光の目に涙が光っている。

「はい。母上、お体お大事になさってください」

松寿丸は深々と頭をさげると、背筋をぴんと伸ばして歩きだした。

官兵衛と松寿丸たちは、数日旅をして安土の城下に入った。信長の屋敷を訪れると、信長がみずから官兵衛と松寿丸に接見した。

「なにゆえ、小寺はおのれの子を出さぬ？」

「若君、斎様は病弱ゆえ、人質として務まりませぬ」

対面の場には、信忠も同席している。

「小寺は織田に忠節を誓うつもりはないのだな。それゆえ、家老の子を人質に出すのであろう」

「そのようなことは断じてありませぬ。この松寿丸はそれがしのたったひとりの、わが命より大事な息子にございます。それを差し出すは、この一命を差し出すのと同じでございます」

平静を保っていた官兵衛は、話すうちに松寿丸への思いがあふれ、感情が高ぶってくる。

「それがしが命に代えても小寺家を織田様に従わせます。それがしをお信じいただきたい。もし信用できぬというのであれば、この場でそれがしをお斬り捨てください！」

「親子の情か……。わしにはわからぬ」

信長がひとりごとのように言い、官兵衛と松寿丸を代わる代わる見た。

「官兵衛、そちを信じてやろう。松寿丸は秀吉に預けることとする」

「羽柴様に……」

この下知を、官兵衛は信長の厚情と受けとめた。

「官兵衛、秀吉を助け、毛利を滅ぼせ！」

「ははっ！」

官兵衛はひれ伏した。


秀吉には安土からすぐに連絡が行ったらしく、官兵衛と松寿丸が長浜城の廊下を歩いていくと、秀吉がにこにこしながら走ってくる。

「官兵衛！」

「秀吉様！」

「そなたが松寿丸か？」

「はい」

「今日から、この秀吉がおぬしの父代わりじゃ。ささ、こっちじゃ」

秀吉は笑みを絶やさず、松寿丸の手を取って一室に入った。

「松寿、このおねが母代わりじゃ」

おねがにこやかに座し、優しい眼差しで松寿丸を見ている。

松寿丸は膝を揃え、きちんと手をついた。

「お初にお目にかかります。黒田官兵衛が一子、松寿丸にございます」

「いい子じゃ。官兵衛殿、安心しなされ。この私が、松寿丸をきちんと育てます」

おねが微笑み、官兵衛は感謝の気持ちでいっぱいになる。

秀吉がひとつ息をついた。

「これで、ようやく播磨へ行ける」

「はい。それがしはひと足先に戻り、お待ちしております」

「うむ」

「松寿……頼んだぞ」

官兵衛は、万感の思いで松寿丸を見つめた。


秀吉の行動は迅速だ。信貴山城が落ちたのが十月十日。急遽人質に決まった松寿丸が長浜城に入ると、十月末には秀吉の軍勢が姫路城下に到着した。

「秀吉様、お待ちしておりました！」

「ようやくじゃ。ようやく来たぞ、播磨に！」

城門まで出迎えた官兵衛と秀吉が、がっちりと手を取り合い、感慨深げにうなずき合った。

第十三章　小寺はまだか

天正五（一五七七）年十月。姫路城本丸は、家臣や侍女たちが総出で荷物を運び、掃除をするなどてんやわんやの大騒ぎとなった。善助が書類を片づけながら振り返ると、お道が荷物を抱えてとことこ歩いている。

「お道、無理をするな」

「大事ありませぬ」

お道が笑った。善助とお道は前の年に所帯をもち、お道の腹には赤子の命が宿っている。

廊下からざわめきが聞こえ、官兵衛が先導して秀吉を案内してきた。

「皆、控えよ。羽柴筑前守様である」

善助たちが慌てて手をついた。

「よいよい、続けろ、続けろ。しかし、いったい何の騒ぎじゃ？」

秀吉が周囲を見回すと、城ごと引っ越しでもするかのようだ。

すると、突然官兵衛が平伏した。

「この姫路城はすべてあなた様に献上いたします」

「な、何？　今、なんと申した？」

「今よりこの城は羽柴様のものでございます。どうぞ、お好きなようにお使いください」

「城を丸ごと、ということか？」

秀吉の声が裏返った。

「はい。家臣の家屋敷もすべて空けました。手狭で恐れいりますが、ご家来衆でお使いください」

「そのような話は聞いたこともないぞ。戦に負けたわけでもないのに城を明け渡すとは、前代未聞。さすがは黒田官兵衛！　あっぱれな覚悟！」

秀吉はおおいに喜び、はたと、官兵衛たち黒田家中には住む場所がないと気がついた。

「……この城はわしのものじゃな？　ならば、官兵衛、どこでも好きなところに住むがよい」

「では、二の丸を使わせていただきとう存じます」

官兵衛と秀吉が笑みを交わし、すっかり気心が通じているようだ。

そこに、光が挨拶に現れた。

「遠路はるばるようこそおいでくださりました。直々《じきじき》お目にかかれ、うれしゅうございます」

「そうか、おぬしが噂の奥方か。聞きしにまさる別嬪《べっぴん》じゃ。官兵衛が側女をおかぬわけがわかったぞ」

「まあ……」

光が赤面した。

相手の心をとらえる会話の妙は、秀吉が「人たらし」と評判になる所以《ゆえん》だ。

「おう、そうじゃ。松寿丸なら息災であるぞ。わしのかか殿によくなついておる。わしらには子がないゆえ、松寿丸はわが子同然じゃ。松寿丸だけではない。官兵衛も光もこれよりわしの身内じゃ！」

秀吉は口先だけではないことを示そうと、別室に硯《すずり》と紙を用意させた。さっと筆を執り、待っている官兵衛の目の前で、さらさらと紙に文字を書きつけていく。

「おことの今日の贈り物、うれしかったぞ。これはささやかながら返礼じゃ。わしとおことが兄、弟であるという誓いをしたためた。末永く頼むぞ、官兵衛」

秀吉が誓紙《せいし》を手渡すと、官兵衛は感激に震えた。

「ははっ。粉骨砕身、必ずや秀吉様のためにこの播磨を平定してみせまする！」

二の丸は本丸にくらべるとかなり手狭だが、光は文句も言わずに荷物の片づけなどしている。

「許せ、光。されど、城はないが、夢はあるぞ！　われらの前途には天下が開けておる！」

官兵衛は得意げに小鼻をうごめかし、秀吉からもらった誓紙を光に見せた。

「義兄弟？」

光が驚きながら、誓紙に書かれた文字を目で追った。

「そうだ！　秀吉様はこの官兵衛をそこまで思ってくださる。ありがたいことだ」

官兵衛は誓紙をたたむと、掲げて拝んだ。

「これは末代までの家宝だ」

木箱を出し、大切に誓紙をしまう官兵衛を、光が微笑んで見ていた。

その翌日、職隆が本丸の庭を横切ろうとすると、ひとりの男が城を見あげて考えこんでいる。

「卒爾《そつじ》ながら、何をしておいでかな？」

「この城を攻めるには、いかにすればよいかを考えておりました」

「ほう。どう攻められます？」

「……やはり、攻めるのはやめました」

「なにゆえでござる？　このような小さな城、落とすのはたやすかろうに」

「城は小さくとも、黒田の兵は強いと聞きおよびます。無駄な戦はせず、調略したほうが得策かと」

「調略も難しいと存ずるが……」

「確かに。黒田家は、官兵衛殿を中心にご家来衆の結束は固いようでござる。ひと筋縄ではいきませぬな」

「よくわかっておいでだ……。ところで、貴公、どなたでござる？」

職隆がたずねると、男がすっと姿勢を正した。半兵衛である。

光が二の丸の部屋を整理していると、職隆が何やら楽しげにやって来る。

「面白い人物に会うた。羽柴様の軍師、竹中半兵衛殿だ。噂にたがわぬ御仁《ごじん》であった。官兵衛とウマが合うかもしれぬ」

職隆は、言いながら目で官兵衛を探した。部屋が狭いので、さっと見ただけで不在だとわかる。

「官兵衛は出かけておるのか？」

「はい。羽柴様に拝謁するよう播磨じゅう説いて回るおつもりのようで、今日は三木城へ行っております。羽柴様が播磨に来ると決まったときから、そわそわして今か今かと、まるで好いたおなごを待っているかのようでございました」

「官兵衛らしい」

「昨日は昨日で、羽柴様と義兄弟の契りを結ばれたと、有頂天でございました。少々妬けまする」

「義兄弟？」

「誓紙をいただいたとか」

笑って光の話を聞いていた職隆が、思案顔になった。

「そうか……城を明け渡したことといい、御着の連中がなんと思っておるか、心配になってきた……」


政職の前に左京進、小河、江田が膝を突き合わせ、官兵衛が姫路城を秀吉に明け渡したことを注進していた。官兵衛がどれほど不興を買うかと思いきや、政職は事前に承諾していたという。

左京進はあずかり知らない話だ。

「さような大事なことを、なぜお聞かせくださいませぬ？」

「あ、ああ……急いでおったのじゃ。官兵衛がぜひそうしたいと申して……」

小河が危惧するのは、姫路城を秀吉に進呈したことで、厄介な事態を巻き起こしかねないということだ。

「織田の軍勢が入ったことで、毛利や宇喜多が出てくる。このままでは、播磨はよそ者同士の戦場になるだけではあるまいか」

わが意を得たりとばかり、左京進が身を乗り出した。

「われらは官兵衛の口車に乗せられ、危ない橋を渡るはめになったのやもしれぬ」

「そう言うな。官兵衛は斎に代わって松寿を差し出してくれたのだ。その官兵衛がわしをないがしろにするはずがあるまい。わしは官兵衛を信じておる」

政職が気弱そうに、官兵衛を擁護した。


そのころ、官兵衛は、別所長治の前に座していた。賀相《よしすけ》と重棟《しげむね》が、長治の両脇を固めている。

「羽柴秀吉様が姫路に入られました。つきましては、別所長治様にはご足労のうえ、羽柴様にお会いいただきとう存じます」

長治が口を開く前に、賀相が問いただしてくる。

「なにゆえ、姫路になど行かねばならぬ。姫路は小寺の城ではないか。わが別所家は織田と手を組んだが、小寺の軍門にくだったわけではない。武士の面目にかけて、姫路になど行くわけにはまいらぬ」

「姫路城は羽柴様に献上しました。それゆえ、今は小寺の城ではございませぬ。何とぞ、織田信長公ご名代、羽柴秀吉様にご挨拶をお願いいたします」

官兵衛が手をついた。

長治のふたりの叔父のうち、賀相はいまだ毛利寄りだが、重棟は当初から織田を推していた。

「小寺と別所はもはや敵ではない。われらはともに織田方についたのだ。目通りいたすは当たり前であろう」

「官兵衛殿、必ずや姫路にまいります」

長治がはきと約束した。

官兵衛は播磨で大きな力を持つ別所の了承を取りつけると、ほかの城主たちを説得して回った。この働きが功を奏し、主だった地侍たちは秀吉に拝謁するために次々に姫路城を訪れた。

主殿での拝謁が一段落すると、秀吉の横に控えている小六が、訪れた城主たちの顔ぶれと播磨一円の勢力図とを頭の中で照らし合わせた。

「播磨の主だった者で、来ておらぬは別所、小寺、上月、福原の四家か」

四家のうち、上月と福原は宇喜多に属し、宇喜多は毛利に与しているため、もともと敵方だ。となると、拝謁に来ないのは別所と小寺のみとなる。

それでも秀吉は、まずまずの成果に機嫌がいい。

そこに近習が来て、別所の来訪を伝えた。ところが、主殿に入ってきた男を見て、官兵衛は腰を抜かしそうになった。

「それがし、三木城主、別所長治が叔父、重棟にございます。長治、はやり病に臥せっておりますゆえ、名代として参上つかまつりました」

重棟が手をついた。

「そうか……病ならいたしかたあるまい……」

「われら別所は織田様とともに戦う決意に変わりはありませぬ。なんなりとお申しつけください。必ずや羽柴様のお役に立ちまする」

重棟が平伏した。秀吉はことさら言及はしなかったが、官兵衛は嫌な予感がする。

重棟が主殿を退くと、官兵衛はあとを追い、廊下の片隅で重棟をとらえた。

「兄の賀相がごねているのでござる。行くなら自分を斬ってから行けと長治を止めだてして……それで、しかたなくそれがしが……」

重棟が声をひそめて言い訳した。

「賀相殿は織田に味方すると決めたこと、悔いておられるのではあるまいか？」

「滅相もない。少々迷っておるというか……いや、心配無用でござる。それがしがなんとかいたします」

官兵衛は本当のところを知りたいが、重棟が大丈夫だと言う以上はまかせるしかない。

そのとき、背後から、「御着城から……」と近習の声がした。

官兵衛は重棟に一礼し、主殿へと急いで戻っていった。

秀吉の前で、ひとりの男が平伏している。その後ろ姿に、官兵衛の鼓動が早まった。

「御着城主、小寺政職が名代、小河良利でござる。あいにく主、政職ははやり病により、臥せっておりますゆえ、本日は参上できませぬ」

「ほう……どうやら、播磨風邪がはやっておるようじゃな。皆の者、気をつけよ」

秀吉は不満をあらわにし、さっと主殿をあとにした。

官兵衛が御着に行くと、さすがに政職は気まずい様子で座に着いた。姫路城の明け渡しの一件では官兵衛をかばったが、別の問題が生じたという。

「……官兵衛、わしはおことを信じておる。されど、皆が言うのじゃよ。秀吉は足軽あがり。小寺家とは格が違う。秀吉が会いに来るのが筋だとな。わしから会いに行ったのでは、面目がたたんのじゃ」

　この期におよんで政職は、まだ立ち位置が定まっていない。

「それでは、秀吉様から義兄弟と見込んでいただいたそれがしの面目もたちませぬ」

「義兄弟？」

「はい。誓紙をいただきました。それがしが織田の重臣である秀吉様とよしみを通じるは、当家のためにもなりまする。殿、何とぞ、姫路まで足をお運びください。お願い申しあげます」

　政職は仮病を使った後ろめたさもあって官兵衛に遠慮していたが、だんだんふてくされてくる。

「義兄弟なら、わしが出ていくまでもなかろう。秀吉の相手はおことにまかせる。わしに気兼ねせず、好きにするがよい」

　ぷいと席を立ち、官兵衛が呼び止めるのも聞かずに出ていってしまった。


　秀吉が予想していた以上に、播磨の地侍たちはひと癖もふた癖もある。ひととおり拝謁を終えた秀吉は、同席していた半兵衛の意見を求めた。

「小寺には官兵衛殿、別所には重棟殿が抑えになります。両名をつなぎとめておくことが肝要でございます」

　半兵衛の助言に、はたと秀吉がひらめいた。

「そうじゃな……確か重棟には娘がおったな」

　半兵衛もすぐに察した。

に激しくなり、口を覆った半兵衛の手に鮮血がついた。

秀吉の用件がすみ、部屋を辞した半兵衛は、廊下を歩きながら咳きこんだ。咳は突きあげるよう

秀吉の脳裏に、松寿丸の顔が浮かんだ。

「ちと若いが、よい組み合わせかもしれぬ」

「官兵衛殿には息子がおります」

松寿丸は、長浜城の庭で剣術の稽古に励んでいる。稽古の相手は市松《いちまつ》（のちの福島正則《ふくしままさのり》）と虎之助《とらのすけ》（のちの加藤清正《かとうきよまさ》）だ。ふたりとも姫路の又兵衛と同じくらいの年頃で、松寿丸より数歳年長のうえ、体も大きい。松寿丸は果敢に打ちこんでいくが、とてもかなう相手ではない。それでも松寿丸は、何度やられても立ちあがり、また木刀を握り直す。

おねは松寿丸の着物を縫っていたが、見かねて市松と虎之助に声をかけた。

「松寿はまだ十歳なのじゃ。少しは手加減なさい」

市松と虎之助が木刀をさげると、松寿丸が息を切らしながら、しゃきっと立った。

「手加減は無用です！　平気です。姫路でいつも稽古していた又兵衛はもっと強うございました」

市松と虎之助がむっとしたが、松寿丸は夢中になって話している。

「母は手加減して稽古しては、戦で役に立たぬといつも申しておりました。本気でやらねば、身につかぬと」

光はときとしてみずから薙刀を手にして又兵衛と打ち合い、戦場では、相手が小さいとか、女だからとなめてかかれば命を落とすと戒めた。

おねは、光の教えに感じいった。

「そうか……私が間違っていた。お前を育てた母御にぜひ会いたいものじゃ……。わかった。存分にやりなさい」

市松と虎之助は、又兵衛なる者に負けるものかとむきになってかかっていく。松寿丸はやられてもやられても、懸命に立ちあがり、また打ちこんでいった。


織田と石山本願寺との戦は果てしなく続き、死者の数だけがいたずらに増えていった。

村重は徒労感に襲われた。この戦で、いったい何人の門徒を死出の旅に送っただろう。門徒たちは、とどめを刺されてほっとした笑みを浮かべ、あるいは念仏を唱えながら死んでいった。

そんななか、村重は、中川清秀《なかがわきよひで》から聞き捨てならない話を聞いた。

「わが陣中に門徒と通じている者がおるようでございます。噂では、月の出ぬ夜には本願寺と行き来する船があるとか」

「なんだ、それは。毛利の船か？」

「いえ……あくまで噂でござるが、門徒に与するわがほうの者が、ひそかに兵糧を運び入れているとか……」

村重の顔色が変わった。それでなくとも織田方の兵たちは士気がさがり、本願寺を鎮静させるどころか、逆襲されて撤退を強いられることもある。

「清秀、それがまことの話かすぐ確かめろ！　まことなら厳しく取り締まるのだ。そんなことが上様のお耳に入ったら、ただではすまぬぞ！」

一方、右近は、門徒衆との戦になんの意味も見いだせない。

「この不毛な戦はいつまで続くのでしょうか？　それがしにとって、一向宗門徒はデウスの憎き敵ながら、おのが信心を守って死んでいく姿は見ていてなんともやりきれませぬ」

「右近、滅多なことを言うものではない。逆心ありと疑われかねんぞ」

清秀が、素早く左右に目を配った。

だが右近は、たとえ戦とはいえ繰り返される殺戮の終焉が見えてこない。

「この長いくさの果てには、恐ろしきことが待っていると思えてしかたがありませぬ」

右近のそばで、村重が思いつめた顔で考えこんでいた。


天正五年十一月二十日。信長は時の正親町《おおぎまち》天皇より、従二位右大臣に任命された。武士の右大臣任命は、源 実朝《みなもとのさねとも》以来、およそ三百六十年ぶりのことだった。

京の二条城に、光秀と村重が祝いに駆けつけた。

ところが信長は、光秀と村重が述べる祝辞を早々に切りあげさせた。

「官位など、どうでもよい。それより、本願寺がいっこうに片づかぬが、どうなっておる」

信長の刺すような視線を受け、村重は恐る恐る進言する。

「恐れながら、上様、ここはひとまず本願寺と和睦されてはいかがでございましょう」

「何？」

「戦が長引き、兵も疲れております。ここはいったん兵を退き、構えを立て直したうえで……」

「臆病風に吹かれたか、村重！」

「いえ、決してそのようなことは……」

村重は慌てて平伏した。恐ろしさに鳥肌がたっている。譴責を覚悟していると、信長は新たな本願寺対策を打ち出した。

「兵糧だ。毛利が運びこむ兵糧を断つのだ」

村重は兵糧と聞いてぎくりとし、次いで戸惑った。

「はい……されど、わがほうの水軍は完膚《かんぷ》なきまでたたかれ……」

「策がある」

「策、でございますか？」

村重がかたわらを見ると、光秀も事前に何も知らされていないようだ。

信長の目配せで、仙千代が図面を取り出して広げた。そこに描かれていたのは、まるで鉄製のよろいを着た船、鉄甲船だ。文字どおり、船のまわりが鉄で覆われている。

「どうだ、かようなもの見たことあるまい」

信長が得意げに村重と光秀を見た。

「その船、動けるものでございましょうか？」

光秀が疑問を口にした。

「すでに九鬼嘉隆《くきよしたか》につくらせておる。木津川の戦で、わがほうの船はことごとく焼き沈められた。だが、こうすれば敵の火を恐れることはない。さらに、この船には南蛮渡来の大砲《おおづつ》を積みこむ。毛利の水軍など吹き飛ばしてくれる」

「鉄の船に大砲とは、上様だけにしか、思いつかぬことにございます。恐れいりました」

「毛利の後ろ盾がなければ、本願寺など袋の鼠。門徒どもを根絶やしにしてくれる」

信長はらんらんと目を輝かせて図面に見入っている。

村重は背筋が寒くなった。


松寿丸と別所重棟の娘との縁組みに、光は難色を示した。相手に不服があるのではない。

「人質に出て、この先どうなるかもわからぬのに、今は先のことなど考えられませぬ……」

「そう言うな。黒田、別所、両家にとってよい話だ。秀吉様の播磨平定のためにも、わしはお受けしようと思っておる。秀吉様のお心配り、本当にありがたいかぎりだ」

光はまだ不本意だが、廊下から声がかかり、秀吉が酒の入った瓢箪を手にして入ってきた。官兵衛が光の酌で飲んでいるのを見て、秀吉がにっと笑う。

「わしも一緒によいか?」

「もちろんでございます。手狭ながらどうぞ」

官兵衛がいそいそと迎え、秀吉とさしで飲み始める。

「播磨はほとんどわれらについた。上様もたいそう喜んでおられる」

秀吉のねぎらいに、官兵衛は恐縮した。

「しかし、御着の殿がいまだに……」

「気にするな。ここまで来られたのは官兵衛のおかげじゃ」

「もったいないお言葉。必ずや御着の殿を説き伏せ、姫路へお連れいたします。そうでなければ、義兄弟の契りを交わしていただいたことに申し訳がたちませぬ」

「そう焦るな、官兵衛」

秀吉は、気がおけない様子で酒を楽しんでいる。

光は蚊帳の外におかれ、心配そうに官兵衛を見ていた。


同じ夜、職隆の屋敷では、職隆と半兵衛が酒を酌み合っている。

「やはり、御着の殿は腰をあげませぬか。案じてはおったのだが……。官兵衛が秀吉様と義兄弟の契りを交わしたことが殿のお耳に入り、へそを曲げられたのではないかと」

職隆がため息をついた。

「子どものようなお方でござるな」

半兵衛が苦笑した。官兵衛は再三、御着城に足を運んで拝謁の説得に努めているが、政職は意固地になってこれを拒んでいる。官兵衛は空回りするばかりだ。

実は、職隆にとっては、つむじを曲げた政職も困りものだが、秀吉が姫路に入って以来ずっと女房役を務めている官兵衛のことが気にかかっている。

「いや、あれは幼いころから思いこんだら一途なところがありまして、ものごとに夢中になるあまり、厠へ行くのを忘れるほどでござった。今、夢中になっておるのは秀吉様のようでござる。まるで子どものころのように……。妻の光が秀吉様に悋気を起こすと、戯れ言まじりに申しておりました。それが拙者には危うく見えてしまいます……。いくつになっても子は子。いらぬ心配とは思いますが……」

職隆は酒の酔いもあってか、饒舌になっている。半兵衛は聞き役に回り、官兵衛の足を引っ張るものの正体をつかんだ。

何日か過ぎた。この日も官兵衛は政職を説き伏せようと努め、徒労に終わって姫路に帰ってきた。すると、出迎えた九郎右衛門が、半兵衛が来て待っているという。

官兵衛は、半兵衛の待つ部屋に急ぎ、事を長引かせている力不足を詫びた。

「このままでは秀吉様に顔向けができませぬ」

「……秀吉様と義兄弟の契りを結ばれたと聞きました。その誓紙を見せていただけまいか？」

「はい……。お待ちを」

官兵衛は別室に置いてあった木箱を取ってくると、大事そうに誓紙を差し出した。

半兵衛はさっと一読し、読み終えた誓紙をいきなり囲炉裏に投げ入れて燃やした。

官兵衛が仰天した。

「な、何をなさる！」

「このようなくだらぬものがあるから、まわりが見えてこぬのでござる」

「くだらぬもの？　秀吉様からいただいた誓紙をくだらぬものと言われるか！」

「官兵衛殿は何か大きな考え違いをしておるようでござる。それはただの紙切れ。そのようなものにこだわっていてなんになる。おぬしは今、秀吉様のためにと焦ってばかり。秀吉様のために手柄をたて、喜んでいただこうとしているだけではござらぬか。それでよろしいのかな？　もともとめざしていたものはなんでござる？　おぬしはなんのために播磨じゅうを駆けずり回っているのか？　紙切れより大事なことがあるはず。大義の前につまらぬ面目など無用」

言うだけ言うと、半兵衛は振り返りもせずに出ていった。

囲炉裏の中で誓紙がくすぶっている。それが燃えかすになるまで、官兵衛は見つめていた。

秀吉は、笑みを浮かべて本丸に来た官兵衛を迎えた。誓紙のことで釈明に来たに違いないと思ったのだ。

「聞いたぞ。半兵衛に誓紙を燃やされたそうじゃな？　時々、人の思いもよらぬ挙に出るのだ、あの半兵衛という男は」

秀吉は慰めたが、思いのほか官兵衛はすがすがしい表情をしている。

「されど、そのおかげで目の前の霧が晴れたようでございます。肝心なことは秀吉様とわが主、小寺政職がお顔を会わせ、お味方であることを確かめ合うことでございます」

「小寺殿を説き伏せることができたのか？」

「できませぬ。秀吉様に会いに行っていただきとう存じます」

秀吉は意表を突かれた。

「わしが？」

「どちらが会いに来るなどと、つまらぬ面目にこだわっていては、前には進みませぬ」

「口が過ぎるぞ、官兵衛。わしは上様の名代だ。御着にのこのこ出かけていくわけにはまいらぬ。そんなことをしてはほかの者に示しがつかぬ」

「それがしにおまかせください」

数日後、官兵衛は、善助、九郎右衛門、太兵衛のほかに、みすぼらしい身なりの小者に荷車を引かせて御着城に登城した。

　一室で待っていると、政職が来て、面倒くさそうな顔で座った。

「官兵衛、おこともしつこいのう。わしは行かぬと言ったら断じて行かぬ！」

　政職は力み、後方に控えている小者に目をとめた。

「なんじゃ、その汚らしい男は？　見ぬ顔じゃな」

「はっ。それがし、羽柴筑前守秀吉と申します」

　小者に変装していた秀吉が、手をついて名乗った。

「ふざけるな！　どういうつもりだ、官兵衛」

「本物でございます」

　官兵衛がすまして答え、秀吉は気さくに笑いかけた。

　政職は突然、震えあがった。

「……ま、まさか……本物がそのような汚い身なりを……」

「こうでもせんと、小寺殿に会えぬのでな。こんな格好で失礼いたす。小寺殿、わしもそなたと同じはやり病にかかっておった。それが治ったゆえ、こうして馳せ参じたのだ」

　政職はすっかり気圧されている。

「そ、それは……病が癒えて、よかったでござる……あ、いや、ご挨拶が遅れ申した。……それがし、御着城主、小寺政職でござる。お、お見知りおきを……」

「官兵衛、おぬしの言うとおりにしてよかった。小寺殿のお顔を拝して、得心がいった。織田に二《ふた》秀吉は官兵衛にうなずき、親しげに政職に話しかける。

「小寺殿、これより播磨の西へ兵を進める。ここはひとつ、お力をお貸し願えまいかのう？」

「は、はい、喜んで！」

「それともうひとつ、お願いがござる。官兵衛をしばらくの間、この秀吉にお貸しいただきたい。播磨平定のためにおおいに働いてもらわねばならぬのでな。よろしいですかな？」

「異存などあるはずもござらぬ。官兵衛、羽柴様の手足になって働くのだぞ！　よいな？」

「ははっ！」

官兵衛が頭をさげるそばで、秀吉はしめしめという笑みを浮かべた。


十一月末。秀吉が率いる八千の軍勢は西播磨へ兵を進め、中国攻めの火蓋が切られた。

秀吉の本陣から、美作・備前との国境にある山を背後にしている福原城が見える。ここを守るのは、福原助就《すけなり》だ。秀吉、官兵衛、半兵衛とで、地図を前に軍議が開かれた。

「さて、どう攻める？」

秀吉は、まず官兵衛に策を語らせた。

「はい……この戦は秀吉様の播磨における初めての戦いとなります。それゆえ、大勝利を収め、播磨じゅうにあなた様の強さを知らしめることが肝要と存じます。地形を見るに、城の南は深い森。逃げるにはうってつけでございます」

「それはどういうことだ？」

「四方すべてを囲んでしまうと、逃げ場を失った敵は死にものぐるいで逆襲し、それだけ味方の兵を失います。それゆえ、三方を囲み、逃げ道をひとつだけ、あえて空けておくのでございます」

「囲師必闕《いしひっけつ》でござるな」

半兵衛はすぐに気がついた。官兵衛の戦略は、兵を失わずに勝つ『孫子』の兵法に則っている。

「よし、わかった。半兵衛、官兵衛、ここはおぬしたちにまかせる。見事敵を打ち破ってまいれ」

秀吉が忙しくその場を離れていくと、官兵衛は待ちかねたように半兵衛と向き合った。

「半兵衛殿がおっしゃった、紙切れより大事なことがわかりました。天下統一。天下統一がなれば、戦はなくなります」

「さよう。この乱世を終わらせるのでござる。それこそが拙者の大義。一度は世を捨てた身ながら、秀吉様のもとに馳せ参じたのもその大義のため。乱世から天下泰平の世へとつくり替えるのでござる。これほど面白い仕事はござらぬ。そのためにわれわれ軍師は働くのでござる」

「われわれ？　それがしもですか？」

半兵衛が、柔和な眼差しで官兵衛を見た。

「そう、あなたも。軍師官兵衛殿」

官兵衛がぱっと目を輝かせた。

第十四章　引き裂かれる姉妹

天正五（一五七七）年十一月。織田と毛利は、西播磨で戦闘態勢に入った。

織田の先陣を切ったのは官兵衛と半兵衛が率いる軍勢で、わずか一日で福原城を落とした。

この勝利で、播磨の反織田勢力は上月城のみとなった。上月城は播磨の西のはずれにある。その西に備前の宇喜多、さらにその西から先は毛利領だ。織田が播磨を席巻しつつある今、上月城は織田、毛利の境目、戦の最前線に位置している。城主・上月景貞には光の姉・力が嫁いでいた。

秀吉は福原城を落とした勢いで、翌日、上月城に攻め寄せた。

総攻撃を開始する直前、官兵衛は上月城で景貞に会い、秀吉の意向として開城を強く勧めた。

「景貞殿、今一度お考え直しください！　このままでは身内同士が敵味方に分かれて戦うことになります。今ならまだ間に合います。何とぞ……」

「今さら織田に寝返るなど、ありえぬ。お引き取り願いたい」

「わが軍勢は八千！　これが一気に攻め寄せれば、あっという間に……」

勝敗の行方は戦う前から知れている。力や子どもたちの無事を優先すれば降伏しかない。官兵衛がもう一度降伏を勧めようとすると、力がふたりの娘、鈴《すず》と花《はな》を連れて現れた。

「くどいですぞ、官兵衛殿。あなたを城内に入れた殿のお心をお察しください」

「義姉上……」

力は景貞と視線を交わし、娘たちに官兵衛に挨拶をするよううながした。

「叔父上様、お久しゅうございます」

鈴と花が手をついた。

「官兵衛殿、何も案ずることはないと光にお伝えください」

力はもとより覚悟の前で、官兵衛は返す言葉もない。

「官兵衛殿、さらばじゃ」

景貞が言いおき、宇喜多の使者が来たという近習の知らせに立ちあがった。


官兵衛が本陣に戻ると、秀吉が半兵衛ら重臣たちと軍議を開いている。

「どうであった？」

「やはり、織田にはつかぬと……。織田にあだなす者は討つほかございませぬ。すぐさま上月を落としましょう」

はやる官兵衛を、秀吉がなだめた。

「そう急《せ》くな。おことらしくないぞ。一度や二度調略にしくじったぐらいで……」

「恐れながら、今はわが軍勢の力を播磨じゅうに知らしめる好機でございます。福原、上月と一気に落城させることが肝要かと」

官兵衛の計略は変わらず、秀吉は次に半兵衛の見立てを求めた。

「先ほど宇喜多の援軍、三千が到着しました。敵はこの援軍に力を得て、城を出て戦う構えのようでございます」

「なれば、先んじて攻めたてましょう。秀吉様、それがしに先鋒をお申しつけください」

「官兵衛、落ち着け」

「上月との縁者であるそれがしが後方におれば、裏切りを疑う者も出てまいりましょう。それゆえ、それがしに先鋒を。何とぞ、お願い申しあげます！」

官兵衛は日頃の冷静さを欠いているようで、秀吉は少し迷った。半兵衛に目で確かめると、大丈夫だろうとうなずいている。そこで秀吉は、官兵衛に先鋒隊をまかせることにした。


軍議中、官兵衛の陣では、善助、太兵衛、九郎右衛門が武器の手入れなどしている。三人とも、戦になれば、力と幼い娘たちに命の危険がおよぶことを心配している。

「このまま攻めてよいのであろうか」

九郎右衛門が作業を中断し、善助に問いかけた。

「言うな、殿とてつらいのだ」

善助にも答えようがなく、何か打つ手はないかと皆で相談し合っていると、軍議を終えた官兵衛が兵庫助を伴ってやって来た。

「明朝、日の出前に攻める。支度はよいな」

善助たちが、もの言いたげにしている。

「なんじゃ、どうしたというのだ」

「殿……」

善助が言いかけてためらい、太兵衛が思いきって半歩出た。

「力様とお子様はわしらが必ずお救いします」

「まずは明日の戦に勝つことだ」

兵庫助が、官兵衛の気持ちを代弁した。

「余計なことは考えるな」

官兵衛が言葉を添え、思いを断ち切るかのように足早に去った。

櫓《やぐら》にのぼると、上月城がはっきりと見える。あの城の中に、義姉と幼い娘たちがいるのだ。官兵衛は苦渋の色を浮かべて上月城を見つめている。

櫓の下で、半兵衛がそんな官兵衛を見ていた。


翌早朝、黒田軍は敵陣めがけて突入し、待ち構えていた上月軍と激突した。太兵衛が縦横無尽に槍を振り回し、勢いに勝る黒田勢は敵陣深く攻めこんでいく。

それを待っていたのが後詰《ごづ》めの宇喜多勢で、側面から黒田勢に襲いかかってきた。

「退け！　太兵衛、退け！」

官兵衛が声を張りあげ、退《の》き鉦《がね》が鳴り響いたが、宇喜多勢はぐいぐいと迫ってくる。

「殿！　敵に回りこまれました」

善助が叫んだ。

「ひるむな！　押し戻せ！」

官兵衛が声を嗄らして指揮を執り、必死の攻防が続いた。

秀吉は本陣から戦況を見ていたが、宇喜多勢に押しつぶされそうな黒田勢に、床几を蹴立てて立ちあがった。

「黒田勢が危うい！　半兵衛、助けろ。官兵衛を死なせてはならん！」

「手は打っております。あれを」

半兵衛が指す方角に、秀吉が目を向けた。

戦場では、両軍入り乱れての戦闘が繰り広げられ、防戦一方の黒田勢が追い詰められていく。

突然、雄叫びが聞こえ、ひとりの騎馬武者が疾走してきた。武者の兜に、三日月の前立てがついている。官兵衛はすぐに、その武者が誰かを察した。音に聞こえた、山中鹿介《やまなかしかのすけ》だ。

鹿介はかつて山陰を支配していた戦国大名、尼子《あまご》の武将で、その豪傑ぶりは広く知られている。この戦でも、鹿介は馬上から槍を振り回し、獅子奮迅の活躍でばったばったと敵を倒していく。

宇喜多、上月の兵たちは「鹿介だ！」「鹿介だ！」と恐ろしげに叫び、われ先にと逃げだした。

太兵衛ですら、鹿介の強さには圧倒されている。

鹿介とともに駆けつけた尼子勝久《かつひさ》率いる尼子勢の加勢で、黒田勢は息を吹き返した。

「今だ！　押し戻せ！」

官兵衛の指図で黒田勢は攻撃の主導権を握り、一気呵成に敵勢を打ち負かしていく。

少し離れて戦況を見ていた直家と景貞が、退きどきと見極め、兵をまとめて退却していく。尼子勢が追いかけると、鹿介が途中で馬の手綱を引いた。

「深追いは無用だ！」

鹿介は、尼子勢を引き連れて悠々と戻ってくる。

窮地を救われた官兵衛たちに、鹿介の勇姿がまぶしく映った。


官兵衛は秀吉の本陣に戻り、強力な助っ人、山中鹿介、尼子勝久とともに秀吉の前に出た。

「さすがは山陰の麒麟児《きりんじ》、山中鹿介。あっぱれな働きであった！」

秀吉は手放しで褒め、小気味よく笑って官兵衛を見た。

「驚いたか、官兵衛？」

「はい。よもやあの鹿介殿がご加勢くださるとは……」

「そちらは尼子勝久殿じゃ」

秀吉が介した勝久は、尼子一族の末裔らしい。

「織田様にお願いし、われらもご陣にお加えいただきました。よろしくお頼み申す」

「黒田官兵衛にございます」

官兵衛と勝久が挨拶を交わした。

秀吉が今さらのように、鹿介に聞いた。

「しかし、着到《ちゃくとう》は明日と聞いていたが……」

「昨日、早馬を頂戴し、二番槍を仰せつかりました」

半兵衛の差配だという。

官兵衛がはっとして目をやると、半兵衛はにこりともせず、それどころか難しい顔をした。

「……されど、尼子勢は強すぎました。これで、上月は恐れをなして籠城するでしょう。もはや城の外に誘い出すこともできぬとなると時がかかります」

「うーん」

うめく秀吉に、鹿介が膝を進めた。

「羽柴様、何とぞ、次はわれらに先鋒をお申しつけください。憎き毛利を討つためにわれらはここにまいったのでございます。われらが上月城を落としてみせまする」

「勇ましいのう。尼子家再興の意気込み、あっぱれじゃ！」

秀吉がほくほく顔をした。


疲れきった体で上月城に戻った景貞を、力とふたりの娘たちが出迎えた。

「父上、存分のお働き、おめでとうございます」

「おめでとうございます」

鈴と花が手をついた。

「いい子だ。父を案じていてくれたのじゃな」

景貞の心がいっとき安らぎ、力に笑みを向けた。

「あと一歩というところまで官兵衛を追い詰めたのだが……。案ずるな。今日は負けたが、本当の戦いはこれからだ。この上月は容易には落ちぬ」

力はふさぎこんでいる。

「水の手が切られています。いつまで籠城できるか……」

「何？　城内への水の流れが断たれたか……されど、案ずるな。直家様は兵を立て直し、必ず戻ってこられる」

景貞は、宇喜多の援軍を疑っていなかった。

勝ち戦のあとは酒がうまい。官兵衛が酒の瓢箪をぶらさげて本陣を通りかかると、鹿介が夜空の三日月を見あげてつぶやいている。

「願わくば、われに七難八苦を与えたまえ」

人の気配に鹿介が振り返り、官兵衛が一礼した。

「これはご無礼を。見るつもりはなかったのですが……。願かけですか?」

「……尼子家の再興がなるまで、どんな苦しみにも耐えてみせると」

官兵衛は加勢の礼を述べ、手にした酒の瓢箪を掲げて一緒に飲もうと誘った。

酒をくみ交わすうち、鹿介はとつとつと語り始めた。

「かつて尼子家は毛利よりはるかに大きく、中国でも屈指の大大名でござった。されど、毛利元就の卑怯な謀略の前に、次第に力をそがれ、ついには滅ぼされてしまった……」

「うむ……」

官兵衛も、尼子氏滅亡のことは覚えている。

「あれから十一年。それがし、お家再興だけを願って、生きてまいった。出家されていた勝久様に還俗《げんぞく》していただき、ちりぢりになった家臣を集めて兵を挙げ、ときには出雲や因幡《いなば》を取り戻したこともあった」

鹿介は自分の手に目を落とした。生まれてこのかた、一騎打ちでは負けたことのない腕自慢で、戦であげた首は数えきれないほどだ。

「されど、どういうわけか、終わってみると戦には負けておる。毛利の策略が一枚上手なのじゃ。一度など吉川元春に捕らえられ、殺されかけたこともあった」

「まことにござるか？」

「ああ、だが、……仮病で逃げた。腹が痛いと偽って、何度も厠へ行き、見張りの隙を見て『南無三！』ドボンと中に飛びこんだ！」

鹿介は厠の中に飛びこみ、汲み取り口からはいあがって外に逃げたと豪快に笑った。

かがり火の中で、パチパチと小枝が燃えている。

鹿介が、また酒を飲んだ。

「官兵衛殿に頼みがござる。官兵衛殿は戦上手と聞く。そこで、毛利に勝つには、どのような策を講じればよいか、ぜひお聞かせ願いたい」

官兵衛は昼間の戦を省みた。策を授けるなど滅相もないことで、穴があったら入りたい。

「……実は、今日の戦の相手は相婿《あいむこ》でござった。身内を敵に回し、胸が苦しくてしかたがなかった……。その思いを隠そうと、焦りがありました。こんな恥さらしは初陣以来のことです……」「みずからのしくじりをつぶさに省みることはなかなかできぬ。おぬしはいずれ、途方もない戦上手になるであろう……。生き残っておればの話だが」

鹿介がほろ苦く笑い、官兵衛も思わず笑ってしまった。

織田は播磨の平定を目前にし、ひたひたと毛利へ押し寄せてくる。吉田郡山城では、輝元の前に隆景、元春が集まり、恵瓊がつかんだ情報に聞き入った。

「宇喜多の援軍の甲斐なく、上月は敗れ、籠城とあいなりました。羽柴勢のなかには山中鹿介がいたそうでございます」

毛利にとって、鹿介ほど執念深く、扱いにくい男はないようだ。

「織田の威を借り、性懲りもなく尼子再興をたくらんでいるのでしょう」

輝元はげんなりした。

元春が臍《ほぞ》をかむ。

「ええい！　この際だ。わしが出陣して、鹿介を討ち取ってやる！」

一度は手中に落ちた鹿介を逃がしただけに、悔しさも人一倍だ。

「兄上、落ち着いてくだされ。今しばらく様子を見ましょう。宇喜多がこのまま引きさがるとは思えませぬ」

隆景になだめられ、元春のいらだちが直家に向かった。

「ふん、宇喜多直家、本心では何を考えておるやら、得体が知れぬわ」

「なればこそ、織田にとっても不気味なフクロウ。役に立ち申す」

ただ、恵瓊にも、直家が毛利についたままか、織田に転ぶか、判断は難しい。


籠城を始めた上月城内では、家臣たちが握り飯をむさぼり食っている。

「兵糧は十分あります。ご安心くだされ」

家老の高島吉右衛門《たかしまきちえもん》が、景貞や家臣たちに声をかけた。

力、鈴、花も、皆と同じところに集まっている。口には出さないが、懸命に不安と戦っているのだろうと、景貞はいじらしくなる。

「鈴、花、お前たちは何も心配することはないぞ。父は断じて負けぬ」

娘たちを安心させると、力を励ます。

「宇喜多様がわれらを見捨てることはない。士気も高い。負ける気がせぬわ」

「はい。いずれ毛利の援軍もまいりましょう。それまでの辛抱でございます」

力が気丈に答えた。


景貞が頼みとする直家だが、その動きに不審を抱いたのは半兵衛だった。

上月城は水の手を切っても容易に落ちない。かといって痺れを切らして城に攻め寄せると直家に背後を突かれる恐れがある。秀吉、官兵衛、半兵衛で、次なる策を話し合っているときだ。

「されど、宇喜多の動きに腑に落ちぬ点が……あの戦以降、本陣をさげ、まるで動こうとする気配がありませぬ。本気で戦う気があるのか、得体が知れませせぬ」

恵瓊からも、半兵衛からも、得体が知れない存在だと思われている宇喜多直家は、陣の中に女をはべらせ、あびるほど酒を飲んでいた。

「申しあげます。上月からの使者がまいりました」

近習が知らせに来た。

「……わしは病じゃ。会えぬ。用向きを聞いておけ」

直家は近習をさがらせ、目まぐるしく思考をめぐらせた。

籠城から七日たち、上月城内の水がめの水が残り少なくなったこの夜、高島が水がめのところに来ると、乱暴に柄杓《ひしゃく》を入れ、すくった水を一気に喉に流しこんだ。やがて、何か異変が起きたのか、ばたばたと激しい足音が入り乱れた。

その翌朝、高島とふたりの側近が秀吉の本陣まで来て、秀吉に拝謁を願い出た。

秀吉の前に出ると、高島は首桶を差し出し、側近とともに平伏した。

「景貞の首を取ったと申すか？」

「はっ！　主の命と引き換えに降伏をお許しください！」

「官兵衛、首をあらためよ」

秀吉の指示で、官兵衛が首桶の首を確認する。

「間違いありませぬ」

「主君の首をのう……」

秀吉も下剋上の乱世に生きているが、家老に寝首をかかれた景貞の無念さを思わずにいられない。

官兵衛はもしや半兵衛が調略したのかと思ったが、半兵衛は知らないという。

「では、家臣が？　みずからの命欲しさに……」

官兵衛は身を翻して駆けだした。力の身に危険が迫っている。

降伏、開城した上月城には、秀吉の軍勢が入り、羽柴の旗があげられた。味方の兵たちから笑みがもれるなか、官兵衛が血相を変えて城内を突き進んでいく。官兵衛は力の名を呼び、城内を捜し回った。善助、太兵衛、九郎右衛門も手分けして力を捜している。

官兵衛が一室の戸を開け放った。まさにそこで、短刀を抜いた力が、鈴と花を道連れに自害しようとしている。官兵衛は慌てて力に飛びかかり、その手から短刀をもぎとった。

「なりませぬ！」

力がもがいた。

「離しなさい！　この期におよんで生き恥をさらせというのですか！」

「もはや戦は終わりました」

「終わりなものか！　殿は家臣に裏切られたのですよ。せめて私だけでも殿のお供をします。死なせておくれ」

「なりませぬ！　景貞殿の分も生きるのです。それが生き残った者のつとめ！」

「母上！」

鈴が、力にすがりついた。

「姫路で光がお待ちしております」

官兵衛が諭すと、力が泣き崩れた。


力とふたりの娘は、姫路城の二の丸に身を落ち着かせた。

光が駆けつけ、力たちの無事を確かめると、姉妹で抱き合って泣いた。

「もう何も心配はありませんよ。今日からここが姉上の家です」

光は、心細そうにしている鈴と花にも声をかける。

「あなたたちもわが家と思って、気兼ねなく暮らすのですよ」

光と力には積もる話がある。お福が気をきかせ、庭を案内しようと娘たちを外に連れ出した。

力は人心地がつくと同時に、前夜の恐怖がよみがえってくる。

「この世の地獄を見ました。殿が最も信じておられた譜代の家臣に殺されたのです。おのれが助かりたいがために主君の首を敵に差し出すとは……乱れているのは世の中だけではありませぬ。人の心も乱れに乱れ……。女であることを恨みます。男であれば、弔い合戦もできましょう。なれど、女の身……泣くことしかできぬ……」

力は切々と心情を吐露し、涙ぐむ。

「姉上……」

光は力の手を取り、その背をなでた。


福原城と上月城が落ちたことは、すぐに信長に知らされた。

信長は安土の屋敷に村重を呼び出し、茶室に招いて茶をたてると、村重の前に置いた。

村重は作法どおりに茶碗を取り、茶を頂戴した。

「どうだ？」

「上様直々の御点前《おてまえ》、ありがたき幸せにございます」

「うまいかどうか聞いておる」

「味は、わかりませぬ。上様の前では、うまいだのまずいだの考える暇はございませぬ。いつぞやの饅頭と同じでございます」

「……まあ、よい。それより上月城が落ちた」

「はい。存じております。裏切り者が出たとか」

「命欲しさに主君の寝首をかいて降伏してきよった。この時世、よくある話よ。生き延びるためには主君とて殺す。追い詰められれば、誰もがそうする。おぬしもそうするであろう？」

「何を仰せか！　滅相もない。拙者は断じて裏切りなど……」

「むきになるな。戯れ言だ」

信長が冷笑した。

「村重、おぬし、本願寺と和睦したらどうかと申しておったな。その話、進めてもよいぞ」

「まことにございますか」

「ただし、石山の地を明け渡すという条件を本願寺がのめばだ。石山は京と堺の間を結ぶ交通の要衝。わしが手に入れれば、いずれは堺を越える大きな町になろう。顕如を説き伏せよ」

「はっ！」

村重は謹んで信長の命を受けた。

茶室を出た信長は、仙千代を従えて歩き、廊下の途中で不意に足を止めた。

「主の寝首をかく者など信じられぬ。上月城の家臣を皆殺しにせよ」

虫でも殺すかのように命じると、信長は何事もなかったかのように歩きだした。

信長の下命は、播磨の者たちの心胆を寒からしめる出来事となった。

「降伏した者をことごとく斬って捨てるとは、やはり、織田信長は恐ろしいのう。織田についておいてよかった」

政職は、さんざんごねたことなど忘れたかのようだ。

お紺が、かたわらに控える左京進に聞く。

「おぬしの妹は無事だったのか？」

「はい……。今、姫路におります」

左京進は浮かない顔をしている。官兵衛が力を助け出し、手柄をたてたことが苦々しいのだ。

政職としては、身内に犠牲者が出なくて喜ばしい。

「これで、播磨は落ち着いたか。存外たやすかったな。わしが出るまでもなかったのう」

政職が笑った。

お紺も笑ったが、不意におなかを押さえてうずくまると、あっという間に血の気が引き、そのまま意識を失った。


陥落した上月城に、秀吉は尼子勢を入れることにした。

「尼子勝久、この上月城はおぬしにまかせる」

「まことにございますか？」

「上様のお許しもいただいておる。おことたち尼子党がこの地を支え、おおいに手柄をたてよ。さすれば上様も喜ばれ、尼子家再興もきっとかなう」

鹿介が、感激して泣きだした。

「よいよい、思いきり泣くがよい。おことたちの働きで、播磨平定はなった。年が明ければ、いよいよ毛利との決戦じゃ」

「にっくき毛利をわれら尼子勢が必ずや滅ぼしてみせまする！」

鹿介が涙をぬぐい、力強く宣言した。

秀吉はこのあとすぐ、安土の信長に直接報告するため、播磨を出立しなくてはならない。

留守中の一切は、官兵衛と半兵衛に委ねられた。

この夜、静寂を破り、鋭い音とともに一本の矢文が飛んできて城の柱に突き刺さった。矢文は宇喜多直家からのもので、官兵衛に岡山城まで会いに来いと書いてある。

官兵衛は念のため、半兵衛に断りを入れた。

「行ってまいります」

「油断ならぬ男だ。十分気をつけられよ」

半兵衛が注意し、咳きこんだ。咳はすぐにおさまったが、顔色が悪い。気づかう官兵衛に、半兵衛は風邪だと言い訳した。


翌日、官兵衛は岡山城に赴いた。直家とは、亡き景貞に取り次ぎを願った際に顔を合わせたのが最初で、その日以来、久しぶりの対面だ。

「ご用向きは？　もしや毛利から織田に寝返るおつもりでございますか」

「……官兵衛、おぬし、何も知らぬようだな。上月の開城、あまりに早いと思わなんだか？　都合よく家臣が裏切るなど、できすぎではないか？　あれはわしの打った手じゃ」

直家は籠城中の高島を呼び出し、ひそかに告げたという。

（お前たちもまだ死にたくはあるまい。このままだと皆討ち死にだ。景貞の首を取れ。それを土産に降伏すれば、秀吉はお前たちを許すであろう。わしが口添えしてやる）

官兵衛の胸に怒りが突きあげた。

「それなら、なにゆえ、景貞殿本人に降伏を勧めなかったのでござる！」

「毛利の手前、わしが景貞に降伏しろと言えるわけがなかろう？　わしが毛利に睨まれるではないか。景貞には死んでもらうほかなかったのじゃ」

直家は保身のために上月家を家臣もろとも破滅させ、なおかつ、織田にも毛利にもつかず、しばらく様子見をするという。

「秀吉に伝えよ。上月を開城させたはわしの手柄だとな」

官兵衛は、憤懣やるかたない思いにおちいった。

「怖い目じゃな、官兵衛。わしのことを汚い男と思っておるのであろう？　ふん、この乱世を生き延びるのに、汚いもきれいもあるか。生き残った者が勝ちなんじゃよ」

直家がうそぶいた。

姫路城に帰った官兵衛は、戦の不条理が生んだ直家という男のことを光に語った。

「……ここまで人をおぞましいと思ったことはない。宇喜多直家は化け物だ……。乱世が生んだ化け物……」

「殿はその乱世を終わらせるために働いておられるのでしょう？」

「そうだ。戦のない新しい世をつくるために、信長様の天下布武の夢に加わった」

「私もその夢に加わりとうございます。戦のない世になれば、身内で争うようなつらいこともなくなり……子どもを人質に出すようなことも……」

光は声を詰まらせ、長浜城にいる松寿丸に思いを馳せた。


秀吉が安土に報告に行くと、信長は三河の徳川家康に会いがてら鷹狩りに出かけたあとだった。秀吉の到着を待たずに行く代わりに、信長から木箱入りの茶道具が褒美として用意されていた。

秀吉は木箱に向かって一礼し、中に入っている茶釜を取り出した。

「これは……乙御前《おとごぜ》の釜じゃ！　ありがたや！　ありがたや！」

秀吉は感激の涙を流し、茶釜に向かって平伏した。

おねが茶釜をじっと見た。どんなに見ても、そのへんの茶釜との違いがわからない。

「これは上様が大切にされていた名物茶器だ。それをこのわしに……上様！」

またもや秀吉が茶釜に平伏したので、おねもおそれおおいことだと茶釜に平伏した。

そばに松寿丸がいて、秀吉とおねが平伏する茶釜を不思議そうに眺めている。

「お教えください。この茶釜のよさはどこにあるのですか？」

「よさ？　……うん、それはだな……なんというか……よいものはよいということじゃ」

秀吉の説明にならない説明に、おねが噴き出した。

「松寿、実は、わしにもよくわからぬ。茶器を見る目はおいおい養ってゆくがよい。何はともあれ、上様からこの茶釜をいただいたということは、このわしが柴田勝家殿や丹羽長秀殿らと名実ともに肩を並べたということじゃ！」

おねが三つ指をついた。

「おめでとうございます」

「松寿、おことのてておかげじゃ。播磨での親父殿の働きぶりをおことに見せたかったぞ。いつかは松寿も、あの黒田官兵衛のような立派な武将になるのだぞ」

「はい！」

松寿丸が誇らしげに答えた。


力は亡き景貞の菩提を弔う道を選び、出家を決めた。

「光、娘たちをお願いできますか？」

「わかりました。私が立派に育てあげます」

力と娘たちの別れの日、けなげに耐える鈴と、泣きながらあとについて行こうとする花を、光もまた涙を流しながら抱きしめた。

何日かすると、姫路に小雪がちらついた。姫路城の二の丸の庭を、鈴と花が走り回り、舞い落ちる雪をつかまえようとしている。汚れのない真っ白な雪に手を伸ばす鈴と花を、官兵衛と光は縁側から優しく見守っていた。


（第二巻につづく）

本書は放送台本をもとに構成したものです。
番組と内容が異なることもあります。ご了承ください。

編集協力　円水社
本文ＤＴＰ　ＮＯＡＨ

NHK大河ドラマ　軍師官兵衛　一

二〇一三(平成二十五)年十一月三十日　第一刷発行

著　者　作　前川洋一／ノベライズ　青木邦子

発行者　溝口明秀
発行所　NHK出版
〒一五〇—八〇八一　東京都渋谷区宇田川町四十一—一
電話〇三—三七八〇—三三八四（編集）
〇五七〇—〇〇〇—三二一（販売）
振替〇〇一一〇—一—四九七〇一

印　刷　共同印刷
製　本　共同印刷

ホームページ　http://www.nhk-book.co.jp
Printed in Japan
ISBN978-4-14-005643-1 C0093